해방된 예루살렘

Gerusalemme liberata
by Torquato Tasso

Published by Acanet, Korea, 2017

한국연구재단총서
Academic Library of NRF　학술명저번역　596

해방된 예루살렘

Gerusalemme liberata

토르콰토 타소 지음 ⏐ **김운찬** 옮김

아카넷

옮긴이의 일러두기

1. 자주 등장하는 인물은 이탈리아어 이름을 기준으로 표기하였다.
2. 지명은 해당 지역의 언어로 표기하는 것을 원칙으로 하였다. 다만 어디를 가리키는지 불분명한 지역
   이나 타소가 창작해낸 지역의 경우 이탈리아어 이름을 기준으로 표기하였다.
3. 작품이 길기 때문에 한국어판은 분량에 따라 3권으로 분권하였다.
4. 본문에 달린 주(註)는 모두 옮긴이의 주이다.
5. 차례의 내용은 원서에는 없으나 독자들의 이해를 위해 옮긴이가 각 곡의 줄거리를 요약한 것이다.

한국연구재단의 지원으로 아리오스토의 『광란의 오를란도』에 뒤이어 토르
콰토 타소Torquato Tasso(1544~1595)의 『해방된 예루살렘 Gerusalemme
liberata』을 우리나라에서 처음으로 번역하여 출판하게 된 것을 기쁘게 생
각한다. 유럽의 르네상스 문학에서 중요한 위치를 차지하고 있음에도 불
구하고 여러 가지 이유로 지금까지 번역되지 않았는데, 뒤늦게나마 우리
나라 독자들에게 선보이게 된 것은 나름대로 의미가 있다고 생각한다. 문
학뿐만 아니라 음악과 미술 분야에서 심심찮게 거론되는 작품이기 때문이
다. 이 작품에 대하여 간접적인 정보만 갖고 있던 독자들에게는 도움이 될
것으로 기대한다.

번역에서는 카레티Lanfranco Caretti(1915~1995)가 편집하고 해설을 붙
여 1971년 에이나우디Einaudi 출판사에서 간행한 판본을 기준 텍스트로
하였다. 그와 함께 토마시Franco Tomasi가 상세한 해설과 함께 편집하여
2009년 리촐리Rizzoli 출판사에서 간행한 판본도 동시에 활용하면서 작
업하였다. 그리고 위커트Max Wickert의 영어 번역본 *The Liberation of
Jerusalem*, Oxford University Press, 2009도 참조하였다.

『해방된 예루살렘』은 전통적인 서사시 형식으로 되어 있고, 따라서 정해진 음절 숫자에 일정하게 반복되는 각운을 맞춤으로써 고유한 리듬과 음악성을 갖고 있다. 하지만 이탈리아어와 한국어 사이의 근본적인 질료 차이로 인하여 그런 운문의 특성과 아름다움을 옮기고 전달하기는 어려웠다. 단지 각 행이 11음절로 되어 있다는 것을 고려하여 최소한 행의 길이를 어느 정도 맞추려고 노력했을 뿐이다. 그러다 보니 행갈이 부분에서 약간 어색하게 나뉜 경우가 있을 것이다. 그렇지만 운문의 특성을 전달하지 못하는 대신 내용에 있어서는 가능한 한 원문에 충실하게 번역하려고 노력하였다.

그리고 『해방된 예루살렘』은 르네상스 시대의 작품이라는 점도 고려해야 한다. 현대의 우리와는 다른 문화적 환경과 감수성을 가진 독자들을 대상으로 한 작품이기 때문에 일부 수사학적 표현이나 서술 방식이 낯설게 보일 수도 있다. 간혹 장황하고 진부해 보이는 곳도 있을 것이다. 하지만 거기에서 새로운 느낌과 감동을 맛볼 수 있으며, 그럴 경우 그것은 색다른 차원으로의 시간 여행 같은 즐거움이 될 것이다.

작품의 이해를 돕기 위해 군데군데 각주를 덧붙였다. 작품에서 언급되는 십자군 전쟁의 역사적 사실에 대해서나 르네상스 시대 이탈리아에서 유행한 기사 문학에서 전통적으로 형성된 인물이나 사건에 대해 간략하게 설명했다. 그런 부연 설명이 일부 독자에게는 상식으로 이미 알고 있는 사실이어서 읽기의 흐름을 방해할 수도 있지만, 중세의 기사 문학에 익숙하지 않은 독자에게는 도움이 될 것으로 기대한다. 그리고 각각의 곡 앞에다 그 내용에 대한 간략한 요약을 덧붙였다.

『해방된 예루살렘』을 번역하기 위해 나름대로 많은 시간과 열정을 기울였지만 여러 가지 면에서 부족하고 미흡한 부분이 있다고 생각한다. 그렇지만 이 작은 결실이 지금까지 우리나라에 알려지지 않은 이탈리아의 고전 작품들을 번역하고 소개하는 데 작은 디딤돌이 되었으면 한다. 그리고 언제나 좋은 책을 만들기 위해 노력하는 아카넷 출판사 가족들에게 감사를 드린다.

2017년 하양 금락골에서
김운찬

제1권 차례

제1곡 | 015

십자군 전쟁 막바지에 그리스도교 진영 군주들과 귀족들이 개인적 일에 빠져 있자 하느님은 가브리엘 천사를 보내 고프레도를 대장으로 선출하게 한다. 고프레도는 먼저 부대를 사열하고 전열을 가다듬어 예루살렘을 공격하기 위해 준비한다. 예루살렘에서는 이슬람 진영의 알라디노 왕이 성벽 안에 있는 그리스도교 신자들을 탄압하려고 한다.

제2곡 | 059

알라디노는 성당에서 빼앗아왔지만 사라진 성모 마리아 성상을 찾기 위해 그리스도인들을 학살하려 한다. 소프로니아는 그리스도인들을 구하기 위해 자신을 희생하려고 하며, 그녀를 사랑하는 올린도와 함께 화형당하려는 순간 클로린다가 나타나 풀어주게 한다. 이집트 칼리프의 사절이 고프레도의 공격을 저지하려고 설득하지만 고프레도는 거절한다.

제3곡 | 101

전투가 벌어지고 그리스도 진영에서는 탄크레디와 리날도, 이슬람 진영에서는 클로린다와 아르간테가 용맹하게 활약한다. 예루살렘의 성벽 위에서는 안티오키아의 공주 에르미니아가 알라디노에게 그리스도 진영 기사들에 대해 알려준다. 탄크레디의 포로였던 에르미니아는 그를 사랑하게 된다. 반면 클로린다를 사랑하는 탄크레디는 그녀를 구해주고, 아르간테는 두도네를 죽인다.

제4곡 | 133

사탄은 이슬람 진영을 도와주기 위해 악마들을 보내 그리스도교 진영에 불화를 조장하라고 지시한다. 이슬람 진영의 아름다운 마녀 아르미다는 그리스도 진영으로 가서 다마스쿠스의 왕좌에서 쫓겨난 자신을 도와달라고 호소하면서 온갖 애교와 사랑의 계략으로 기사들을 유혹한다. 유혹된 기사들의 성화에 고프레도는 기사 열 명이 그녀를 따라가도록 허용한다.

제2권 차례

제12곡

밤에 클로린다와 아르간테는 공성 기계를 파괴하러 가려고 한다. 클로린다를 섬기던 환관은 그녀가 그리스도인 왕가 출신임을 알려준다. 탑을 불태우고 성 안으로 피하지 못한 클로린다는 그녀를 알아보지 못한 탄크레디와 싸우다 치명적인 부상을 입고, 세례를 요청하여 받은 다음 죽는다. 절망한 탄크레디는 자결하려 하지만 꿈에 클로린다가 만류한다.

제13곡

마법사 이스메노는 지옥의 악마들을 부르며 근처의 숲에 마법을 걸어 공성 기계의 제작에 필요한 목재를 구하지 못하게 만든다. 용감한 기사들이 시도하지만 숲속의 온갖 유령들을 넘어서지 못하고 두려움에 사로잡혀 돌아온다. 거기에다 끔찍한 가뭄이 그리스도 진영을 괴롭히고, 고프레도가 간곡하게 기도를 올리자 하느님은 비를 내려준다.

제14곡

고프레도의 꿈을 통해 하느님은 리날도만이 숲의 마법을 깨뜨릴 수 있다고 알려준다. 고프레도는 리날도를 찾기 위해 카를로와 우발도를 전령으로 보낸다. 아스클론의 마법사는 전령들에게 아르미다가 마법으로 리날도를 사로잡아 멀리 떨어진 '행운의 섬들'로 데려갔다고 알려준다. 그리고 어떻게 리날도에게 갈 수 있는지 자세하게 방법을 알려준다.

제3권 차례

제18곡

리날도는 은둔자 피에로의 권유대로 참회하고 올리브 산에서 기도를 올린 다음 숲의 마법을 깨뜨리고, 병사들은 좋은 목재를 가져다 공성 기계들을 제작한다. 고프레도는 이집트 군대의 구체적인 계획을 알기 위해 첩자를 파견하고, 예루살렘을 향해 공격을 감행한다. 치열한 전투가 벌어지고 리날도가 용맹하게 활약하는 동안 천사들의 부대가 도와준다.

제19곡

탄크레디와 아르간테는 최후의 결투를 벌인다. 아르간테는 죽고 부상당한 탄크레디는 기절한다. 전투는 성벽 안으로 이어져 약탈과 살육이 벌어지고, 알라디노와 솔리마노는 다윗 탑으로 피신한다. 이집트 진영에 잠입한 첩자 바프리노는 고프레도를 암살하려는 계획을 알아내고 아르미다와 함께 돌아온다. 아르미다는 부상당한 탄크레디를 발견하고 치료해준다.

제20곡

이집트 군대가 도착하고 고프레도가 그들과 치열한 전투를 벌인다. 복수하려던 아르미다는 리날도를 보자 다시 사랑에 약해진다. 리날도는 솔리마노를 죽이고, 라이몬도는 알라디노를 죽인다. 리날도는 자결하려던 아르미다를 만류하고 함께 데려가겠다고 약속한다. 고프레도는 암살 계획을 무산시키고 이집트 군대의 총대장을 죽이면서 승리를 거둔다.

제1곡

십자군 전쟁 막바지에 그리스도교 진영 군주들과 귀족들이 개인적 일에 빠져 있자 하느님은 가브리엘 천사를 보내 고프레도를 대장으로 선출하게 한다. 고프레도는 먼저 부대를 사열하고 전열을 가다듬어 예루살렘을 공격하기 위해 준비한다. 예루살렘에서는 이슬람 진영의 알라디노 왕이 성벽 안에 있는 그리스도교 신자들을 탄압하려고 한다.

신성한 전쟁[1]과 그리스도의 위대한   1
무덤을 해방시킨 대장[2]을 노래하니,
그는 지혜와 힘으로 많은 일을 했고
영광의 정복에서 많은 고통을 겪었다.
지옥은 헛되이 반대했고, 아시아와
리비아[3]의 백성은 헛되이 무장했다.
하늘이 그를 보살피고, 신성한 깃발

---

1   교황 우르바누스 2세(재위 1088~1099)의 제창으로 1096년 시작된 제1차 십자군 전쟁을 가리킨다.
2   역사상 실존 인물로 프랑스 동북부 로렌의 공작 부용Bouillon의 고프레도Goffredo(프랑스어 이름은 고드프루아Godefroy)(1060?~1100)를 가리킨다. 그는 제1차 십자군 전쟁의 주요 지도자 중 하나였고, 1099년 예루살렘을 정복한 뒤 세워진 예루살렘 왕국의 첫 통치자가 되었다. 하지만 그는 '왕'이라는 명칭을 거부하고, 그리스도의 '신성한 무덤의 수호자(라틴어로는 Advocatus Sancti Sepulchri)'로 자처하였다.
3   타소는 지리적 명칭을 불분명하게 사용하고 있는데, 여기에서 아시아는 팔레스티나와 시리아 지역을 가리키며, 리비아는 북아프리카, 그러니까 구체적으로는 이집트의 파티마 왕조를 가리킨다.

아래 방황하는 동료들을 다시 모았다.

무사 여신[4]이여, 헬리콘에서 덧없는   2
월계수로 머리를 장식하고 있지 않고,
하늘의 축복받은 무리 사이에 불멸의
황금빛 별들의 관을 쓰고 있는 그대여,
내 가슴속에 천상의 열기를 불어넣고,
내 노래를 밝히고, 혹시 내가 진실을
치장하고 때로는 당신의 시구와 다른
즐거움들로 장식하여도 용서해주오.

파르나소스[5] 산이 달콤한 시구들로   3
유혹하는 곳으로 세상은 달려가고,
부드러운 시구들로 양념한 진실이
소심한 사람들을 즐겁게 설득하니,
그렇게 우리는 아픈 아이에게 달콤한
꿀을 가장자리에 바른 그릇을 주고,

---

4 타소는 서사시의 전통에 따라 먼저 그리스 신화의 무사(영어 이름은 뮤즈) 여신에게 자기
노래를 도와달라고 부탁한다. 무사 여신들(복수는 무사이)은 제우스와 기억의 여신 므네모
시네 사이에서 태어난 아홉 명의 쌍둥이 딸들로 서사시를 비롯한 학문과 예술을 수호한다.
하지만 여기에서 무사 여신은 헬리콘 산이 아니라 천국의 축복받은 자들 사이에 있다고 말
함으로써 그리스도교 관념으로 전환된 모습으로 묘사한다. 헬리콘은 그리스 보이오티아
지방의 산으로 무사 여신들에게 바쳐진 두 개의 샘으로 유명하다.
5 파르나소스는 그리스 중부의 산으로 고전 신화에서 아폴론과 무사 여신들에게 바쳐진 신
성한 산이다.

그러면 아이는 속아 쓴 약을 먹고
속임수에서 자기 생명을 얻습니다.

너그러우신 알폰소[6] 님, 당신께서는   4
암초들과 사나운 파도 사이에 파묻혀
방황하던 나를 운명의 분노에서 구하여,
안전하게 항구로 인도해주셨으니,
서원하듯이 제가 당신에게 바치는
이 노래를 즐거이 받아주십시오.[7]
언젠가는 지금 제가 암시하는 것을
현명한 펜이 쓰는 날이 올 것입니다.

만약에 그리스도의 선량한 백성이   5
언젠가 평화로운 상태에 있게 되고,
광폭한 트라키아[8]에서 군대와 함대로
부당한 위대한 먹이[9]를 찾고 싶다면,
당신이 지상의 왕홀이나 바다의 높은

---

6   타소가 봉사하던 데스테d'Este 가문의 알폰소Alfonso 2세(1533~1597) 공작으로, 타소는
     이 작품을 그에게 헌정했다.
7   원문에는 queste mie carte in lieta fronte accogli, 직역하자면 "저의 이 종이를 즐거운 이
     마로 받아주소서."로 되어 있다.
8   오스만 투르크는 1453년 콘스탄티노폴리스를 점령하면서 주변의 트라키아 지방까지 차지
     하였다. 여기에서는 광폭한 투르크인들을 가리킨다.
9   예루살렘.

명령권을 가지셔야 하기 때문입니다.[10]
그동안에 고프레도의 분신[11]이시여,
우리 시를 듣고 전쟁을 준비하소서.

그리스도 군대가 고귀한 임무를 위해   6
동방으로 건너간 지 여섯째 해였고,[12]
니카이아를 공격해 정복했고 강력한
안티오키아를 계략으로 정복했으며,[13]
무수하게 많은 페르시아 사람들[14]의
공격에 대항해 도시를 방어한 다음
타르투스[15]를 장악했고 거기서 힘든

---

10 여기에서 타소는 후원자 알폰소 2세 공작에게 작품을 헌정하면서 그가 투르크에 대항하여 전쟁을 하기를 바라고 있다.

11 원문에는 emulo, 즉 "모방자"로 되어 있는데, 알폰소 2세 공작을 그렇게 부르고 있다.

12 실제 역사에서는 1096년 유럽에서 출발한 십자군은 3년째인 1099년 예루살렘 정복에 성공하였다. 타소는 나중에 실제 역사와 다르다는 것을 인정했는데, 전쟁의 위험과 노고를 강조하기 위해 임의적으로 진실을 과장했다고 한다.

13 '니케아'로 많이 알려진 니카이아는 고대 그리스 도시로 오늘날 터키의 이즈니크이다. 십자군은 1097년 니카이아를 정복했다. 안티오키아(그리스어 이름은 안티오케이아Ἀντιόχεια)는 기원전 4세기 말에 알렉산드로스 대왕의 장군들 중 하나에 의해 세워진 도시의 라틴어 이름으로 오늘날 터키의 동남부 안타키아 근처에 있었다. 이집트 알렉산드리아에 버금가던 이 도시는 1098년 십자군에 의해 함락되었다.

14 당시 그곳을 지배하던 셀주크 투르크인들을 가리킨다. 그들은 안티오키아를 되찾기 위해 여러 차례 공격을 하였다.

15 시리아 서부 지중해 해안에 위치한 도시이다. 원문에는 토르토사Tortosa로 되어 있는데, 십자군 전쟁 동안 그 이름으로 널리 알려졌다. 실제로 십자군이 1097~1098년 겨울을 보내기 위해 선택한 곳은 타르투스 북쪽으로 90마일 정도 떨어진 안티오키아의 외곽이었다.

계절[16]을 보내면서 새해를 기다렸다.

그리고 전쟁을 중단시킨 비 내리는   7
겨울이 끝나는 것도 멀지 않았을 때,
영원한 아버지께서는 하늘에서 가장
진정한 곳에 자리한 높은 옥좌에서,
별들에서 낮은 지옥까지의 거리만큼
별들의 하늘[17] 위로 멀리 있는 곳에서
아래로 눈을 돌리셨으며 이 세상의
모든 것을 한눈에 모두 바라보셨다.

모든 것을 보신 뒤 시리아에 있는   8
그리스도교 군주들을 눈여겨 보셨고,
당신의 눈으로 가장 비밀스런 곳에
있는 그들의 마음을 꿰뚫어보셨다.
고프레도는 신성한 도시에서 불경한
이교도들을 쫓아내려고 열망하였고,
믿음과 열정에 넘쳐서 인간의 모든
영광, 제국, 보물에는 무관심하였다.

---

16 겨울.
17 프톨레마이오스의 이론과 중세 가톨릭교회의 우주관에서 '붙박이별들의 하늘' 또는 '항성
천(恒星天)'을 가리킨다.

하지만 발도비노[18]의 세속적 영광에   9
몰두한 탐욕스러운 마음을 보셨으며,
탄크레디[19]는 헛된 사랑으로 고통에
겨워 생명을 경시하는 것을 보셨다.
또 보에몬도[20]는 안티오키아의 새로운
자기 왕국에 고귀한 원칙을 세우려고
법률을 정하고 진정한 빛[21]의 경배와
예술, 풍습을 도입하려는 것을 보셨다.

보에몬도는 거기에 완전히 몰입하여   10
마치 다른 임무들을 잊은 것 같았다.
또한 리날도[22]에게서 휴식을 경멸하는
정신과 호전적 영혼을 알아보셨으니,

---

18 발도비노Baldovino(프랑스어로는 보두앵Baudouin) 1세(1058?~1118)는 고프레도의 형제로, 고프레도와 마찬가지로 출생 연도가 분명하지 않아 누가 형인지 알 수 없다. 제1차 십자군 전쟁에 참가하여 안티오키아 북동쪽에 있는 에데사 백작령의 백작이 되었다가, 고프레도가 죽은 뒤 1110년 예루살렘 왕국의 초대 왕이 되었다.

19 탄크레디Tancredi(1072~1112)는 뒤이어 나오는 보에몬도의 조카로 그를 따라 십자군에 참가했다. 이 작품에서 그는 클로린다Clorinda와 비극적인 사랑의 주인공으로 묘사된다.

20 이탈리아 남부에 정착한 노르만 가문 알타빌라Altavilla(프랑스어로는 오트빌Hauteville)의 보에몬도Boemondo(프랑스어로는 보에몽Bohémond) 1세(1058~1111)를 가리킨다. 그는 안티오키아 공격에서 뛰어난 능력을 발휘했지만, 예루살렘 공격에는 참가하지 않았고, 안티오키아 공국의 공작이 되었다.

21 그리스도교.

22 리날도Rinaldo는 역사상 실존 인물이 아니다. 타소는 그가 데스테 가문을 세우는 것으로 이야기하는데, 그것은 루도비코 아리오스토Ludovico Ariosto(1474~1533)가 『광란의 오를란도Orlando furioso』에서 루지에로를 데스테 가문의 조상으로 설정한 것과 대비된다.

그는 황금과 제국의 탐욕이 없었고
명예의 열망이 끝없이 불타올랐으며,
궬포[23]의 입에 깊은 관심을 기울였고
옛날의 탁월한 사례들을 이해하였다.

이들과 다른 사람들 가슴의 내밀한   11
마음을 알아보시고 세상의 왕께서는
빛나는 천사들 중 뛰어난 천사들의
둘째 자리[24]의 가브리엘을 부르셨다.
그는 하느님과 훌륭한 사람 사이의
충실한 해석자, 즐거운 심부름꾼으로
하늘의 법령을 아래로 전하고 사람의
기도와 열정을 하늘로 전달해주었다.

하느님께서는 심부름꾼에게 말하셨다.   12
"고프레도에게 내 이름으로 말하여라.
왜 멈춰 있느냐? 억압된 예루살렘을
해방하려는 전쟁을 왜 하지 않느냐?
지휘관들을 소집하고 게으른 자들을

---

23 데스테 가문의 궬포Guelfo 4세(?~1101)를 가리킨다. 그는 데스테 가문 출신으로 독일 벨
펜Welfen(이탈리아어로는 궬피Guelfi) 가문을 이어받은 최초의 인물로 바이에른의 공작이
었다. 이 작품에서 그는 리날도의 아저씨이자 조언자 역할을 하는 것으로 나오는데, 실제
로는 1101년에야 십자군에 가담하였다가 돌아오는 길에 사망했다.
24 가브리엘은 대천사들 중에서 미카엘 다음으로 두 번째 서열이다.

높은 임무로 이끄는 대장이 되어라.
여기 내가 그를 선택하니, 땅에서는
예전 동료들이 그의 명령을 받으리라."

그렇게 말하셨고 가브리엘은 부여된   13
임무를 신속히 수행하려 준비했으니,
보이지 않는 형체를 공기로 둘러싸
인간의 감각이 알아볼 수 있게 했다.[25]
인간의 몸과 모습으로 위장했지만
천상의 고귀함을 갖추도록 했으니,
청년과 소년 사이의 나이로 보였고
금발 머리칼을 빛살로 장식하였다.

그는 지치지 않고 유연하고 재빠른   14
황금빛 끝의 새하얀 날개를 입었고,
그 날개로 바람과 구름을 가르면서
땅과 바다 위로 우아하게 날아갔다.
그렇게 차려입은 천상의 심부름꾼은
세상의 지역들을 향해 출발했으니,
어디보다 먼저 레바논 산[26]으로 갔고

---

25 천사는 순수한 영적 존재로 육체를 갖지 않으나 인간에게 보이기 위해 형체를 갖추었다는
뜻이다.
26 시리아의 산악 지역을 가리키다. '레바논'은 셈어로 '하얗다'는 뜻으로, 현재의 레바논 북동
쪽에 있는 산맥(아랍어로는 루브난 산맥) 위에 쌓인 눈 때문에 그렇게 불렸다.

날개를 수평으로 균형을 잡았으며,

이어서 타르투스의 해변을 향하여   15
곧장 아래로 곤두박질해 날아갔다.
동쪽의 해안[27]에서는 새로운 태양이
바다에서 밖으로 떠오르고 있었고,[28]
고프레도는 으레 그랬듯이 하느님께
자신의 아침 기도를 올리고 있었다.
그때 태양과 함께 더욱더 눈부시게
천사가 동쪽에서 눈앞에 나타났고

그에게 말하였다. "고프레도, 이제는   16
전투를 기대하기에 좋은 계절이다.
그런데 너는 왜 예속된 예루살렘을
해방시키는 것을 지체하고 있느냐?
이제는 군주들을 회의에 소집하고
게으른 자들을 임무에 재촉하여라.
하느님께서 너를 지도자로 택하셨고
그들은 기꺼이 너에게 복종하리라.

---

27 원문에는 lidi eoi, 즉 "에오스의 해안"으로 되어 있다. 그리스 신화에서 에오스는 새벽의 여신이다.
28 원문에는 parte già fuor, ma 'l piú ne l'onde chiuso, 즉 "일부는 이미 밖으로 나왔지만, 대부분은 파도 속에 갇혀 있었다."로 되어 있다.

하느님께서 심부름꾼으로 보낸 나는   17
그분 이름으로 그분의 뜻을 밝힌다.
네게 맡겨진 승리의 희망과 지휘의
열망을 너는 얼마나 가져야 하는지!"
그리고 침묵했고, 사라졌고, 하늘의
가장 높고 고귀한 곳으로 날아갔다.
고프레도는 그런 말에 깜짝 놀랐고
눈부신 광채에 눈이 멀 지경이었다.

하지만 정신을 차린 다음 누가 왔고,   18
누가 보냈고, 무슨 말인지 생각하자,
벌써 자신이 지도자로 선택된 전쟁을
끝내고 싶은 열망에 완전히 불탔다.
하늘에서 사람들의 지도자로 선택되어
헛된 야망에 가슴이 부푼 것이 아니라,
불꽃에 불꽃이 더해지듯 주님을 향한
의지에 의지가 더해져 불탔던 것이다.

그래서 멀지 않은 곳에 흩어져 있던   19
동료 영웅들을 회의에 소집하였으니,
계속하여 편지들과 전령들을 보냈고
회의에 참석해달라고 부탁하였는데,
너그러운 마음을 일깨우고 자극하며,
잠든 덕성을 깨울 수 있는 것을 모두

찾아내고, 아주 효과적으로 장식하여
자극하면서도 기분이 좋게 만들었다.

지도자들이 왔고 또한 다른 사람들도   20
왔는데 보에몬도만 함께 오지 않았다.[29]
일부는 타르투스 숙소와 그 주변에
묵었고, 일부는 밖에 막사를 세웠다.
그렇게 엄숙한 날에 군대의 위대한
지도자들이 영광스런 회의에 모였다.
그들 사이에서 경건한 고프레도는
존엄한 얼굴로 우렁찬 연설을 했다.

"믿음의 상처를 되살리려고 하늘의   21
왕께서 선택하신 그분의 전사들이여,
땅과 바다의 전쟁과 속임수 속에서
그분은 여러분을 안전하게 이끄셨고,
우리는 단지 몇 년 동안에 그분에게
반역한 수많은 지방들을 굴복시켰고,
패배하고 길들여진 사람들 사이에다
그분 이름과 승리의 깃발을 세웠소.

나의 생각이 틀리지 않다면, 우리가   22

---

29 9연의 역주 참조.

고향과 사랑하는 것들로부터 떠나고,
험한 바다와 머나먼 전쟁의 위험에
우리 생명을 위태롭게 드러낸 것은,
헛된 세속 영광을 얻거나, 야만인의
땅들을 소유하기 위한 것이 아니며,
만약 그랬다면 빈약한 보상 때문에
영혼을 희생하는 피를 뿌렸을 거요.

하지만 우리 생각의 최종적 목표는   23
시온[30]의 고귀한 성벽들을 공격하여
그리스도인들에게서 너무나 힘들고
견딜 수 없는 예속의 짐을 덜어주고,
팔레스티나에 새 왕국을 세움으로써,
믿음이 안전한 중심지를 갖고, 경건한
순례자가 서원을 풀고 위대한 무덤에
경배할 수 있도록 보장하는 것이었소.

지금까지 한 일은 위험에 비해 많고,   24
노고는 훨씬 많고, 명예는 빈약하고,
전쟁을 멈추거나 다른 데로 돌리면,
계획에 비해 아무것도 못 이루지요.
만약 그렇게 커다란 운동의 목적이

---

30 시온Zion은 예루살렘에 있는 작은 산으로 종종 제유(提喩)로 예루살렘 자체를 가리킨다.

왕국의 건설이 아닌 파멸로 된다면,
유럽에서 군대들을 모아 아시아에서
일으킨 전쟁이 무슨 소용이 있겠소?

세속적 토대 위에 왕국을 세우려는   25
사람은 확고하게 세울 수 없으리니,
동료들은 소수이고 믿음과 고향이
다른 수많은 이교도들 사이에 있고,
그리스인들[31]은 기대할 수가 없으며
서방의 도움은 멀리 떨어져 있으니,
단지 파괴만 초래하고 거기에 눌려
자신에게 무덤을 세우게 될 것이오.

대단한 이름으로 탁월하게 들리는   26
투르크와 페르시아, 안티오키아에
대항한 그 놀라운 승리들은 우리가
한 것이 아니라 하느님의 선물이오.
하느님께서 마련하신 목적에 거슬러
그 승리들을 우리에게서 돌리신다면,
혹시 빼앗기고, 분명한 명성[32]이 결국

---

31 비잔티움 제국을 가리킨다. 제1차 십자군 전쟁 당시 비잔티움 제국의 황제 알렉시우스 1세
    와 십자군 사이의 관계는 협력과 도움보다 반목과 대립이 더 많았다.
32 앞에서 말한 승리들에 따른 명성을 가리킨다.

웃음거리가 되지 않을까 두렵습니다.

오, 하느님, 제발 그 고마운 선물이   27
사악하게 사라지지 않도록 해주소서!
고귀하게 마련된 모든 과업의 시작에
실천과 결과들이 뒤따르게 해주소서!
이제 길은 열려 있고 방해가 없으며,
이제 순탄한 계절이 앞에 열렸는데,
모든 우리 승리의 목적인 도시로 왜
달려가지 않는가? 무엇이 방해하는가?

군주들이여, 내가 모두에게 선언하니,   28
(내 선언은 현재가 듣고, 미래가 듣고,
하늘에 계시는 분들이 듣고 계십니다.)
위업의 시간은 이미 충분히 성숙했고,
지금보다 적절한 때는 없을 것이고
지금보다 안전한 때는 없을 것이오.[33]
우리 걸음이 늦어지면, 팔레스티나는
이집트의 도움을 받으리라 예상되오."

---

33 원문에는 men diviene opportun piú che si resti, / incertissimo fia quel ch'è securo, 즉
  "(여기) 머무는 것보다 덜 적절해지고, / (지금) 안전한 것이 아주 불확실해질 것이다."로
  되어 있다.

그런 말에 잠시 동안 웅성거렸지만,   29
이어서 은둔자 피에로[34]가 일어났다.
위대한 원정의 최초 주동자였던 그는
군주들의 모임에 사적으로 참석했다.
"나도 동의하는 고프레도의 주장은
의심할 여지가 없고 너무 분명하고
확실한 진리임을 그가 증명하였고
여러분도 찬성하니, 이것만 말하겠소.

여러분이 거의 경쟁하듯이 실행하고   30
겪었던 불화들과 치욕들, 불만스러운
견해들과 망설임들, 한참 실행하다가
방해받은 임무들을 잘 회상해본다면,
나는 그 모든 지체와 싸움의 원인이
다른 이유에서 나왔다고 생각하는데,
바로 권위가 다양하고 많은 견해에
균등하게 나누어져 있기 때문이오.

그리하여 보상과 형벌의 판단들을   31

---

34 은둔자 피에로Piero(프랑스어 이름은 피에르Pierre)(1050?~1115)는 프랑스 아미앵 출신으로 십자군의 가장 강력한 주도자들 중 하나였다. 그의 설교에 따라나선 수만 명의 소위 '민중 십자군'은 1096년 예루살렘을 향해 출발했고 보스포로스 해협을 건넜으나 셀주크 투르크 군대의 매복으로 거의 전멸하고 소수만 살아남았다. 살아남은 피에로는 십자군에 가담하여 팔레스티나로 갔으나 그 이후 활동에 대해서는 정확하게 알려지지 않았다. 이 작품에서 피에로는 고프레도의 주요 조언자로 나온다.

결정하고, 임무와 일들을 분배해줄
단 한 사람이 통솔하지 못하고 있고,
그러면 통치가 불안정해질 것이오.
오! 동료들과 하나의 몸체가 되시오!
지시하고 억제할 우두머리를 세우고,
단 한 사람에게 지휘권과 힘을 주고,
왕의 자리와 모습을 갖추게 하시오!"

노인은 침묵했다. 오, 신성한 영감과　　　　　　　　　　　32
열기[35]여, 무슨 생각을 갖고 계십니까?
은둔자의 말에 영감을 불어넣으시고,
기사들의 가슴속에 그 말을 새기시고,
지배와 명예와 방임에 대한 처음부터
타고난 욕망들을 완전히 없애주시어,
고귀한 굴리엘모[36]와 궬포가 앞장서서
고프레도를 지도자로 부르게 해주소서.

---

35 성령을 가리킨다.

36 타소는 이 작품에서 티레의 굴리엘모Guglielmo(프랑스어 이름은 기욤Guillaume, 영어 이
름은 윌리엄William)(1130?~1186)가 쓴 『역사Historia』를 주요 출전으로 삼고 있다. 티레
의 굴리엘모는 아마 프랑스나 이탈리아계로 예루살렘에서 태어났으며 레바논 남서부 티레
Tyre(아랍어 이름은 수르صور)의 대주교를 역임하였다. 여기에서 말하는 굴리엘모는 잉글
랜드 왕 '붉은 얼굴Rufus' 윌리엄 2세(1060~1100)의 아들이었다고 하는데, 역사적으로는
확인되지 않은 이야기이다. 이 작품에는 서로 다른 굴리엘모가 네 명 등장하므로 잘 구별
해야 한다.

다른 사람들이 찬성하였으니, 그들을   33
이끌고 명령하는 것이 그의 임무였다.
지혜로 패자들에게 법률을 부여하고,
원할 때 원하는 곳에서 전쟁을 하고,
전에 대등했던 사람들은 이제 그의
부하로서 그의 명령에 따라야 했다.
그렇게 결정되자, 소문은 날아갔고
사람들의 입에서 커지고 확산되었다.

그는 병사들에게 모습을 보였는데,   34
그에게 부여된 높은 자리에 알맞게
보였고, 평온하고 침착한 표정으로
모든 병사의 박수와 인사를 받았다.
사랑과 복종에 넘치는 소박하고도
소중한 환호에 대답한 다음, 그는
다음날 널따란 벌판에서 모두들
정렬하여 사열을 하라고 명령했다.

태양이 평소 때보다 더 청명하고   35
눈부신 모습으로 동쪽에 돌아와서
새로운 하루의 빛살로 솟았을 때,
깃발들 아래 무장한 전사들은 모두
멋지게 장식하고 널찍한 풀밭에서
경건한 고프레도 앞으로 행진했다.

그는 꼼짝 않고 서서 앞에 기병과
보병 부대가 지나가는 것을 보았다.

세월과 망각에게 적이며, 사물들의   36
보호자와 관리인이 되는 기억력이여,
내게 힘을 발휘하여 그 들판의 모든
지도자와 부대를 다시 말하게 해주고,
세월 속에 벌써 흐려지고 말이 없는
그들의 명성이 다시 울리게 해주고,
당신의 보물들로 내 혀를 장식하고
모든 시대가 듣고 잊지 않게 해주오.

먼저 프랑스인들이 보였는데, 그들의   37
지도자는 국왕의 동생인 우고네[37]였다.
그들은 네 개 강들 사이의 아름답고
광활한 일드프랑스[38]에서 선발되었다.
우고네가 죽은 뒤 그 강력한 부대는,

37 프랑스 왕 필리프 1세의 동생이며 베르망두아Vermandois의 백작 우고네Ugone(프랑스어
이름은 위그Hugues) 1세(1057~1102)를 가리킨다. 그는 안티오키아 함락 후 비잔티움의
알렉시우스 1세에게 증원군을 요청하기 위해 갔으나 실패하자 프랑스로 돌아갔다. 하지만
임무를 완수하지 못하고 돌아온 데 대해 질책과 비난을 받았고, 그래서 다시 십자군에 참
가했으나 투르크 군대와의 전투에서 부상당해 타르수스에서 사망했다. 나중에 타소는 그
가 이미 사망한 것으로 이야기한다.(제14곡 5연 이하 참조)
38 일드프랑스Île-de-France는 프랑스 중북부 지역으로 센 강, 우아즈 강, 엔 강, 마른 강 등
네 개의 강이 대략적인 경계선을 이룬다.

부족한 것이라면 왕의 이름만 없는
탁월한 지휘관 클로타레오[39] 휘하에서
여전히 황금 백합[40] 깃발을 뒤따랐다.

중무장 보병들이 모두 천 명이었고,   38
같은 숫자의 기병들이 뒤따랐는데,
처음의 보병들은 훈련과 성격에서
무장과 모습에 있어 똑같아 보였고,
모두 노르만인들로 그들의 군주로
태어난 로베르토[41]가 이끌고 있었다.
다음에 민중의 두 목자, 굴리엘모와
아데마로[42]가 자기 부대를 이끌었다.

그들 두 사람은 모두 전에는 신성한   39
임무에서 경건한 직책을 수행했으나,
지금은 투구로 긴 머리칼을 눌러쓰고
강력한 군대에서 임무를 수행하였다.

---

39 클로타레오Clotareo는 허구적 인물이다.

40 프랑스 왕가의 문장(紋章)은 흰색 바탕에 황금빛 백합이 그려져 있다. 일반적으로 백합이라
고 부르지만, 정확히 말하자면 원래 붓꽃속(屬)의 일종인 fleur-de-lis이다.

41 노르망디의 공작 로베르토Roberto(프랑스어 이름은 로베르Robert)(1054?~1134)이다.

42 프랑스 동남부 도시 오랑주Orange의 주교로 십자군에 참가한 굴리엘모(프랑스어 이름은
기욤)(?~1098)는 아데마로 주교가 사망한 뒤 성직자 대표가 되었으나 자신도 몇 달 후 사
망했다. 아데마로Ademaro(프랑스어 이름은 아데마르Adhemar)(?~1098)는 르퓌앙벌레이
Le Puy-en-Velay의 주교로 십자군의 주요 지도자 중 하나로 안티오키아 함락 후 사망했다.

굴리엘모는 오랑주와 주변 지역에서
모두 사백 명의 전사들을 선발했고,
그에 못지않게 유능한 아데마로는
같은 숫자의 르퓌[43] 사람을 이끌었다.

뒤이어 발도비노가 불로뉴 사람들과   40
형제[44]의 부대를 인도하며 나왔는데,
경건한 형이 자기 부대를 주었기에
그는 이제 지도자들 중 지도자였다.
강력한 설득력에 강력한 손을 가진
샤르트르[45]의 백작이 뒤이어 나왔고,
사백 명이 뒤따라 왔고, 발도비노는
세 배의 무장한 기병들[46]을 이끌었다.

그들 곁에 고귀한 가문만큼 역량도   41
뛰어난 궬포가 들판을 차지하였는데,
그는 오래되고 확실한 데스테 가문의

---

43 원문에는 "웅덩이", "구덩이"를 뜻하는 "포조Poggio"로 되어 있는데, 아데마로가 주교로
   있었던 르퓌앙벌레이를 가리킨다.
44 고프레도.
45 본문에는 Carnuti로 되어 있는데, 샤르트르 지방 사람들을 라틴어로 Carnutes로 불렀다. 블
   루아와 샤르트르의 백작 스테파노Stefano(프랑스어 이름은 에티엔Étienne)(1045?~1102)
   는 십자군에 참가했다가 안티오키아 공격 중에 프랑스로 돌아갔는데, 서원을 채우지 못하
   고 돌아왔다고 비난하는 아내의 성화에 쫓겨 다시 돌아갔고 전투 중에 사망했다.
46 그러니까 발도비노의 기병은 모두 천이백 명이다.

이탈리아인[47] 아버지에게서 태어났지만,
성(姓)과 영지에서 게르만 사람으로서
위대한 벨펜 가문에 들어가게 되었고,[48]
옛날 수에비 족과 라이티 족[49]이 살던
라인과 도나우의 케른텐[50]을 통치했다.

어머니에게서 물려받은 여기에다 그는   42
영광스럽고 위대한 정복지를 덧붙였다.
여기서 데려온 사람들은 그의 명령에
죽음을 맞는 것을 우습게 생각하였고,
따뜻한 숙소에서 겨울을 보내고 즐거운
초대로 만찬을 벌이는 것이 습관이었다.
출발 때 오천이었는데, 페르시아인들과
전투에서 삼분의 일만 남아 이끌었다.[51]

이어 금발에 피부가 하얀 사람들[52]이   43

---

47 원문에는 "라틴인"으로 되어 있다.
48 궬포 4세(10연의 역주 참조)의 아버지는 데스테 가문의 알베르토 아초 2세였고, 어머니는
    알트도르프Altdorf의 쿠네곤다Cunegonda(독일어 이름은 쿠니군데Kunigunde 또는 쿠니
    차Chuniza)였는데, 어머니의 오빠가 후사 없이 사망하자 벨펜 가문의 후계자가 되었다.
49 수에비Suebi 족과 라이티Raeti 족은 고대 게르만 족의 일파였다.
50 케른텐Kärnten은 오스트리아 남부 지방으로 라인 강과 도나우 강(원문에는 이스트로Istro로
    되어 있는데, 그리스어 이름이 이스트로스Istros 또는 이스테르Ister였다.)이 근처에 흐른다.
51 안티오키아 공방전에서 궬포의 부대는 많은 희생을 당했다.
52 프랑스와 독일, 그리고 대서양("바다") 사이의 플랑드르 지방과 프리슬란트 지방 사람들을
    가리킨다.

따라왔는데, 그들은 프랑스와 독일과
바다 사이에 뫼즈[53]와 라인이 물결치고
농업과 목축으로 비옥한 땅에서 왔고,
그 섬사람들은 게걸스럽게 먹는 바다,
단지 배들과 화물들뿐 아니라 도시와
왕국들까지 모두 집어삼키는 바다에
대항해 높은 제방을 쌓아 방어한다.

그 사람들은 모두 천 명으로 다른   44
로베르토[54]의 지휘 아래 함께 갔다.
영국 부대는 상당히 규모가 컸는데,
왕의 작은 아들 굴리엘모[55]가 이끌었다.
그들 영국의 궁수들과 함께 북극에
가까운 곳에서 온 사람들이 있었는데,
털투성이 그들은 세상에서 가장 멀리
떨어진 아일랜드의 거친 숲에서 왔다.

그리고 탄크레디가 왔는데, 리날도를   45
제외하면 그는 가장 탁월한 전사였고,

---

53 뫼즈Meuse 강은 프랑스에서 발원하여 벨기에와 네덜란드를 거쳐 북해로 흘러드는 강으로
독일어와 네덜란드어 이름은 마스Maas 강이다.
54 앞의 38연에서 언급된 로베르토가 아니라, 플랑드르의 백작 로베르토 2세(1065?~1111)를
가리킨다.
55 앞의 32연 역주 참조.

용모와 태도에서 가장 아름다웠으며,
마음이 용감하고 탁월한 사람이었다.
그의 위대한 장점을 덜 빛나게 해줄
단점의 그림자는 사랑의 광기였으니,
전쟁 중에 덧없는 시선에서 탄생하여
고통을 먹으며 힘을 얻은 사랑이었다.

잘 알려져 있듯이 프랑스 사람들이   46
페르시아인들을 물리친 영광스런 날,[56]
탄크레디는 승리가 마무리될 무렵
달아나는 자들을 뒤쫓는 데 지쳐서
타는 입술과 고통스러운 옆구리에
휴식과 신선함을 찾아주려고 했고,
녹음으로 둘러싸인 생생한 샘물이
여름의 그늘로 이끄는 곳으로 갔다.

거기에서 얼굴만 제외하고 완전히   47
무장한 여인이 갑자기 나타났으니,
그녀 역시 휴식을 취하려는 똑같은
이유로 거기 온 이교도 여인이었다.
그는 그녀를 보았고, 아름다운 용모를

56 이어서 탄크레디가 클로린다를 첫눈에 보고 사랑에 빠진 이야기를 한다. 그것은 십자군이
예루살렘에 가까이 가기 전에 처러진 전투 중에 일어난 사건이다.

보았고, 마음에 들었고, 불타올랐다.
오, 경이로움이여! 방금 태어난 사랑이
벌써 높이 날고, 벌써 승리하는구나!

다른 기사가 오면 자신을 공격할까   48
두려워 그녀는 곧바로 투구를 썼다.
단지 달아날 필요가 있었기 때문에
여인은 자기 패배자[57]에게서 떠났으나,
아름답고 당당한 그녀 모습은 그의
가슴에 간직되어 살아 있는 듯했고,
그녀의 모습과 보았던 장소는 계속
생각 속에서 불꽃에 불꽃을 더했다.

그래서 주의 깊은 사람은 얼굴에서   49
'이 사람은 희망 없이 불타고 있구나.'
읽을 수 있었고, 그렇게 슬픔에 넘쳐
눈썹을 내리깔고 한숨을 쉬며 왔다.
그가 이끄는 기병 팔백 명은 훌륭한
자연을 자랑하고, 티레니아 바다가
비옥하고 부드러운 언덕을 흠모하는
아늑한 캄파니아[58]의 해안에서 왔다.

---

57 사랑의 패배자가 된 탄크레디.
58 캄파니아Campania는 이탈리아 남부 나폴리를 중심으로 하는 지방으로 티레니아 바다와

이어서 그리스인 이백 명이 왔는데,   50
그들은 거의 모두 갑옷도 없었으며
한쪽 옆구리에는 휘어진 검을 찼고
등에서 활과 화살통이 소리를 냈고,
초라한 여물에도 지칠 줄 모르고
달리는 야윈 말을 타고 있었는데,
그들은 공격과 후퇴에서 재빨랐고
흩어져 헤매고 달아나면서도 싸웠다.

그들은 라틴 부대 사이에서 유일한   51
그리스 사람 타티노[59]가 이끌었으니,
오, 부끄럽다! 사악하다! 그리스여,[60]
왜 가까운 전쟁에 참여하지 않느냐?
마치 구경하듯이 앉아서 게으르게
위대한 위업의 끝을 기다리는구나.
네가 비열한 종이라면, 너의 예속은
모욕이 아닌 정의이니 불평하지 마라.

그리고 사열에서 마지막이나 싸움과   52

맞닿아 있다. 하지만 실제로 탄크레디의 부대는 아풀리아, 칼라브리아, 시칠리아 지방에서
왔다.
59 연대기들에서 언급되는 타티노Tatino(그리스어 이름은 타티노스Tatinos)는 비잔티움 황제
가 십자군의 안내자로 제공한 인물이었으나 실제로는 비밀 정보원 역할을 했다.
60 비잔티움 제국의 황제 알렉시우스 1세가 십자군에 적극적으로 참여하지 않고 오히려 제국
의 이익만 얻으려고 한 것에 대해 비난한다.

무훈에서 첫째인 부대가 왔으니,
불굴의 영웅들이며, 아시아의 공포,
마르스[61]의 번개 같은 용병들이었다.
종이를 꿈으로 채우는 아르고 선원들,[62]
아서 왕의 방랑 기사들이여 침묵해라,
그들 뒤에 모든 옛 기억은 잊히리라.
그런데 그들의 지도자는 누구인가?

콘츠의 두도네[63]가 지도자로, 혈통과   53
역량으로 판단하기 어려웠기 때문에,
아주 많은 것을 보고 경험한 그에게
복종하기로 다른 사람들이 합의했다.
그는 장년을 훨씬 넘어 원숙하였고,
하얀 머리칼로 젊은 활력을 보였고,
흉하지 않은 상처의 흉터들을 마치
합당한 명예의 흔적처럼 과시했다.

또 에우스타치오[64]가 앞에 있었는데,   54

---

61 고전 로마 신화에서 전쟁의 신으로 그리스 신화의 아레스에 해당한다.

62 원문에는 i Mini(그리스어로는 Minyes), 즉 "미니아 사람들"로 되어 있는데, 그리스 에게 해 지역의 토착민들이었다. 이 용어는 종종 황금 양털을 찾아 나선 아르고호 선원들을 가리키기도 하는데, 대표적 영웅 이아손의 어머니가 그 출신이었기 때문이다.

63 콘츠Kontz의 두도네Dudone는 실존 인물인지 확인되지 않았다. 콘츠는 모젤 강과 자르 강의 합류 지점에 있다. 이어서 타소는 다양한 지역에서 온 용병들을 일일이 열거한다.

64 에우스타치오Eustazio(프랑스어 이름은 외스타슈Eustache) 3세는 고프레도의 다른 형제

형제 고프레도만큼 탁월함을 보였다.
노르웨이 왕의 아들로 왕홀과 직함과
왕관을 자랑하는 제르난도[65]도 있었다.
발나빌의 루지에로와 엔제를라노[66]는
옛날 명성에서 탁월한 자들이었으며,
젠토니오, 람발도, 두 명의 게라르도[67]
모두가 뛰어난 기사들로 찬양되었다.

우발도와 위대한 랭커스터 공작령의   55
후계자 로스몬도[68]도 칭찬을 받았고,
토스카나 출신의 오비초[69]도 망각의
바닥에 빠진 채 잊히지 않아야 하고,
롬바르디아 출신의 세 형제 아킬레,
스포르차, 팔라메데, 그리고 뱀에게서

로, 1049년부터 1088년까지 아버지의 뒤를 이어 불로뉴Boulogne의 백작이었다. 아버지의
뒤를 이은 것으로 보아 그가 장남이며 고프레도의 형으로 추정되지만 정확한 출생 연도를
알 수 없다. 하지만 이 작품에서 타소는 그를 고프레도의 동생으로 보고 있다. (제18곡 79
연 참조) 그도 제1차 십자군 전쟁에 참가하여 예루살렘에 갔으나 곧바로 자신의 영지를 돌
보기 위해 돌아왔다.

65 제르난도Gernando는 타소가 상상해낸 인물이다.
66 발나빌Balnaville의 루지에로Ruggiero는 실존 인물이지만 안티오키아 공격 중에 사망한
   것으로 전해진다. 엔제를라노Engerlano 역시 연대기에서 언급되는 인물로 여기에서만 나
   온다.
67 젠토니오Gentonio, 람발도Rambaldo, 두 명의 게라르도Gherardo 역시 티레의 대주교 굴
   리엘모의 저술에서 언급된 인물이다.
68 우발도Ubaldo와 랭커스터의 로스몬도Rosmondo는 실존 인물이었는지 알 수 없다.
69 토스카나 사람 오비초Obizzo는 아마 말라스피나 가문의 선조였을 것으로 짐작된다.

벌거벗은 아이가 나오는 방패를 얻은
강력한 오토네[70]도 잊지 않아야 한다.

구아스코, 리돌포도 뒤에 두지 않고,   56
모두 유명한 두 명의 구이도, 그리고
에베라르도와 제르니에로 역시 나는
침묵 속에 남겨두지는 않을 것이오.[71]
연인이자 부부 질디페와 오도아르도,[72]
당신들은 열거에 지친 나를 어디로
데려가오? 전쟁 속에서도 함께하는
당신들은 죽어도 헤어지지 않으리다.

아모르[73]에게서 무엇을 못 배우겠소?   57
그녀는 결국 용맹한 전사가 되었고
언제나 남편의 곁에 붙어 있고, 둘의
생명이 하나의 운명에 달려 있었으니,

70 롬바르디아의 세 형제 아킬레Achille, 스포르차Sforza, 팔라메데Palamede는 실존 인물인
지 알 수 없으며, 오토네Ottone는 이어지는 설명으로 짐작해볼 때 비스콘티Visconti 가문
출신이 분명하지만 구체적으로 누구를 가리키는지 알 수 없다. 비스콘티 가문의 문장은 푸
른색 뱀이 벌거벗은 남자를 물고 있는 형상이다.
71 구아스코Guasco, 리돌포Ridolfo, 두 명의 구이도Guido, 에베라르도Eberardo, 제르니에로
Gerniero는 실존 인물인지 알 수 없다.
72 오도아르도Odoardo(영어 이름은 에드워드Edward)와 질디페Gildippe는 실존 인물로 부
부였다고 한다.
73 로마 신화에 나오는 아모르Amor(또는 쿠피도Cupido)는 사랑의 신으로 그리스 신화의 에
로스에 해당한다. 여기에서는 문맥에 따라 '아모르' 또는 '사랑'으로 옮길 것이다.

타격은 절대 하나에만 내려오지 않고
모든 상처의 고통은 나뉘지 않으며,
하나가 다치면 다른 하나가 괴롭고,
하나는 피를, 상대방은 영혼을 쏟았다.

그런데 아직 어린 리날도는 그들[74]과   58
사열에 참가한 그 모든 기사들 위로
당당한 머리를 부드럽고도 매섭게
쳐들었고, 모두들 그만 바라보았다.
나이와 희망도 조숙했고, 열매들이
나왔을 때에는 꽃도 조숙해 보였고,
갑옷을 입고 번개처럼 싸울 때에는
마르스 같고, 얼굴은 아모르 같았다.

그는 아디제 강의 기슭[75]에서 소피아가,   59
아름다운 소피아가 베르톨도, 바로 그
강력한 베르톨도에게 낳아주었으며,[76]
아기가 아직 엄마 젖을 떼기도 전에,

74 52연부터 열거한 용병들을 가리킨다.
75 데스테 가문의 최초 근원지 에스테Este를 가리킨다. 에스테는 페라라Ferrara 북동부의 작
    은 소읍으로 로마 시대의 이름은 아테스테Ateste였는데, 아마 아디제Adige 강의 라틴어 이
    름 Athesis에서 유래한 것으로 짐작된다. 실제로 그 근처로 아디제 강의 지류 하나가 흘렀
    는데 지금은 사라졌다.
76 리날도의 아버지 베르톨도Bertoldo는 아초 4세의 아들로 체링겐 가문의 소피아Sofia와 결
    혼하였다.

마틸데[77]가 원해 길렀으며, 통치술을
가르쳤고, 그는 항상 그녀와 있다가
동방에서 들려 온 나팔 소리[78]가 아직
어린 그의 마음을 사로잡았던 것이다.

그래서 아직 열다섯 살이 되기도 전에   60
그는 혼자 달아났고 미지의 길을 달려
에게 해를 건넜고, 그리스 해안을 넘어
머나먼 지역에 있는 진영에 이르렀다.
정말로 고귀한 달아남이었으니, 누군가
담대한 후손이 본받을 만한 것이로다.
삼 년 동안 전장에 있었고, 조숙하게
턱에 부드러운 수염이 나기 시작했다.

기병들이 지나간 뒤 보병들이 앞으로   61
지나갔는데 라이몬도[79]가 맨 앞이었다.
툴루즈를 다스린 그는 피레네 산맥과

---

77 카노사Canossa의 보니파초Bonifacio 3세와 베아트리체 사이의 마틸데Matilde 또는 마틸
다Matilda(1046~1115)를 가리킨다. 그녀는 바이에른 공작 궬포 5세(1073~1120)와 결혼함
으로써 데스테 가문의 일원이 되었다. 이탈리아 중북부에 있던 그녀의 카노사 성에서 역사
상 유명한 '카노사의 굴욕'이 일어났는데, 신성 로마 제국의 황제 하인리히 4세는 당시 그
성에 있던 교황 그레고리우스 7세에게 파문을 풀어달라고 추운 겨울날에 맨발로 성문 밖
에서 사흘 동안 애원했다.
78 십자군에 대한 소식.
79 프랑스 툴루즈Toulouse의 백작 라이몬도Raimondo(프랑스어 이름은 레몽Raymond) 4세
(1041?~1105)를 가리킨다. 그는 제1차 십자군의 가장 중요한 지도자들 중 하나였다.

가론[80]과 바다 사이의 병사들을 골랐다.
그 사천 명은 잘 무장되고 훈련되었고,
불편함에 익숙해 잘 참았으며, 훌륭한
사람들로, 더 이상 현명하고, 더 이상
강한 지도자에게 통솔될 수 없었으리.

뒤이어 앙부아즈와 블루아와 투르의   62
스테파노[81]가 오천 명을 이끌었는데,
비록 모두 갑옷으로 빛나고 있었지만,
튼튼하고 강인한 사람들은 아니었다.
아마 부드럽고 비옥하고 아늑한 땅이
자신과 비슷한 사람들을 낳는 것인지,
전투에서 처음에 격렬히 공격하다가
곧이어 쉽게 지쳐서 퇴각하곤 했다.

세 번째로 알카스토[82]가 옛날 테바이의   63
카파네우스[83]처럼 사나운 얼굴로 왔고,

---

80 가론Garonne 강은 피레네 산맥에서 발원하여 프랑스 남서부 지역을 지나 대서양으로 흘러간다.

81 프랑스 중부 앙부아즈Amboise, 블루아Blois, 투르Tours의 영주 스테파노Stefano가 구체적으로 누구를 가리키는지 분명하지 않다. 앞의 40연에서 언급한 스테파노와 혼동했을 것으로 추정하기도 한다.

82 알카스토Alcasto는 허구의 인물이다.

83 그리스 신화에 나오는 카파네우스는 힙노스와 아스티노메의 아들로 테바이와 싸운 일곱 왕들 중 하나였다. 테바이를 공격할 때 그는 오만하게 제우스에게 저항했고 그로 인해 제우스의 번개에 맞아 죽었다.

알프스의 성들에서 소집한 대담하고
광폭한 스위스인 육천 명을 이끌었다.
그들은 땅을 일구고 이랑을 내는 쇠를
새롭고 가치 있는 모양으로 바꾸었고,[84]
야생 동물을 돌보던 손으로, 왕국이
공격해도 전혀 두렵지 않은 듯했다.

뒤이어서 베드로의 왕관과 열쇠가   64
그려진 높다란 깃발이 뒤따라 왔다.
훌륭한 카밀로[85]가 눈부시고 무거운
무장의 보병들 칠천 명을 모았는데,
그는 조상의 옛 영광을 되살리거나
최소한 이탈리아의 역량을 보이거나
단지 기량을 보이도록, 그런 임무에
하늘에 의해 선택된 것이 기뻤다.

이 부대를 마지막으로 모든 부대가   65
멋진 사열과 함께 모두 지나갔을 때,
고프레도는 주요 지도자들을 불렀고
자기 마음을 그들에게 분명히 밝혔다.
"내일 아침 새로운 새벽이 나타날 때,

84 농기구로 사용되던 쇠로 무기를 만들었다는 뜻이다.
85 교황의 군대를 이끄는 카밀로Camillo는 허구의 인물이다.

부대가 신속하고 빠르게 출발하여
예상하지 못하도록 가능한 한 빨리
성스러운 도시에 도착하기를 바라오.

그러니 여러분들은 행군을 준비하고　　　　　　　　　　　66
전투와 승리까지 준비하도록 하시오."
그렇게 현명한 사람의 담대한 말은
모두를 자극하였고 용기를 북돋았다.
모두 새 태양을 맞이할 준비를 했고
초조하게 새벽이 되기를 기다렸지만,
신중한 고프레도는 비록 가슴속으로
눌렀지만 전혀 두려움이 없지 않았다.

왜냐하면 시리아 왕국과 대적할 만큼　　　　　　　　　　67
강력하고 멋진 성채인 가자[86]를 향해
이집트의 왕[87]이 벌써 길을 떠났다는
확실한 소식이 전해졌기 때문이다.
광폭한 임무들에 익숙한 그 사람이
게으름에 빠져 있다고 믿을 수 없고,
그래서 그 광폭한 적을 기다리면서

---

[86] 팔레스티나 남서쪽 지역으로 현재는 팔레스티나 자치 정부에 속한다.
[87] 그 당시 이집트의 통치자는 1094년 칼리파가 된 파티마 왕조의 알무스타리Al-Musta'li(아랍어 이름은 أبو القاسم أحمد المستعلي بالله, 1076~1101)였다.

충실한 전령 엔리코[88]에게 말하였다.

"날렵하고 재빠른 소형 범선을 타고   68
그리스 땅으로 빨리 가도록 하여라.
정보 전달에서 절대로 실수하지 않는
사람이 나에게 쓴 것처럼, 한 고귀한
젊은이가 거기 도착할 텐데 전쟁에서
불굴의 용기로 우리 동료가 될 그는
덴마크 왕자[89]로 북극 근처 고장에서
대규모의 부대를 이끌고 올 것이다.

하지만 그릇된 그리스 황제는 언제나   69
그러하였듯이 아마 그가 돌아가거나
우리와 멀리 떨어진 곳으로 가도록
만들기 위하여 속임수를 쓸 것이다.
그러니 전령이여, 진정한 충고자여,
나의 이름으로 그를 우리와 그에게
좋은 방향으로 인도하고, 머뭇거림은
치욕이 될 테니 바로 오라고 말해라.

---

88 엔리코Enrico도 허구의 인물일 것으로 짐작된다. 이 작품에는 서로 다른 엔리코 네 명이
등장하므로 구별해야 한다.
89 나중에 제8곡 6연에서야 이름이 밝혀지는 스베노Sveno이다.

하지만 너는 그와 함께 오지 말고,　　　　　　　　70
그리스 황제에게 도움을 요청해라.
벌써 여러 번 우리에게 약속하였던
도움을 협상으로 제공해야 하니까."
그렇게 말하고 지시를 하자, 전령은
인사의 편지와 신용장을 받은 다음
출발을 서두르기 위해 작별을 했고,
고프레도는 생각을 멈추고 쉬었다.

그리고 다음날 빛나는 동쪽 문이　　　　　　　71
태양을 향하여 활짝 열렸을 무렵
나팔들과 북들의 소리가 들려 왔고
모든 전사들은 걸음을 재촉하였다.
더운 날 비의 희망을 세상에 알리는
천둥도 그렇게 기쁘지 않을 정도로
전쟁에 쓰이는 악기의 높은 소리는
용맹스런 전사들에게 사랑스러웠다.

곧이어 모두 커다란 욕망에 이끌려　　　　　　72
익숙한 갑옷으로 온몸을 덮었으며,
바로 모든 무장을 완전히 갖추었고,
곧이어 질서정연하게 집합한 부대로
각자의 지도자 휘하에 모여들었고,
모든 깃발들이 바람에 휘날렸으며,

거대한 제국의 깃발에서는 승리의
십자가가 하늘을 향하여 펄럭였다.

그러는 동안 태양은 하늘 벌판에서   73
더욱 앞으로 나아가 높이 솟았으며,
무기들에 부딪쳐 번쩍이며 떨리는
빛을 반사해 눈이 부시게 하였다.
대기는 온통 불꽃으로 타올랐으며
커다란 화재처럼 퍼지는 것 같았고,
말들의 울음소리에 무기들 부딪치는
소리가 뒤섞여 온 들판이 먹먹했다.

대장[90]은 매복한 적들로부터 부대를   74
안전하게 보호하기 위하여 가볍게
무장한 기병들을 파견하여 주변의
여러 곳들을 돌아보도록 하였으며,
선발대를 부대 앞으로 내보냈으니,
그들은 팬 곳을 메우고 가파른 곳을
평평하게 만들고, 막힌 길목을 열어
편히 가도록 길들을 만들어야 했다.

이교도들은 아직 모여 있지 않았고,   75

90 고프레도.

깊은 해자로 성벽을 두르지 않았고,
큰 개울이나 높은 산 또는 우거진
숲이 그들의 길을 가로막지 않았다.
그리하여 때로는 다른 강들의 왕[91]이
정도에 넘치도록 오만하게 불어나서
제방들 너머로 파괴하면서 흘러가면
아무것도 맞서지 못하는 것 같았다.

사람들과 보물, 무기들을 성벽 안에   76
잘 지키고 있던 트리폴리의 왕[92]만이
프랑스 군대를 늦출 수 있었겠으나
감히 싸움을 유발하지는 못하였고,
전령과 선물을 보내 그들을 달래서
자기 땅으로 들어오도록 허락했고,
경건한 고프레도가 좋아하는 대로
부과하는 화평의 조건을 수락했다.

이곳에서 도시의 동쪽 가까운 곳에   77
높다랗게 솟아 있는 세이르 산[93]에서

---

91 이탈리아에서 가장 큰 강으로 북부를 가로질러 흐르는 포Po 강을 가리킨다.
92 그 당시 리비아의 트리폴리는 아랍어로 '아미르أمير'라는 직책의 귀족이 통치하였다. 아미르
　　는 원래 군대의 '사령관'을 의미하고 이슬람 세계에서 통치자나 왕족, 귀족의 칭호로 사용
　　되며, 대부분 '태수'나 '총독'으로 번역한다. 실제로 당시 트리폴리의 아미르는 십자군에게
　　대가를 지불하고 직접적인 충돌을 피했다.
93 트리폴리 동쪽에 같은 이름의 산이 있는지 모르겠으나, 「창세기」 14장 6절을 비롯하여 『성

남녀노소가 뒤섞여 있는 한 무리의
그리스도교 신자들이 평지로 내려와
그리스도교 승리자들에게 선물을 했고,
즐겁게 그들을 보며 함께 이야기했고,
이상한 무기들에 놀랐다. 그들에게서
고프레도는 믿음직한 안내자를 얻었다.

그는 언제나 바닷가에 가까운 곳의   78
똑바른 길로 부대를 이끌고 갔는데,
아군의 함대가 마치 가까운 해안에
스치듯이 항해하는 것을 잘 알았다.
함대는 부대 전체에 필요한 무기를
충분히 공급했고, 모든 그리스 섬이
곡물을 수확하고, 험준한 키오스와
크레테가 포도주를 공급하도록 했다.[94]

높다란 배들과 그보다 가벼운 배들의   79
무게 아래 가까운 바다가 신음하였고,
따라서 지중해 바다로 나가는 안전한

서』 여러 곳에서 언급되는 세이르Seir 산맥은 유대 왕국 남동쪽의 사해와 아카바 만 사이에
    있다.
94 간단히 말해 함대가 지상 부대에 필요한 모든 군수 물자를 공급했다는 뜻이다. 키오스와
    크레테는 에게 해의 섬이다.

길은 사라센인[95]들에게 열리지 않았고,
조르조와 마르코[96]가 리구리아 해안과
베네치아 해안에서 무장한 배들 외에
잉글랜드와 프랑스, 네덜란드, 비옥한
시칠리아가 다른 배들을 보내주었다.

그리하여 이들과 모든 배들이 함께   80
단 하나의 의지로 단단하게 묶인 채
지상 부대들에게 필요한 모든 것을
여러 해안에서 마련하여 운반했고,
따라서 지상의 부대들은 전선으로
가는 길들이 안전한 것을 발견하고
빠른 속도로 그리스도께서 죽음의
고통을 겪으신 곳을 향해 나아갔다.

그런데 진짜 소식과 거짓된 소식을   81
전하는 소문이 앞장서 달려갔으니,
행복한 승리자 진영[97]이 단결했으며,

---

95 사라센은 원래 시리아 초원의 유목민을 가리키던 용어였으나, 중세 유럽에서 이슬람교도
또는 아랍인을 통칭하는 용어로 사용되었다.
96 조르조Georgio는 시리아 출신으로 초기 그리스도교의 주요 순교자들 중 하나인 성 게오르
기우스Georgius(275?~303)로 제노바의 수호성인이고, 마르코Marco는 복음사가 마르코로
베네치아의 수호성인이다. 제노바는 이탈리아 반도 서북쪽 리구리아Liguria 지방의 해안에
있다.
97 그리스도교 진영.

벌써 움직였고, 뒤처진 자도 없으며,
어떤 부대들에 몇 명인지 전해주었고,
아주 뛰어난 기사들의 이름과 무훈,
공적을 이야기했고, 무서운 얼굴로
시온의 부당한 찬탈자들을 위협했다.

불행을 기다리는 것은 아마 현재의　　　　　　　　　82
불행보다 더 큰 불행이 될 것이니,
모든 불안한 귀와 불안한 마음을
모든 불확실한 소문에 기울였으며,
안과 밖의 혼란스러운 속삭임들이
괴로운 도시와 들판을 가로질렀다.
하지만 늙은 왕[98]은 가까운 위험에도
사악한 의도로 의심 속에 휩싸였다.

왕의 이름은 알라디노, 그 왕국의　　　　　　　　　83
새로운 주인으로 염려 속에 살았고,
전에는 잔인하였지만 성숙한 나이로
그 잔혹한 성격은 약간 완화되었다.

98 뒤이어 이름이 언급되는 예루살렘의 통치자 알라디노Aladino를 가리키는데, 그는 타소가
상상해낸 허구의 인물로 엄밀하게 말하면 왕이 아니다. 사실 1099년 십자군이 공격할 당시
예루살렘은 이프티카르 앗 다울라Iftikhar ad-Daula('민족의 자부심'이라는 뜻이다.)가 통치
했는데, 그는 1096년부터 예루살렘을 지배한 이집트 파티마 왕조의 고위 관리였을 것으로
추정된다.

그는 자기 도시의 성벽을 공격하려는
라틴 군대의 계획에 대해 들었는데,
옛 두려움에 새로운 의혹이 덧붙어
적들과 자신의 주민들까지 두려웠다.

도시에는 종교가 서로 다른 주민이   84
뒤섞여 함께 살고 있었기 때문인데,
그리스도인들은 소수에 힘이 없었고,
무함마드[99] 신자들이 많고 강력했다.
하지만 그는 시온을 정복하고 거기에
자신의 중심지를 세우려고 했을 때,
이교도에게는 공적 부담[100]을 줄이고
불쌍한 그리스도인에게는 배가했다.

그런 생각은 한동안 잠들어 있었고   85
차갑게 식어가던 선천적인 잔인함을
다시 되살리고 도발하고 강화했으니,
전보다 더 피에 목말라하게 되었다.
겨울에는 해롭지 않아 보이는 뱀이
여름이 되면 다시 난폭해지는 것처럼,
온순하던 사자도 누군가가 공격하면

---

99 이슬람교의 창시자 무함마드(570~632)를 가리킨다.
100 세금.

타고난 난폭함을 다시 되찾게 된다.

그는 말했다. "이 불신의 무리[101]에게   86
새로운 즐거움의 징조가 보이는구나.
모두의 불행이 그들에게는 즐겁고,
모두 우는데 그들만 웃는 것 같으니
혹시 함정이나 배신을 품고 있어서
어떻게 나를 죽일까 궁리를 하거나,
내 적이자 자신들의 동료 백성에게
몰래 문을 열어주려고 궁리할 거야.

하지만 그러지 못할 거야. 사악한   87
계획을 막고 충분히 보복할 테니까.
그들을 모조리 잔인하게 죽여버리고
엄마 품 안에 있는 아이까지 죽이고,
그들의 집과 성전도 모두 불태우면
성전은 죽은 놈들의 화형대가 되겠지.
그들의 무덤[102]에서 의식을 거행하는
동안에 사제부터 희생자로 만들겠어."

---

101 예루살렘에 거주하는 그리스도교 신자들을 가리킨다.
102 예수 그리스도의 무덤을 가리킨다. 미사("의식")를 거행하는 동안에 사제들을 죽이겠다는
　　　것인데, 지나칠 정도로 잔인함을 강조하고 있다.

그 사악한 자는 속으로 생각했으나   88
그런 잔인한 생각을 따르지 않았다.
하지만 순진한 사람을 용서한 것은
자비가 아닌 소심함의 결과였으니,
두려움이 그를 잔인하게 부추겼다면,
다른 강한 의혹이 억제했기 때문이다.
그러니까 승리자 부대를 너무 자극해
협상의 길이 없어질까 두려워하였다.

그래서 그는 격한 분노를 억제하고   89
어디에 터뜨릴까 다른 곳을 찾았다.
들판의 농가들을 부수고 무너뜨렸고,
경작된 땅을 모두 불태워버렸으며,
프랑스 군대가 숙영을 하려는 어떤
장소도 온전하게 내버려두지 않았고,
모든 강물들과 샘물들에다 치명적인
독약을 섞어서 오염되게 만들었다.

잔인하며 신중한 그는 그러는 동안   90
잊지 않고 예루살렘을 보강하였다.
세 방향은 예전부터 아주 튼튼했고,
단지 북쪽만 약간 덜 안전하였지만,
처음부터 그는 강력한 대비책으로
강하지 않은 곳을 방비하도록 했고,

아주 많은 용병들과 부하 병사들이
서둘러 그곳으로 모이도록 조치했다.

제2곡

알라디노는 성당에서 빼앗아왔지만 사라진 성모 마리아 성상을 찾기 위해 그리스도
인들을 학살하려 한다. 소프로니아는 그리스도인들을 구하기 위해 자신을 희생하려
고 하며, 그녀를 사랑하는 올린도와 함께 화형당하려는 순간 클로린다가 나타나 풀어
주게 한다. 이집트 칼리프의 사절이 고프레도의 공격을 저지하려고 설득하지만 고프
레도는 거절한다.

폭군[1]이 전쟁을 준비하는 동안   1
어느 날 이스메노[2]가 혼자 나타났다.
이스메노는 닫힌 석관 속에서 죽은
사람을 끌어내 되살릴 수 있었으며,
중얼거리는 주문 소리로 사탄[3]까지
자기 자리에서 깜짝 놀라게 하였고,
그의 악마들을 마치 종처럼 사악한
임무에 이용하며 마음대로 부렸다.[4]

그는 전에 그리스도인이었다가 지금은   2

---

1   알라디노.
2   이스메노Ismeno는 타소가 창작해낸 마법사로 알라디노의 편에 서서 사악한 마법으로 온
      갖 악행을 저지른다.
3   원문에는 "플루톤Pluton"으로 되어 있는데, 그리스 신화에 나오는 저승의 신 하데스의 다
      른 이름으로, 땅속의 재화를 사람에게 가져다준다고 해서 그렇게 부르기도 했다.
4   원문에는 gli discioglie e lega, 즉 "풀어주거나 묶었다."로 되어 있다.

무함마드를 숭배하지만, 예전 의례[5]를
버리지 않고 사악한 용도에 사용했고,
자기가 잘 아는 두 율법을 뒤섞었다.
지금 그는 사람들에게서 멀리 떨어진
동굴에서 비밀의 마법을 실행했는데,
모두의 위험에 자기 주인에게 갔고
왕에게 아주 사악한 충고를 하였다.

그는 말했다. "나리, 두려운 승리자   3
군대가 막힘도 없이 오고 있습니다.
하지만 우리에게 필요한 것을 한다면
하늘과 세상이 큰 도움을 줄 겁니다.
당신은 왕과 지도자로서 모든 역할을
완수했고, 또 미리 앞을 예견했지요.
모두 그렇게 자기 임무를 다한다면
이 땅은 적들의 무덤이 될 것입니다.

나로서는 위험과 대비책의 동료로서   4
도움을 주기 위하여 이렇게 왔으니,
늙은 나이가 충고할 수 있는 것과
모든 마법의 대비책을 약속합니다.

5   말하자면 그리스도교 의례.

나는 하늘로부터 유배된 천사들[6]을
그런 일에 참여하게 만들 것입니다.
마법을 어디에서 시작하고, 어떻게
할 것인지 이제 말해주겠습니다.

그리스도인들의 성전에 지하 제단이   5
숨겨져 있는데, 태어나고 묻힌 신의
어머니이자 신처럼 섬기는 여자[7]의
얼굴이 그려져 있는 그림이 있지요.
휘장에 둘러싸인 그 그림 앞에는
언제나 등이 환하게 켜져 있으며,
그 주위에는 경솔하게 믿는 자들이
길게 늘어서서 서원을 바친답니다.

그들의 그 그림을 당신의 손으로   6
직접 그 자리에서 빼앗아 가져와서
당신 모스크에 놓아두기 바랍니다.
그러면 내가 강력한 마법을 쓸 테니,
그것이 여기에 보관되는 한 언제나
성문들은 강력하게 보호될 것이며,

6   악마들을 가리킨다. 그들은 원래 천사였으나 하느님에게 반역했다가 땅속으로 떨어져 악
    마가 되었다고 한다.
7   그리스도("태어나고 묻힌 신")의 어머니 성모 마리아.

경이로운 기적으로 당신의 왕국은
난공불락의 성벽 안에 안전할 것이오."

그가 그렇게 말하고 설득하자 왕은   7
서둘러서 하느님의 집으로 달려갔고,
사제들을 강제로 위협해 불경스럽게
신성한 성상을 거기에서 강탈하였고,
종종 그릇되고 사악한 경배로 하늘을
짜증나게 했던 모스크로 가져갔다.
그리고 마법사는 불경스러운 곳에서
신성한 성상에다 주문을 중얼거렸다.

하지만 새로운 새벽이 밝아왔을 때   8
더러운 성전을 수비하고 있던 자는
성상이 있던 곳에서 없어진 것을
보고, 다른 곳을 찾아도 헛일이었다.
그는 곧바로 왕에게 알렸고, 그런
소식에 왕은 엄청나게 분노하였고,
분명히 어느 신자가 그것을 훔쳐
숨겨두었을 것이라고 생각하였다.

어느 신자의 손이 그렇게 훔쳐냈든,   9
또는 여기까지 힘을 미치는 하늘이
자기 여왕인 성모의 신성한 성상이

비천한 곳에 있는 것을 경멸하였든,
그것이 인간에 의한 것인지, 아니면
경이로운 일인지 소문은 불확실해도,
인간의 경건함보다 하늘이 그랬다고
믿는 것이 진정 경건한 일일 것이다.

왕은 바로 부당한 조사를 시작하여   10
모든 교회와 모든 집을 찾아보았고,
감추거나 밝히는 사람에게, 도둑이든
악인이든, 형벌이나 보상을 약속했다.
마법사는 모든 마법을 통해 진실을
밝히려 했지만 성공하지 못했으니,
마법에도 불구하고 하늘이, 자신의
일이든 아니든, 감추었기 때문이다.

하지만 잔인한 왕은 신자들의 범죄로   11
생각했는데 밝혀지지 않는 것을 보고,
그들에 대한 증오로 완전히 악해졌고
억누를 수 없는 분노로 불타올랐으며,
모든 존중심을 잃고 복수하려 했고,
불타는 영혼을 터뜨리고 따르려 했다.
"분노는 헛되이 꺼지지 않을 것이니,
모두 학살해 미지의 도둑도 죽이리라.

죄인이 죽을 때까지 죄 없는 자들이   12
죽으리라. 아니, 죄 없는 자들이라니?
그들 무리에는 우리 종교의 친구가
전혀 없었으니, 모두가 죄인이로다.
이번 범죄에 순수한 영혼이 있어도
옛날 잘못에 새 형벌을 줄 수 있다.
자, 우리 신자들이여, 어서 무기와
불을 들고 모두 불태우고 죽여라."

그렇게 부하들에게 말했고, 곧바로   13
그리스도인들 사이에 소문이 퍼졌고,
깜짝 놀란 그들에게 벌써 죽음의
두려움이 눈앞에 갑자기 닥쳐왔고,
과감하게 도피나 방어, 변명이나
간청을 시도하는 사람마저 없었다.
하지만 두려워하고 망설이던 그들은
예기치 않은 곳에서 구원을 얻었다.

성숙한 나이의 한 처녀[8]가 있었는데,   14
고귀한 생각에 매우 아름다웠지만
오직 정숙함으로만 치장할 뿐 자기

---

8 나중에 이름이 나오는 소프로니아Sofronia. 그녀와 올린도Olindo의 사랑 이야기는 타소가
　　창작해낸 것이다.

아름다움에는 신경을 쓰지 않았다.
그녀의 최고 미덕은 협소한 집의
담장 안에 자신의 미덕을 감추고,
흠모하는 사람들의 칭찬과 시선을
무시하고 소박하게 사는 것이었다.

그러나 조심해도 아름다움이 알려지고   15
칭찬받는 것을 완전히 막지 못했으니,
아모르는 어느 한 젊은이[9]의 강렬한
열망 앞에 그 아름다움을 드러냈다.
아모르여, 장님인 그대가 눈을 감아도
아르고스[10]가 눈을 뜨고 돌아보았으니,
수많은 감시를 뚫고 정숙한 처녀의
집으로 다른 사람의 눈을 데려갔구나.

그녀는 소프로니아, 그는 올린도였는데,   16
둘은 같은 도시 태생에 믿음도 같았다.
그녀가 아름답듯이 그는 소박하였으니,
무척 사랑하지만 별로 희망이 없었고
감히 고백할 줄도 몰랐고, 그녀는 그를
싫어했는지 못 보았는지, 그걸 몰랐다.

9   올린도.
10   그리스 신화에 나오는 괴물로 온몸에 백 개의 눈이 있었다고 한다.

그렇게 지금까지 불쌍한 그 젊은이는
보이거나 알려지거나 환영받지 못했다.

그러는 동안 자기 백성들에게 불행한   17
학살이 다가온다는 소문이 퍼졌다.
정숙한 만큼 마음이 너그러운 그녀는
어떻게 그들을 구할 것인가 생각했다.
강인함은 그 위대한 생각을 일으켰고,
처녀의 부끄러움은 그것을 억눌렀지만,
강인함이 이기고 화합하여, 부끄러움이
스스로 부끄러워져 대담해지게 되었다.

처녀는 군중들 사이로 혼자 나갔으며,   18
아름다움을 감추거나 과시하지도 않고
눈을 내리깔고 소박하고도 고귀하게
베일에 둘러싸인 모습으로 걸어갔다.
아름다운 얼굴은 우연인지 기교인지,
꾸민 것인지 자연스런 것인지 모르나
자연과 아모르와 은혜로운 하늘이
그녀의 자연스러움을 장식해주었다.

도도한 여인은 모두의 눈길을 받으며   19
누구도 바라보지 않고 왕 앞으로 갔다.
분노한 왕을 보고도 물러서지 않았고

강하고 두렵지 않은 태도를 유지했다.
그리고 말했다. "나리, 내가 왔으니,
분노를 거두고 당신 백성을 막으시오.
당신이 분노하게 만든 죄인을 당신에게
알려주고 건네주려고 내가 왔습니다."

그런 대담함에, 또 고귀하고 신성한   20
아름다움의 갑작스런 눈부심 앞에서
왕은 거의 혼란스럽고 압도당했기에
분노를 억제하고 잔인함을 진정시켰다.
만약 그의 영혼이 덜 강했다면, 도도한
그녀의 얼굴에 사랑에 빠졌을 것이나,
그 단호한 아름다움은 단호한 마음을
잡지 않으니 아모르의 장난 미끼였다.

만약 사랑이 아니라면 사악한 마음을   21
움직인 것은 놀라움, 변덕, 즐거움이었다.
그는 말했다. "모두 말하라. 그러면 너희
그리스도인을 해치지 않겠다고 약속한다."
그녀는 "죄인은 당신 바로 앞에 있어요.
나리, 훔친 것은 바로 이 두 손입니다.
바로 내가 성상을 훔쳤고, 당신이 찾는
사람은 바로 나이니, 나를 처벌하시오."

그렇게 모두의 운명을 위해 아름다운   22
얼굴을 제공했고 혼자 짊어지려 했다.
위대한 거짓말이여, 진실이 그대 앞에
설 정도로 아름다운 것은 언제인가?
폭군은 망설였고, 여느 때 그렇듯이
곧바로 분노를 터뜨리지 않고 이렇게
말했다. "누가 충고를 했고, 훔칠 때
누가 함께 있었는지 밝혀주기 바란다."

그녀는 말했다. "내 영광을 다른 사람이   23
조금이라도 함께 갖는 것을 원치 않았소.
오로지 나 혼자만이 내 공모자였으며,
나 혼자 생각하였고, 나 혼자 훔쳤소."
그러자 왕이 말했다. "그렇다면 단지
너 혼자 내 복수의 분노를 받아야겠군."
그녀는 "맞습니다. 나 혼자 그 영광을
차지했다면 나 혼자 벌을 받아야지요."

그러자 여기서 폭군은 다시 분노했고   24
물었다. "성상은 어디에다 감추었느냐?"
그녀는 대답했다. "감추지 않고 태웠소.
태우는 것이 바람직하다고 생각하였소.
그래야 최소한 치욕스럽게 불신자들의
손에 더 이상 더럽혀지지 않을 테니까요.

훔친 물건을 찾는다면 영원히 못 보고,
도둑을 찾는다면 여기 앞에 있습니다.

물론 훔친 것도 아니고 도둑도 아니오.   25
부당하게 훔친 것을 다시 찾았으니까요."
그 말을 듣고 폭군은 위협적인 목소리로
흥분하였고 분노의 고삐는 다시 풀렸다.
정숙한 마음이여, 고귀한 생각, 고귀한
얼굴이여, 이제 용서를 기대하지 마오.
잔인한 분노에 아모르가 아름다움으로
그녀를 보호해주는 것도 헛일이었다.

아름다운 여인은 잡혔고 잔인한 왕은   26
그녀를 불에 태워 죽이라고 명령했다.
곧바로 정숙한 베일과 망토를 벗겼고
부드러운 손을 억센 밧줄로 묶었다.
그녀는 말이 없었고, 놀라지 않았지만
감동적인 가슴은 안에서 약간 고동쳤고,
그녀의 아름다운 얼굴은 창백해졌지만
창백함이 아니라 순수함 때문이었다.

이 큰 사건이 알려지자 벌써 사람들이   27
몰려들었고, 올린도도 함께 달려갔으니,
사람은 불확실했으나 사건은 확실했고,

혹시 자기 여인이 아닐까 걱정하였다.
아름다운 여인이 범인으로 잡혔고 이미
사형 선고도 받았다는 것을 깨달았고,
집행자들이 임무에 몰두한 것을 보고
사람들과 부딪치면서 급히 달려갔으며,

왕에게 외쳤다. "아니오, 그녀는 절대   28
도둑이 아니오. 광기로 자랑하는 것이오.
그렇게 어려운 일을 여자 혼자서 감히
생각하고 실행하고 저지를 수 없어요.
어떻게 경비들을 속였소? 어떤 재주로
성모[11]의 신성한 성상을 훔쳤습니까?
그랬다면 말해보오. 그건 내가 훔쳤소."
아! 보답 없는 연인을 그리 사랑하다니!

그리고 말했다. "내가 당신들의 높은   29
모스크가 공기와 빛을 받는 곳으로
밤에 몰래 올라갔고, 접근할 수 없는
길을 통해 좁은 구멍으로 들어갔소.
명예와 죽음은 내가 받아야 합니다.
그녀가 내 형벌을 뺏으면 안 돼요.
저 밧줄은 내 것이고, 이 불은 나를

---

11 원문에는 Dea, 즉 "여신"으로 되어 있다.

위한 것이며, 화형대를 내게 주시오."

소프로니아는 얼굴을 들었고, 연민의   30
눈길로 부드럽게 그를 바라보았다.
"오, 불쌍한 사람, 왜 여기에 왔어요?
어떤 계획이나 광기가 안내했나요?
그러니까 당신 없이 나 혼자 왕의
분노를 충분히 감당할 수 없는가요?
나도 가슴이 있고, 하나의 죽음에는
혼자로 충분하고 동료가 필요 없어요."

그렇게 말하였지만, 그가 말한 것을   31
부정하고 생각을 바꾸게 하지 못했다.
오, 위대한 광경이여, 여기 너그러운
덕성과 아모르가 함께 다투고 있구나!
승자에게는 죽음이 상으로 주어지고,
패자에게는 살아남는 벌이 주어지는구나!
하지만 두 사람이 자신에게 죄가 있다고
서로 다툴수록 왕은 더욱 짜증이 났다.

자신을 모욕하는 것 같았고, 자신을   32
경멸하듯 형벌을 경멸하는 것 같았다.
그는 말했다. "둘 다 맞다. 그러니까
둘 다 형벌을 받아야 마땅할 것이다."

그리고 부하들에게 신호했고, 그들은
곧바로 가서 젊은이를 밧줄로 묶었다.
두 사람은 같은 기둥에 묶였고, 서로
등을 맞대고, 얼굴을 볼 수는 없었다.

주위에 이미 화형대가 만들어졌으며,   33
벌써 불을 붙이고 부채질을 했을 때,
젊은이는 고통의 탄식을 분출시켰고
함께 묶여 있는 그녀에게 말하였다.
"그러니까 이것이 내가 당신과 삶의
동반자로 묶이기를 원했던 밧줄이오?
이것이 똑같은 열기로 우리 가슴을
불태울 것이라고 믿었던 불꽃이오?

아모르가 약속한 것과 다른 불꽃과   34
매듭을 사악한 운명이 마련하였군요.
아! 운명은 우리를 너무 갈라놓았지만
이제 괴롭게 죽음으로 결합시키는군요.
너무 이상한 방식으로 죽어도, 침대는
아니지만 화형대의 동반자로 최소한
나는 기쁘오. 함께 죽기에 내 운명은
괴롭지 않지만, 당신 운명이 괴롭군요.

오, 내 운명은 정말로 행복하구나!   35

오, 달콤한 내 고통은 행복하구나!
이루어질 수 있다면, 가슴을 맞대고
내 영혼을 당신 입 안에 불어넣고,
나와 함께 똑같은 순간에 죽으면서
마지막 한숨을 내 입에 불어넣어 주오."
그는 그렇게 울면서 말했고, 그녀는
부드럽게 대답하며 이렇게 위로했다.

"친구여, 시대는 보다 고귀한 이유를   36
위해 다른 생각, 다른 탄식을 원해요.
왜 당신 잘못을 생각 안 해요? 하느님은
착한 자들을 크게 보상하시는 걸 몰라요?
그분 이름으로 고통받으면 고통도 달고
높은 곳[12]을 즐겁게 열망할 수도 있어요.
하늘이 얼마나 아름다운지 봐요. 우리를
초대하고 위로하는 듯한 태양을 보세요."

여기서 이교도들 무리도 눈물을 흘렸고,   37
신자들도 울었지만 목소리는 더 낮았다.
무엇인가 알 수 없는 부드러운 느낌이
왕의 단단한 가슴을 꿰뚫은 것 같았다.
그것을 느낀 왕은 화가 났고, 거기에

---

12 천국.

굽히지 않으려고 눈을 돌리고 가버렸다.
소프로니아, 그대만이 모두의 고통에
공감 않고, 울게 만들고 울지 않는구나!

그들이 그런 위험에 있을 때 고귀하고   38
가치 있는 모습의 기사가 나타났는데,
이상한 의상과 무기로 마치 멀리에서
순례를 하면서 오는 것처럼 보였다.
투구 꼭대기에 장식된 호랑이 문양이
모든 사람의 눈길을 끌었는데, 그것은
클로린다[13]가 사용하는 유명한 문장으로,
그녀라고 믿었고 그건 틀리지 않았다.

그녀는 아주 어린 나이 때부터 모든   39
여성적 관습과 재능을 경멸하였으니,
아라크네[14]의 일과 바늘과 물렛가락에
손을 댈 가치가 없다고 생각하였다.
부드러운 옷과 닫힌 장소를 피했고,
전장에도 정숙함이 있다고 믿었으며,
얼굴을 자부심으로 무장했고, 엄격함을

13 클로린다Clorinda는 타소가 창작해낸 인물로 서사시의 전통에서 자주 등장하는 전형적인
     여자 무사의 이미지를 보여준다.
14 그리스 신화에 나오는 리디아의 처녀로 뛰어난 길쌈 솜씨를 자랑했는데, 직물의 수호신
     아테나 여신과 솜씨를 겨루다가 죽어 거미가 되었다. 여기서는 베 짜는 일을 가리킨다.

좋아하였고, 또 엄격함이 매력이었다.

아직 소녀였을 때 여린 오른손으로   40
날랜 말의 고삐를 조이고 풀었으며,
창과 검을 다루었으며, 훈련장에서
사지를 단련했고 달리기를 훈련했다.
그리고 산길이나 숲길을 가로지르며
사나운 사자와 곰의 흔적을 뒤쫓았고,
전쟁에 나갔으며, 숲속에서 사람에게는
짐승 같았고, 짐승에게는 사람 같았다.

지금 그녀는 페르시아 쪽에서 왔는데,   41
가능한 한 그리스도인들에게 저항했고,
이미 여러 번 그리스도인들의 사지로
들판을 채우고 그들 피로 강을 적셨다.
그런데 지금 여기 도착하는 그녀 앞에
첫눈에 보아도 죽음의 광경이 펼쳐졌다.
어떤 죄로 그 죄인들이 벌을 받는지
알고 싶어 그녀는 말을 앞으로 몰았다.

군중들은 비켰고, 그녀는 함께 묶인   42
두 사람 가까이에 멈추어 바라보았다.
여자는 침묵하고 남자는 탄식하면서
여자가 더 강한 모습을 바라보았다.

남자가 자신의 고통이 아니라 연민에
짓눌린 사람처럼 우는 것을 보았고,
여자는 눈을 하늘로 향한 채 말없이
죽기 전에 벌써 이승을 떠난 것 같았다.

클로린다는 감동되었고 두 사람에게   43
연민의 감정에 눈물도 약간 흘렸는데,
괴로워하지 않는 자[15]에게 더 고통을
느꼈고, 눈물보다 침묵에 감동되었다.
머뭇거리지 않고 그녀는 옆에 있던
나이든 사람에게 몸을 돌려 물었다.
"오! 말해보오. 저들은 누구요? 무슨
운명이나 잘못으로 죽게 된 것이오?"

그렇게 물었고 질문에 대해 짧지만   44
충분한 대답을 그에게서 들었는데,
대답에 놀랐고, 곧바로 그 두 사람이
똑같이 죄가 없다는 생각이 들었고,
자신의 무기나 부탁으로 가능한 한
그들의 죽음을 막으려고 작정했다.
곧바로 화형대로 다가가 이미 붙은
불을 막으려고 집행자들에게 말했다.

15 소프로니아.

"내가 왕에게 말할 때까지 너희 중   46
누구도 이 험한 일을 감히 더 이상
계속하지 않도록 하여라. 늦었다고
왕에게 질책당하지 않도록 하여라."
집행자들은 그 말을 듣고 그녀의
당당하고 고귀한 모습에 설득되었다.
그녀는 왕을 향해 갔고, 왕은 길에서
자신을 향해 오는 그녀를 발견했다.

"나는 클로린다입니다. 내 이름을   46
아마 들으셨을 것인데, 내가 여기에
온 것은 함께 우리 공동의 믿음과
당신의 왕국을 지키기 위해서입니다.
명령만 하면 모든 일을 할 것입니다.
힘들거나 비천해도 두렵지 않으며,
원하시면 넓은 들판이든, 성벽 안의
좁은 곳이든 피하지 않을 것입니다."

그러자 왕이 대답했다. "아시아나   47
태양의 길에서 아무리 멀리 있어도,
오, 영광의 처녀여, 그대의 명성과
영광이 닿지 않는 곳이 있겠는가?
이제 그대의 검이 나와 함께 있으니
모든 두려움은 위안과 믿음이 되고,

아무리 큰 군대가 함께 방어하여도
이보다 확실한 희망은 없을 것이오.

고프레도가 머뭇거리지 않고 벌써   48
여기에 도착할 것 같은데, 그대가
자원하니, 그대만이 어렵고 힘든
임무를 맡을 가치가 있다고 믿소.
우리의 전사들에 대한 지휘권을
맡기니, 그대 명령은 바로 법이오."
그렇게 말했고, 그녀는 칭찬에 대해
친절하게 감사한 뒤 말을 이었다.

"봉사에 앞서 보상을 하는 것이   49
분명 이상하게 보일 것입니다만,
당신의 선의를 믿으니 미래 봉사의
보상으로 저 두 죄인을 주십시오.
선물로 요구하오니, 비록 그들 죄는
불확실한데 무자비한 처벌 같더라도,
거기에 대해서나, 무죄를 주장하는
그들의 증거에 대해서도 침묵하겠소.

다만 여기서 그리스도인들이 성상을   50
훔쳤다고 모두가 생각하는 것 같은데,
내 견해는 당신들과 다르지만, 충분한

근거 없이 내 의견을 말할 수 없소.
마법사[16]가 설득한 그 일을 한 것은
우리의 율법을 지키지 않은 것이니,
우리의 성전에는 다른 우상뿐 아니라
어떤 우상도 가질 수 없기 때문이오.[17]

따라서 그 놀라운 일은 무함마드에게   51
돌려야 하니, 그분은 당신의 성전이
이상한 종교에 의해 오염되는 것을
허용하지 않으려고 그렇게 한 것이오.
무기 대신 마법으로 무장하고 있는
이스메노는 마법으로 해보게 놔두고,
우리 기사들은 우리 기술인 무기로
처리하고 거기에만 의존할 것이오."

그리고 침묵했다. 왕은 화난 마음을   52
연민으로 돌리기 어려웠지만, 그녀를
기쁘게 해주고 싶었고, 결국 그녀의
부탁에 움직였고 이성에 설득되었다.
그는 대답했다. "그들을 풀어주어라.

---

16 이스메노.
17 이슬람교 교리에서는 모든 성상 숭배가 금지되어 있다.

중재자[18]의 말에 절대 거부하지 마라.
이것이 정의이건 아니면 용서이건,
무죄로 풀어주고, 죄인들을 주노라."

그렇게 풀려났고, 올린도의 운명은   53
정말로 행운이 넘치는 운명이었으니,
그런 행동의 증명으로 결국 너그러운
가슴에 사랑을 일으켰기 때문이다.[19]
그는 화형대에서 결혼식으로 갔고,
연인이자 죄인에서 신랑이 되었다.
그녀와 함께 죽으려 했고, 또한 그녀는
함께 죽지 않게 된 후로 함께 살았다.

하지만 의심 많은 왕은 그런 덕성이   54
가까이 있으면 위험하다고 생각했고,
그래서 왕이 원하는 대로 두 사람은
팔레스티나 영토 밖으로 망명하였다.
왕은 자신의 잔인한 계획에 따라서
다른 신자들을 추방하고 유배시켰다.
어린 자식들은 나이든 부모와 달콤한
집을, 오, 얼마나 슬프게 떠났던가!

18 클로린다.
19 올린도는 마침내 소프로니아의 사랑을 얻었다는 뜻이다.

힘든 이별이여! 단지 튼튼한 신체에   55
성격이 강인한 사람들만 쫓아냈으며,
여성과 아직 싸울 수 없는 아이들은
볼모로, 담보로 붙잡아두고 있었다.
많은 사람이 방황하며 갔고, 누구는
두려움보다 경멸감에 반발하였으며,
그들은 프랑스 군대[20]와 합류했는데,
바로 엠마우스[21]로 들어간 날이었다.

엠마우스는 성도 예루살렘으로부터   56
짧은 거리에 떨어져 있는 도시로,
자기 마음대로 천천히 가는 사람이
아침에 출발하면 세 시[22]에 도착한다.
그 말에 병사들은 얼마나 기뻐했는지!
얼마나 욕망이 재촉하고 자극했는지!
하지만 태양이 정오를 넘어 기울었고,
대장[23]은 여기에 천막을 세우게 했다.

벌써 천막을 세우고, 태양의 빛살이   57

20 십자군.
21 엠마우스Emmaus는 예루살렘에서 북서쪽으로 그리 멀리 떨어지지 않은 고대 도시이다.
22 원문에는 nona, 즉 "아홉째 시간"으로 되어 있는데, 중세 유럽의 성무일도(聖務日禱)에 따른 시간 구분에 의하면 대략 오후 세 시에 해당한다.
23 고프레도.

바다에서 멀리 떨어져 있지 않을 때
두 명의 높은 귀족이 미지의 의상에
이상한 모습으로 오는 것이 보였다.
그들의 평화로운 태도는 대장에게
친구로 온다는 것을 보여주었는데,
바로 위대한 이집트 왕의 전령으로
많은 호위병과 시종이 옆에 있었다.

하나는 알레테[24]로 원래 지저분한   58
민중 사이의 비천한 집안 출신이나,
유창하고 설득적이고 뛰어난 언변에다
매우 유연한 태도, 재빠르게 꾸미고
유능하게 속이는 재능으로 인하여
왕국에서 명예로운 자리에 올랐고,
비난이 칭찬으로 보이도록 멋지게
장식된 거짓말의 놀라운 대가였다.

또 하나는 키르카시아의 아르간테[25]로,   59
이방인으로 이집트 왕실에 들어갔지만,
왕국의 최고 통치자 위치에 올랐고

24 알레테Alete는 타소가 창작해낸 인물로 단지 여기에서만 등장한다.
25 아르간테Argante 역시 타소가 창작해낸 인물이다. 키르카시아Circassia는 카프카스(영어로
　　는 코카서스Caucasus) 지방 북서쪽 흑해 연안의 산악 지역으로, 아디게 또는 체르케스 민
　　족이 거주하였다.

군대에서 최고 계급에 올라갔으며,
참을성이 없고 무자비하고 잔혹하며
지칠 줄 모르는 불굴의 무술에다
모든 신들을 경멸하였고, 오로지
검만이 자신의 법칙이자 기준이었다.

그들은 면담을 요청하였고, 유명한   60
고프레도 앞으로 인도되어 들어갔다.
대장은 지휘관들 사이에서 수수한
옷차림에 소박한 의자에 있었지만,
그의 진정한 역량은 꾸미지 않아도
그 자체로 아주 분명한 장식이었다.
아르간테는 오만하고 도도한 태도로
별로 존경의 태도를 보이지 않았다.

하지만 알레테는 오른손을 가슴에   61
대고 고개를 숙이고 눈을 깔았으며,
자기 백성들의 관례에 따라 모든
방식으로 충분한 예의를 표하였다.
그리고 말했는데, 입에서는 꿀보다
달콤한 웅변의 강물이 흘러나왔고,
프랑스인들은 시리아 언어[26]를 이미

26 아랍어를 가리킨다.

배웠기에 그의 말을 모두 이해했다.

"오, 이 유명한 영웅들의 무리가   62
복종할 만한 가치 있는 태양[27]이여,
당신과 당신의 충고에 의해 과거에
얻은 승리들과 왕국들을 보셨으니,
당신 이름은 헤라클레스[28]의 표식 안에
남지 않고 우리에게도 벌써 알려졌고,
명성은 이집트의 모든 지역에 당신의
업적에 대한 분명한 소식들을 전했소.

아주 경이로운 이야기를 듣는 것처럼   63
그걸 듣지 않는 사람이 전혀 없으며,
저희 왕께서도 놀라움뿐만 아니라
커다란 즐거움과 함께 들으셨으며,
사람들이 당신에게 부러워하는 것을
사랑하시어 즐겁게 이야기도 하시며,
당신 업적을 사랑하시어 종교가 아닌
우정으로 당신과 연결되기 원하십니다.

27 고프레도를 가리킨다.
28 원문에는 알치데Alcide, 말하자면 '알키데스'로 되어 있는데, 헤라클레스의 할아버지 알카이오스의 이름에서 나온 별칭이다. "헤라클레스의 표식"은 지브롤터 해협, 즉 '헤라클레스의 기둥'을 가리킨다.

그러니까 그런 멋진 이유에 이끌려   64
우정과 평화를 당신에게 요구하시고,
서로가 함께 연결되는 매개체는 만약
믿음이 아니라면 덕성이 되겠지요.
그런데 당신이 그분 친구를 집[29]에서
쫓아내려고 준비하는 것을 아시고,
거기서 불행이 나오기 전에 당신에게
그분의 마음을 열어 보이시려 합니다.

그분의 마음은 당신이 전쟁에서 얻은   65
것만큼 충분히 보상하시려는 것이며,
유대 땅이나 그분 왕국의 혜택을 받는
다른 지역을 괴롭히지 않는 것이며,
확실하지 않은 당신 나라[30]의 안전을
당신에게 약속하십니다. 만약 두 분이
합치시면 언제 투르크나 페르시아가
되찾을 희망을 가질 수 있겠습니까?

나리, 당신이 짧은 시일에 해낸 많은   66
일들은 오랜 세월도 잊지 못할 것이니,

---

29 알라디노가 다스리는 예루살렘.
30 십자군이 그 무렵 투르크와 페르시아에게서 빼앗았고, 따라서 아직 확실한 통치 체제를 갖
    추지 못한 안티오키아, 에데사, 니카이아 등을 가리킨다.

군대들을 이기고 도시들을 파괴했고,
미지의 길들과 불편함을 극복했기에,
그런 소문에 가깝거나 멀리에 있는
지방들은 깜짝 놀라거나 당황했지만,
설령 새로운 왕국들을 얻는다고 해도
새로운 영광을 얻기는 어려울 겁니다.

당신 영광은 정점에 이르렀으니 이제　　　　　　　　　67
불확실한 전쟁은 피하는 것이 좋겠지요.
당신이 승리해도 단지 왕국만 남고
당신의 영광은 더 커지지 않으며,
만약 그 반대라면, 전에 이미 얻은
왕국과 영광마저 잃게 될 것입니다.
적고 불확실한 것에 확실하고 많은 것을
걸면 어리석고 위험한 도박이 되지요.

또 모든 일에서 다른 사람이 언제나　　　　　　　　68
이기고, 얻은 것을 오래 간직한다고
혹시 불평할지 모르는 사람[31]의 견해나,
세금을 내고 복종하는 사람들을 갖고

---

31 혹시 그리스도교 진영에 고프레도("다른 사람")의 업적을 질투하는 자가 있을지 모른다는
　　암시이다.

싶은 욕망[32]을 위대한 마음속에 언제나
불타오르게 만드는 자연스런 욕망은
아마도 다른 전쟁을 치르는 것보다
당신의 평온을 빼앗아갈 것입니다.

그리고 운명에 의해 활짝 열린 길을   69
계속 가도록 당신을 부추길 것이며,
무함마드의 율법이 사라질 때까지,
당신 손에 아시아가 황폐할 때까지,
모든 승리를 확실하게 보장해주는
이 유명한 검을 놓지 못할 것이니,
듣기 좋은 것과 달콤한 속임수에서는
종종 극단적인 불행이 나온답니다.

하지만 적개심이 눈을 가리지 않고   70
당신 이성의 빛을 흐리지 않는다면,
당신이 전쟁하는 곳에서 희망보다
두려움의 원인을 발견할 것입니다.
이승에서의 운명은 슬픈 일과 좋은
일을 보내면서 마음대로 뒤바뀌며,
너무나 높고 돌발적인 날아감에는
종종 추락이 다가오기 때문입니다.

32 자신의 왕국을 갖고 싶은 욕망.

황금과 강력한 무기, 지혜가 많은   71
이집트가 만약 당신과 전쟁을 하고,
또한 페르시아, 투르크, 카사노[32]의
아들이 새롭게 전쟁을 일으킨다면,
그 분노에 어떤 군대가 대적하고,
어디에서 위험을 피할 수 있겠소?
혹시 당신과 신성한 협약을 맺은
사악한 그리스 왕을 믿는 것이오?

그리스인들의 믿음을 누가 모르오?   72
한 번의 배신에서 당신은 수천 개의
배신을 배우리니, 사악하고 탐욕스런
그들이 수천의 덫을 놓았기 때문이오.
전에 당신의 길을 막았던 자가 지금
자기 목숨을 위험에 노출하려 하겠소?
모두에게 공통의 길[34]을 막았던 사람이
지금 자신의 피를 선물하려고 하겠소?

아마 지금 당신을 둘러싼 이 군대에   73

---

33 카사노Cassano는 안티오키아의 왕으로 십자군의 공격에 대항해 싸우다가 사망했다. 실제
   역사에서 당시 안티오키아를 다스리던 총독은 야기 시얀Yaghi-Siyan으로 1098년 도시가
   함락될 때 전투 중에 사망했다. 야기 시얀은 십자군에게 여러 가지 라틴어 이름으로 알려
   졌는데, 그중 하나가 카시아누스Cassianus이다.
34 누구든지 항해할 수 있는 바닷길을 가리킨다.

당신은 모든 희망을 걸고 있겠지요.
흩어져 이긴 자들이 함께 연합해도
여전히 쉽게 이길 것으로 믿겠지만,[35]
당신이 보다시피 당신 부대는 전쟁과
불편함 속에 지금 많이 약해져 있고,
이집트와 페르시아, 투르크가 함께
새로운 적으로 더욱 커지고 있지요.

그런데 무기가 당신을 이길 수 없게   74
운명에 의해 정해져 있다고 믿으며,
당신이 원하겠듯이, 하늘의 법령이
그렇게 당신에게 허용했다고 해도,
굶주림이 당신을 이길 텐데, 그런
불행을, 세상에! 어떻게 막을 것이오.
굶주림을 향해 창을 흔들고, 검을
잡아도 승리는 당신을 속이고 있소.

주민들의 사려 깊은 손들이 주변의   75
모든 들판을 파괴하고 불태웠으며,
당신이 오기 며칠 전에 수확물을
성벽과 높은 탑 안에 넣어두었지요.

---

35 이슬람 진영이 분열되어 있었을 때에는 쉽게 이길 수 있었지만, 함께 단결할 경우에는 이
기기 어려울 것이라는 뜻이다.

당신은 대담하게 여기까지 왔지만
어디서 기병과 보병을 먹일 것이오?
바다 함대가 배려한다고 말하겠지만,
그럼 당신 생명이 바람에 달려 있소?

혹시 당신의 운명이 바람을 명령하고   76
마음대로 묶거나 풀 수 있단 말이오?
기도와 탄식들에 귀머거리인 바다가
당신 말만 듣고 복종한다는 말이오?
아니면 페르시아와 투르크와 연합해
하나로 단합되어 강력한 함대가 된
우리 군대가 당신의 그 함선들에
대적할 수 없을 것이라고 생각합니까?

만약에 위업의 영광을 얻고 싶다면   77
당신에겐 이중의 승리가 필요합니다.
하나만 잃어도 당신에게는 커다란
치욕과 더 큰 피해가 닥칠 것이니,
우리 함대가 당신 함대를 격퇴하면
당신은 여기서 굶주림에 죽게 되고,
만약 당신이 패배하면 당신 함선의
승리는 헛일이 될 것이기 때문이오.

만약 그런 상황에도 위대한 이집트   78

왕과의 화평과 휴전을 거부한다면,
(사실대로 말하자면) 그런 결정은
당신의 덕성에 어울리지 않습니다.
하지만 만약 하늘이 전쟁을 원하는
당신 생각을 바꿔, 반대를 따른다면,[36]
아시아는 슬픔에서 기운을 차리고
당신은 승리의 열매를 누릴 것이오.

그리고 위험과 어려움과 영광 속에   79
함께 동료가 되어주었던 당신들[37]을,
우호적이던 행운이 이제 속임수로
새로운 전쟁으로 부추기고 있다오.
하지만 키잡이가 바다의 위험들에서
배를 열망하던 항구로 인도하듯이,
당신들은 이제 펼쳐진 돛을 내리고
잔인한 바다를 다시 믿지 마십시오."

여기에서 알레테는 침묵했고, 강력한   80
영웅들[38]의 속삭임이 뒤따라 나왔으니,
그런 제안이 얼마나 짜증나게 했는지

---

36 말하자면 전쟁을 하려는 생각을 바꾸어 반대로 화평을 한다면.
37 이제 알레테는 고프레도 주위에 있는 다른 지휘관들을 향해 말한다.
38 십자군 진영의 기사들.

모두가 경멸적인 태도로 보여주었다.
고프레도는 서너 번 주위로 눈길을
돌리더니 앞을 똑바로 응시하였고,
대답을 기다리고 있던 자의 얼굴을
뚫어지게 응시하면서 이렇게 말했다.

"전령이여, 때로는 친절하고 때로는   81
위협적인 권유를 우리에게 잘 전했소.
당신 왕이 우리 위업을 칭찬한다면
나에게 친절하고 고마울 따름이오.
그리고 모든 이교도에 대한 전쟁을
우리에게 항의하는 것에 대해서는
내가 으레 그러하듯이 단순한 말로
나의 솔직한 느낌을 대답하겠소.

우리가 지금까지 낮이나 밤이나,   82
땅이나 바다에서 고생을 한 것은,
그 신성하고 존경해야 할 성벽[39]까지
길이 열리도록 만들기 위해서였고,
힘겨운 예속을 없앰으로써 하느님께
은총과 자비를 얻기 위해서였으니,
고귀한 목적에 세속의 명예와 생명과

---

39 예루살렘.

왕국을 버리는 것도 어렵지 않았소.

그런 위업을 자극하고 인도한 것은   83
탐욕에 사로잡힌 야망이 아니었으며,
(하늘에 계신 아버지, 그런 전염병이
깃든다면 우리의 가슴을 씻어주시고,
퍼지지 않게 해주시고, 감염된 자는
달콤한 독약에 기꺼이 죽게 해주소서.)
단단한 마음을 달콤하고 부드럽게
해주시는 그분의 손이었기 때문이오.

그 손이 우리를 움직였고 인도했으며   84
모든 위험과 어려움에서 구해주었으며,
그 손이 산을 고르고 강을 마르게 했고,
여름에는 열기를, 겨울엔 추위를 없앴고,
바다의 폭풍우 치는 파도를 잠재웠고,
바람의 고삐를 조이거나 늦추었으니,
그래서 높은 성벽이 열리고 불탔으며,
그래서 무장한 군대가 죽고 흩어졌고,

거기에서 용기와 희망이 나온 것이지,   85
연약하고 피곤한 우리 힘이나, 무장한
함대, 그리스가 키워낸 사람들 또는
프랑스 군대에서 나온 것이 아니라오.

그 손이 우릴 버리거나 떠나지 않는 한
다른 것이 없어도 염려할 필요가 없소.
어떻게 공격하고 방어하는지 아는 자는
자신의 위험에 도움을 원하지 않지요.

하지만 우리 잘못이나 감춰진 판단으로   86
그 손의 도움이 우리에게 없어진다면,
하느님의 육신이 이미 묻혀 있는 곳에
우리가 묻히는 것을 피하지 않으리다.
우리는 죽어도 산 자가 부럽지 않고,
죽어도 보복하지 않고 죽지 않으며,
아시아가 우리의 운명을 비웃거나,
우리가 죽음을 슬퍼하지 않을 것이오.

우리가 죽음의 전쟁을 두려워하듯이   87
화평을 피한다고 생각하지 마시오.
당신 왕의 우정은 우리도 기쁘고
함께 연합하는 것도 어렵지 않으나,
알다시피 유대 땅이 그의 왕국 아래
있는데, 왜 그렇게 염려하는 것이오?[40]
우리의 다른 왕국 정복을 막지 말고,
편안히 자기 왕국이나 다스리라고 하오.”

---

40 팔레스타나(“유대 땅”)의 문제에 이집트는 개입하지 말라는 뜻이다.

그렇게 대답했고, 대답은 아르간테의　　　　　　　88
가슴을 날카로운 분노로 찔렀으며,
그는 그걸 감추지 않고 부푼 입술로
대장 앞으로 나서더니 말하였다.
"전에도 충돌들이 없지 않았으니,
화평을 원치 않으면 전쟁뿐이지요.
우리의 말을 받아들이지 않는다면
당신은 분명 화평을 거부하는군요."

그리고 자기 외투의 자락을 잡고　　　　　　　89
접어서 접힌 곳[41]을 만들어 내밀었고,
전보다 더 경멸적이고 화난 태도로
또다시 이렇게 말하기 시작했다.
"불확실한 과업을 경멸하는 자여,
이 접힌 곳에 전쟁과 평화가 있소.
당신이 선택하시오. 망설이지 말고
당신이 원하는 것을 결정하시오."

그런 난폭한 말과 행동에 모두들　　　　　　　90
담대한 자신들의 지도자 고프레도가

---

41 원문에는 seno, 즉 "가슴"으로 되어 있는데 옷자락을 접었을 때 약간 볼록한 부분을 가리
　　킨다.

대답하는 것을 기다리지도 않고
일치된 목소리로 전쟁을 외쳤다.
난폭한 자는 접힌 외투를 펼쳐서
흔들었고 "죽음의 전쟁에 도전하오."
야누스[42]의 닫힌 신전을 여는 듯한
난폭하고 격렬한 태도로 말하였다.

접힌 곳을 펼치자, 거기에서 미친   91
'광기'와 잔인한 '불화'[43]가 나왔고,
알렉토와 메가이라[44]의 큰 얼굴에서
끔찍스러운 눈이 불타는 것 같았다.
또한 마치 그 거대한 자[45]가 하늘에
거슬러 높은 오류의 탑을 세우고
바벨탑을 바라보았던 그런 태도로
머리를 쳐들었고 별들을 위협했다.

---

42 야누스Janus는 로마 신화에 나오는 신으로 머리의 앞면과 뒷면에 두 개의 얼굴을 갖고 있
어서, 하나는 앞을 바라보고 다른 하나는 뒤를 바라본다. 로마인들은 야누스가 외적의 침
입 때 자신들을 도와준 전설을 토대로, 전쟁 시에는 야누스 신전의 문을 열어두었고 평화
시에는 닫았다.

43 고전 신화에서 보통명사를 신격화한 것과 마찬가지로 각각 대문자로 써서 의인화(또는 신
격화)하고 있다. 여기에서는 작은따옴표 안에 넣어 표기한다.

44 그리스 신화에서 에리니스(복수형은 에리니에스), 로마 신화에서는 푸리아(복수형은 푸리
아이)로 일컬어지는 복수의 여신들은 보통 세 명으로 알려져 있는데 그중 두 명이다. 알렉
토는 '쉬지 않는 여자'라는 뜻이고, 메가이라는 '질투하는 여자'라는 뜻이다.

45 성서에 나오는 니므롯을 가리킨다. 교부 신학의 전통에 의하면 니므롯은 바벨탑 건축의 최
대 책임자로 간주되었다.

그러자 고프레도가 말했다. "그러면   92
당신들의 왕에게 오라고 전하시오.
위협하는 전쟁을 받아들일 테니까.
안 오려면 나일 강에서 기다리시오."
그런 다음 부드러운 태도로 그들과
작별하면서 고귀한 선물을 주었다.
알레테에게는 니카이아에서 획득한
전리품 중에서 귀한 투구를 주었고,

아르간테에게는 검을 선물하였는데,   93
탁월한 장인이 황금과 보석으로
검의 손잡이를 놀랍게 장식했기에
귀한 재료들이 빛을 잃을 정도였다.
아르간테는 검의 강도와 화려함과
장식을 잘 살펴보더니 고프레도에게
이렇게 말했다. "당신의 선물을 내가
어떻게 사용할지 곧 보게 될 것이오."

그리고 작별한 다음 자기 동료에게   94
말했다. "자, 이제 우리는 떠납시다.
당신은 내일 아침에[46] 이집트로 가고,
나는 오늘 밤 예루살렘으로 가겠소.

46 본문에는 co 'l sol novo, 즉 "새로운 태양과 함께"로 되어 있다.

당신이 가는 곳에 내가 있을 필요도
없고, 내 편지도 필요 없을 것이오.
답변은 당신이 가져가요. 나는 무기가
싸우는 여기에서 떠나고 싶지 않소."

사려 깊은 결정이든 성급한 결정이든   95
그렇게 그는 전령에서 적이 되었고,
사람들의 오랜 관례와 배려를 전혀
고려하지도 않고 염려하지도 않았다.
동료의 대답을 기다리지도 않고 그는
지체 없이 별들의 침묵과 함께 높은
성벽으로 갔으며, 남은 동료[47]에게는
더 머무는 것이 곤란해지게 되었다.

파도와 바람도 깊은 휴식을 취하는   96
밤이었고, 온 세상이 벙어리 같았다.
지친 동물들, 그리고 파도치는 바다와
맑은 호수의 바닥에 사는 물고기들,
굴이나 무리 속에 누워 있는 동물들,
다양한 색깔의 새들은 어두운 어둠의
침묵 아래 깊은 망각 속에서 고뇌를
잠재우고 마음을 부드럽게 달랬다.

47 알레테.

하지만 신자들의 진영에서 대장은   97
잠에 빠지거나 쉬지도 못하였으니,
기대하던 새벽이 하늘에서 빛나면서
그들의 길을 밝혀주고 위대한 여정의
목적지인 도시로 그들을 인도하기를
바라는 욕망이 너무 컸기 때문이다.
그들은 이제나저제나 빛살이 솟는지,
밤의 어둠이 밝아지는지 바라보았다.

제3곡

전투가 벌어지고 그리스도 진영에서는 탄크레디와 리날도, 이슬람 진영에서는 클로
린다와 아르간테가 용맹하게 활약한다. 예루살렘의 성벽 위에서는 안티오키아의 공
주 에르미니아가 알라디노에게 그리스도 진영 기사들에 대해 알려준다. 탄크레디의
포로였던 에르미니아는 그를 사랑하게 된다. 반면 클로린다를 사랑하는 탄크레디는
그녀를 구해주고, 아르간테는 두도네를 죽인다.

벌써 새벽을 알리는 미풍이 깨어나서   1
새벽이 다가오고 있다고 알려주었으며,
그러는 동안 새벽은 천국에서 꺾어온
장미로 황금빛 머리를 꽃처럼 장식했고,
그리스도 진영은 벌써 무기를 준비하며
크고 소란스러운 목소리들이 일어났고
거기에다 나팔 소리들이 들려와 더욱더
즐겁고 분명한 소리로 신호를 하였다.

현명한 대장은 아주 부드러운 재갈로   2
그들의 욕망을 인도하고 충족시켰으니,
카리브디스[1]의 변덕스런 파도의 흐름을

---

1   그리스 신화에 나오는 바다 괴물로 바닷물을 들이마셨다가 내뱉으면서 사나운 소용돌이를
    일으켜 배를 난파시켰다고 한다. 스킬라와 함께 메시나 해협, 즉 이탈리아 남부 칼라브리

돌리거나, 아펜니노[2] 등성이를 흔들고
배들을 바다 속에다 빠뜨리는 북풍을
억제하는 것이 아마 더 쉬웠을 것이다.
대장은 명령을 내리고 출발시켰으며,
빠르지만 규칙적인 행군으로 인도했다.

모두들 마음과 발에 날개가 돋았지만   3
빨리 가는 것을 깨닫지도 못했으며,
태양이 뜨거운 햇살로 메마른 들판을
비추면서 하늘 높이 솟아올랐을 때
저기 예루살렘이 나타나는 것을 보았고,
저기 예루살렘을 가리키는 것을 보았고,
저기 수천 개의 목소리가 하나가 되어
예루살렘을 환호하는 소리가 들려 왔다.

마치 대담한 뱃사람들 무리가 미지의   4
땅을 찾기 위해 위험한 바다로 나가고
미지의 하늘 아래 불안정한 파도들과
믿을 수 없는 바람에 맞서 싸우다가
마침내 꿈에 그리던 땅을 발견한 뒤
즐거운 함성으로 멀리에서 환호하고

아와 시칠리아 사이 좁은 해협의 양쪽에 있었다고 한다.
2 Appennino. 이탈리아 반도를 종단하는 기다란 산맥이다.

서로가 서로에게 보여주는 동안 지나온
길의 고통과 괴로움을 잊는 것 같았다.

그 처음 보는 모습에 모두의 가슴속에   5
부드럽게 피어오르는 커다란 즐거움에
뒤이어서 두렵고도 존경스러운 애정이
함께 뒤섞인 커다란 후회감이 뒤따랐다.
그리스도의 거처로 선택된 도시이며,
그분이 돌아가시고 또 묻히신 곳이며,
나중에 육신을 다시 입으신 곳을 향해
그들은 감히 눈을 들 수 없었던 것이다.

나지막한 목소리와 중얼거리는 말들,   6
기쁘고 동시에 괴로워하는 사람들의
찢어진 듯한 흐느낌과 연약한 탄식으로
웅얼거리는 소리가 허공으로 퍼졌으니,
마치 빽빽한 숲속에서 나뭇잎들 사이로
바람이 불거나, 아니면 바다가 거친
소음으로 암초들 사이나 바닷가에
부딪칠 때 들려 오는 소리 같았다.

모두들 지휘관이 하는 대로 했으니   7
모두들 맨발로 길의 흙을 밟았으며,
모두들 머리에서 비단이나 황금 장식,

당당한 깃털이나 투구 장식을 벗었고,
또한 그와 동시에 마음속의 오만함을
내려놓고 뜨겁고 경건한 눈물을 흘렸다.
눈물로 거의 말문이 막혔지만 모두들
이렇게 말하면서 스스로를 탓하였다.

"주님, 당신께서 땅바닥에 많은 피를   8
뿌리신 곳에서 오늘 그 쓰라린 기억에
제가 최소한 쓰라린 눈물 두 줄기를
생생하게 흘리지 않을 수 있겠습니까?
얼어붙은 내 가슴이여, 어찌하여 너는
눈을 통해 눈물을 흘리지 아니하는가?
냉정한 내 가슴이여, 왜 깨지지 않는가?
영원히 울어야 하는데 왜 울지 않는가?"

그동안 도시[3]에서는 높다란 탑 위에서   9
보초를 서며 산과 들을 바라보던 자가
아래에서 먼지가 일어나더니 허공에서
커다란 구름을 이루는 것을 보았으며,
구름이 불꽃과 번개로 가득한 것처럼
불타고 번개를 치는 것처럼 보였고,
그런 다음 눈부신 무기들의 광채를

---

3 예루살렘.

알아보고 사람과 말들을 알아보았다.

그리고 외쳤다. "오, 먼지 자욱한 허공에   10
저것이 무엇인가! 오, 얼마나 반짝이는가!
시민들이여, 모두들 어서 빨리 무장하여
방어하도록 하시오. 성벽으로 올라가시오.
적이 벌써 왔어요!" 그런 다음 이어서
외쳤다. "모두 서둘러 무기를 들어요.
저기, 적이 여기 왔어요. 짙은 안개로
하늘을 어둡게 하는 먼지를 보아요."

단순한 아이들과 무기력한 노인들,   11
깜짝 놀라 당황한 여자들의 무리는
공격하거나 방어할 줄도 몰랐기에
모스크에서 슬픈 표정으로 기도했다.
사지와 정신이 보다 강한 사람들은
벌써 서둘러서 무기를 들고 나왔고,
성문으로 가거나 성벽으로 갔으며
왕은 주위에서 모두 보고 조치했다.

명령을 내렸고 그런 다음 필요하면   12
대처하기 위해 두 성문 사이에 솟은
탑으로 갔는데, 거기에서는 저 아래
해변들과 산들을 살펴볼 수 있었다.

에르미니아[4]와 함께 올라가려 했으니,
아름다운 에르미니아는, 그리스도 군대가
안티오키아를 점령하고 그녀의 아버지를
죽인 뒤, 왕이 자기 궁정에 받아들였다.

그동안 클로린다는 프랑스인들에 맞서   13
많은 기사를 이끌고 맨 앞에서 갔으며,
비밀 출구가 있는 다른 쪽에서 그녀를
도와주기 위해 아르간테가 준비하였다.
용감한 여인은 말과 대담한 모습으로
자신의 부하들을 독려하면서 말했다.
"오늘 우리는 처음의 승리로 아시아의
토대에 희망을 줘야 할 필요가 있소."

그렇게 말하는 동안 멀지 않은 곳에서   14
가축을 데려가는 프랑스 부대를 보았으니,
관례대로 선발대가 가축 무리를 약탈해
이제 진영으로 데려가고 있었던 것이다.
그들을 보고 그녀는 마주쳐 달려갔으며,
그들의 지휘관도 달려오는 그녀를 보았다.
지휘관 가르도는 힘이 강력한 사람이지만

---

4   안티오키아의 카사노 왕의 딸로 타소가 상상해낸 인물이다. 에르미니아의 삶에 대한 자세
한 이야기는 제6곡 56연 참조.

그녀에게 저항할 수 있을 정도는 아니었다.

강력한 충돌에서 가르도는 프랑스인들과   15
이교도들의 눈앞에서 땅으로 떨어졌고,
그러자 이교도들은 그 전쟁의 상서로운
전조를 보고 함성을 질렀지만 헛일이었다.[5]
그녀는 다른 사람들에게 달려들었는데
그녀 오른손은 백 개의 손과 맞먹었고,
강력한 충돌과 검으로 열린 길을 따라
그녀의 병사들이 뒤따라서 돌진하였다.

곧바로 약탈자들에게서 가축을 되찾았고,   16
프랑스인들 부대는 조금씩 뒤로 물러나
어느 언덕 꼭대기로 모이게 되었으니
그곳에서 방어하는 데 도움이 되었다.
그러자 마치 회오리바람이 일어나고
구름에서 번개가 일어나 떨어지듯이,
고프레도의 신호에 훌륭한 탄크레디가
자기 부대를 움직였고 창을 겨누었다.

그는 커다란 창을 확고하게 겨누고   17
광폭하면서도 멋지게 앞으로 나갔고,

---

5 나중에는 결국 그리스도 진영이 승리한다는 것을 암시한다.

성벽에서 바라보던 왕은 그가 선택된
기사들 중에 최고라는 것을 깨달았다.
그래서 옆에 함께 있는 여인, 벌써
가슴이 두근거리는 여인[6]에게 물었다.
"그대는 오랜 경험으로 그리스도인이
갑옷을 입고 있어도 모두 잘 알겠지.

그러니까 아주 강한 모습으로 멋지게   18
싸움에 나서는 저 사람은 누구인가?"
그 질문에 대답 대신 그녀 입술에는
한숨이, 눈에는 눈물이 터져 나왔다.
그래도 한숨과 눈물을 억제하였지만
어느 정도 드러나지 않을 수 없었으니,
눈가에는 불그스레한 테두리가 가득
차올랐고 반쯤 억눌린 한숨이 나왔다.

그리고는 증오의 망토로 다른 열망[7]을   19
감추고 목소리를 위장하여 말했다.
"오, 세상에! 잘 알고 있어요. 수많은
사람들 사이에서도 알아볼 수 있어요.

---

6 에르미니아는 안티오키아가 함락되면서 포로가 되었으나 탄크레디가 그녀를 존중하고 보
   호해주었으며, 결국 탄크레디를 몰래 사랑하게 되었다.
7 탄크레디를 사랑하는 마음.

들판과 깊은 구덩이를 우리 백성의
피로 채우는 것을 자주 보았으니까요.
아, 얼마나 잔인한 상처를 주는지!
그 상처에는 약도 마법도 소용없어요.

그는 탄크레디, 오, 하루만 내 포로가   20
되었으면! 죽은 그가 아니라, 살아 있는
그를 원해요. 내 강력한 욕망에 부드러운
복수로 약간 위안이 되도록 말이에요."
그렇게 말했고, 그녀의 말에서 진정한
의미를 다르게 듣는 사람은 틀렸으니,
그녀가 억누를 수 없는 한숨이 마지막
목소리와 뒤섞여 밖으로 새어 나왔다.

그동안 클로린다는 탄크레디의 공격에   21
대적하기 위해 창을 받침대⁸에 고정했다.
둘은 투구를 맞추었으며, 부러진 창은
높이 날아가고 그녀의 머리가 드러났으니,
투구의 끈이 끊어지며 순식간에 (놀라운
타격이로다!) 그녀의 머리에서 벗겨졌고,
황금빛 머리카락이 바람에 흩날렸으며
전장 가운데 아름다운 여인이 나타났다.

8 말을 탄 기사가 창을 겨눌 때 받쳐주도록 갑옷의 가슴받이에 설치한 장치를 가리킨다.

눈부시게 반짝이는 눈은 분노 속에서도   22
부드러웠으니 웃을 때는 어떻겠는가?
탄크레디여, 무엇을 생각하고 보는가?
그 도도한 얼굴을 알아보지 못하는가?
모든 것을 불태우는 아름다운 얼굴,
그 모습이 새겨진 네 가슴이 말하는구나.
바로 그대가 한적한 샘물가에서 보았던
얼굴을 시원하게 적시던 그 여인이로다.

방패의 문장과 투구를 미처 보지 못한   23
탄크레디는 그녀를 보고 돌이 되었고,
그녀는 드러난 머리를 최대한 방어하며
그를 공격하였고, 그는 뒤로 물러났다.
그는 다른 자들에게 검을 휘둘렀지만
위협적으로 추격하며 "돌아서!" 외치는
그녀에게서 쉴 틈을 얻지 못하였으니
두 개의 죽음[9]이 동시에 도전하였다.

타격에 맞았어도 그는 반격하지 않고   24
그녀의 검을 방어할 생각도 하지 않고
아모르가 피할 수 없는 활을 쏘는 곳,
아름다운 눈과 얼굴만 바라보려 했고

9   결투로 인한 죽음과 사랑으로 인한 죽음이다.

혼자 말했다. "그녀의 무장한 오른손이
가하는 타격은 때로는 빗나가는데,
아름다운 얼굴의 타격은 빗나가지
않고, 언제나 내 가슴을 맞추는구나."

비록 연민을 바랄 수 없지만 침묵하는   25
비밀의 연인으로 죽지 않으려 결심했고,
이제 무방비로 떨며 애원하는 포로에게
상처를 준다는 것을 알리고 싶었기에
그녀에게 말했다. "많은 사람들 중에
오직 나만 적으로 보는 듯한 그대여,
우리 이런 혼란에서 벗어나 한쪽에서
그대와 나, 나와 그대만 겨뤄봅시다.

그러면 내 무훈이 그대에게 합당한지   26
알게 되리라." 그녀는 초대에 응했고,
투구가 없어도 신경 쓰지 않는 듯이
용감하게 갔고 그는 뒤를 따라갔다.
결투할 준비를 하고 도착한 그녀는
벌써 그에게 공격을 하였고, 그는
말했다. "멈추시오. 결투하기 전에
먼저 결투 규칙을 정하도록 합시다."

그녀는 멈추었고, 절망적인 사랑은   27

소심하던 그를 용감하게 만들었으니
그는 말했다. "당신이 화해를 원하지
않으니 내 심장을 가져가라는 것이오.
이제 더 이상 내 것이 아닌 심장이
사는 것이 싫다면, 기꺼이 죽으리다.
오래전부터 당신의 것이니, 당신이
가져가야 하고 나는 막지 않으리다.

이제 팔을 내리고 가슴을 방어하지   28
않는데, 왜 가져가지 않는 것이오?
더 쉽게 원하오? 만약 맨살을 원하면
나는 바로 사슬 옷[10]을 벗어도 좋소."
불쌍한 탄크레디는 자신의 고통을
아마 더 큰 탄식으로 말했을 테지만,
그 순간에 뒤따라온 자신의 부하들과
이교도들의 무리가 그를 방해하였다.

이교도들은 두려움이나 전략 때문인지   29
그리스도 부대에게 밀려나고 있었다.
추격자들 중 비인간적인 사람 하나가
클로린다의 흩날리는 금발을 보더니
그 뒤로 지나가면서 드러난 머리를

10 금속 사슬로 만든 상의로 갑옷 아래에 입었다.

공격하기 위해 팔을 들어 올렸지만,
탄크레디가 깨닫고 고함을 질렀고
검으로 그 커다란 타격을 막았다.

하지만 완전히 헛되지는 않았으니   30
아름다운 얼굴의 하얀 목을 스쳤다.
아주 가벼운 상처였지만 몇 방울
피가 금발을 불그스레하게 물들였고,
탁월한 장인의 손으로 가공된 금이
루비를 빨갛게 비추는 것 같았다.
하지만 분노한 그는 비열한 자를
향하여 검을 겨누면서 달려들었다.

그는 달아났고 탄크레디는 분노에   31
불타 추격했고 화살처럼 달려갔다.
클로린다는 중간에 남아 멀어지는
둘을 보면서 쫓아갈 관심도 없었고,
후퇴하는 부하들과 함께 물러나면서
이따금 돌아서 프랑스인을 공격했고,
때로는 달아나고 때로는 돌아섰으니,
달아나는지 추격하는지 알 수 없었다.

마치 넓은 운동장에서 커다란 황소가   32
추격하는 개들을 향하여 뿔을 돌리면

개들이 멈추고, 그러다 다시 달아나면,
모두 용감하게 다시 뒤쫓는 것 같았다.
클로린다는 달아나며 뒤쪽으로 방패를
높이 들어 드러난 머리를 보호했으니,
무어인들의 놀이에서 피하는 자들이
던지는 공을 피하는 것과 똑같았다.[11]

한쪽은 추격하고 한쪽은 달아나면서   33
높다란 성벽에 가까이 다가갔을 때
이교도들이 커다란 함성을 지르면서
갑자기 뒤쪽을 향해 몸을 돌리더니
커다란 원을 이루었고, 돌아서면서
등과 옆구리를 공격하기 시작했다.
그동안 아르간테는 자신의 부대를
산에서 움직여 정면을 공격하였다.

광폭한 아르간테는 최초 공격자가   34
되고 싶었기에 부대의 앞장을 섰고,
그가 공격한 자는 땅에 쓰러졌으며
그 위로 자기 말이 쓰러져 덮쳤다.
또한 창이 부러져 날아가기 전에
많은 자가 쓰러져 동료가 되었다.

11 피구(避球) 놀이를 가리키는데 무어인들에 의해 스페인과 이탈리아에 전해졌다고 한다.

그런 다음 검을 잡았고 계속하여
죽이거나 쓰러뜨리고 부상을 입혔다.

경쟁자 클로린다는 강한 아르델리오의   35
생명을 빼앗았는데, 장년을 넘겼지만
아직도 강력한 그는 자기 두 아들을
데리고 있었지만 안전하지 않았으니,
큰아들 알칸드로는 심한 부상으로
아버지를 돌볼 수 없었으며, 또한
폴리페르노는 그의 곁에 있었지만
겨우 자기 목숨만 지킬 수 있었다.

탄크레디는 더 빠른 말을 타고 있는   36
그 비열한 자를 잡을 수 없었기에
몸을 돌렸고, 용감한 병사들에게서
너무 멀어졌다는 것을 깨달았다.
병사들이 포위된 것을 보고 말을
돌려 그곳으로 재빨리 달려갔고,
단지 그뿐만 아니라 모든 위험을
무릅쓰는 부대가 함께 도왔으니,

그리스도 진영의 핵심이자 중추로   37
영웅들의 꽃 두도네의 용병 부대였다.
가장 대담하고 가장 멋진 리날도가

누구보다 앞장섰고 번개처럼 빨랐다.
곧바로 에르미니아는 파란색 바탕의
독수리 문장[12]과 그의 행동을 알아보고,
그를 응시하고 있는 왕에게 말했다.
"저기, 누구보다 뛰어난 기사입니다.

무술에 있어서 그를 능가하는 자가   38
아무도 없는데, 아직 젊은이랍니다.
적들에게 저런 기사 여섯이 있다면
모든 시리아가 패하고 예속될 것이며,
더 남쪽에 있는 나라들과 더 동쪽의
나라들도 벌써 종속되었을 것이며,
나일 강의 멀리 있는 미지의 수원도
예속에서 벗어나기 어려울 것입니다.

그 이름은 리날도, 분노한 그의 손은   39
성벽의 모든 무기를 떨게 만듭니다.
이제 제가 가리키는 곳으로 눈을 돌려
황금빛과 녹색 갑옷의 기사를 보세요.
저 사람은 두도네이고, 그가 이끄는
저 부대는 바로 용병들의 부대이며,

---

12 리날도가 조상이 되는 데스테 가문의 문장에는 파란색 바탕에 하얀색 독수리가 그려져
있다.

고귀한 혈통의 기사로 아주 노련하고
나이가 많지만 여전히 뛰어나지요.

갈색 겉옷을 입은 저 커다란 사람은   40
노르웨이 왕의 동생 제르난도[13]인데,
그보다 오만한 사람은 세상에 없고
그것만이 그에게 유일한 흠입니다.
저기 한 사람처럼 함께 가며 하얀
옷에 모든 장식이 하얀 두 사람은
질디페와 오도아르도인데, 연인이자
부부로 무술과 정절에서 유명하지요."

그렇게 말했고, 두 사람은 저 아래에서   41
전투가 더욱 치열해지는 것을 보았다.
탄크레디와 리날도가 병사들과 무기로
빽빽한 포위망을 깨뜨렸고, 그런 다음
두도네가 이끄는 부대가 도착하여
더욱 격렬하게 공격했기 때문이다.
심지어 아르간테까지 리날도의 강한
충돌에 쓰러졌다가 간신히 일어났다.

아마 일어나지 못했을 텐데 그 순간   42

13 제1곡 54연 참조.

베르톨도의 아들[14]의 말이 쓰러졌고,
그 아래에 발이 짓눌려 있어서 발을
꺼내기 위해 한참 동안 몰두하였다.
그러는 동안 이교도 부대는 패주하기
시작했고 도시 안으로 달아나 피했고,
아르간테와 클로린다만이 뒤쪽에서
밀려오는 광폭함을 막고 저지했다.

그들은 맨 뒤에 가면서 뒤따라오는   43
공격을 어느 정도 늦추고 막았으며,
그리하여 이교도 병사들은 이전보다
훨씬 덜 위험하게 달아날 수 있었다.
두도네는 불타는 승리감에 달아나는
적을 뒤쫓았고, 강력한 티그라네[15]를
말로 부딪치면서 압박했고 검으로
머리를 잘라 땅바닥에 떨어뜨렸다.

알가차레[16]의 섬세한 사슬 옷도, 강한   44
코르바노의 튼튼한 투구도 소용없었으니,
두 사람의 목과 등을 검으로 공격해

---

14 리날도.
15 나중에 제17곡 30연에서 언급되는 인도 병사 티그라네Tigrane와 구별해야 한다.
16 알가차레Algazzarre를 비롯하여, 뒤이어 나오는 코르바노Corbano, 아무라테Amurate, 메에메토Meemetto, 알만소르Almansor는 여기에서만 언급된다.

얼굴과 가슴을 관통하였기 때문이다.
그리고 그의 손에 의해 아무라테와
메에메토, 잔인한 알만소르의 영혼이
달콤한 숙소에서 나갔고, 아르간테도
안전하게 한 걸음도 옮기지 못했다.

아르간테는 격분하여 이따금 멈추고   45
돌아섰다가 또다시 물러나곤 했다.
그러다가 마침내 갑자기 돌아서며
그의 옆구리를 강하게 공격했으니,
검을 안으로 깊숙하게 밀어 넣었고
두도네의 몸에서 생명을 빼앗았다.
그는 쓰러졌고 겨우 눈을 떴으나
무거운 정적과 강한 잠이 짓눌렀다.

달콤한 하늘의 빛을 누리기 위해   46
세 번 눈을 떴고, 팔을 들었지만
세 번 다시 떨어졌고, 검은 베일이
뒤덮어 피곤한 눈이 마침내 감겼다.
사지가 풀렸고, 죽음의 차가움으로
경직되면서 온통 땀으로 뒤덮였다.
이미 죽은 몸에 강력한 아르간테는
신경도 쓰지 않고 앞으로 달려갔다.

하지만 달리기를 멈추지 않으면서   47
프랑스인들에게 몸을 돌려 외쳤다.
"기사들이여, 이 피 묻은 검은 바로
너희의 군주가 어제 선물한 것이다.
오늘 내가 어떻게 사용했는지 너희
군주에게 전하면 기꺼이 들으리라.
멋진 선물이 그리 잘 증명되었으니
그도 분명히 기뻐해야 할 것이다.

이제 자신의 내장 안에서 더 확실한   48
증거를 보게 될 것이며, 만약 서둘러
공격하지 않을 경우에는, 그가 있는
곳으로 내가 찾아갈 것이라고 전해라."
잔인한 말에 화가 난 그리스도인들은
모두 그와 싸우기 위해 달려갔지만,
그는 다른 병사들과 함께 믿음직한
성벽의 수비 아래 안전하게 달아났다.

수비자들은 높은 성벽에서 돌들을   49
우박처럼 떨어뜨리기 시작하였으며,
헤아릴 수 없이 많은 화살 통들이
수많은 활들에게 화살을 공급했고,
그 결과 프랑스 부대는 물러났으며
사라센인들은 도시 안으로 들어갔다.

쓰러진 말 아래에서 발을 끄집어낸
리날도는 벌써 그곳으로 달려왔다.

죽은 두도네의 야만적인 살해에 50
쓰라린 복수를 하기 위하여 왔고,
그의 병사들에게 강하게 외쳤다.
"왜 망설이느냐? 무엇을 기다리나?
너희를 인도하던 주인이 죽었는데,
왜 빨리 복수하러 가지 않느냐?
이렇게 심각하게 모욕당한 순간에
약한 성벽이 우리를 방해하느냐?

이 성벽이 비록 두 겹의 철이나 51
금강석으로 뚫을 수 없을지라도
잔인한 아르간테는 안전하지 않고
너희들의 힘 앞에서 숨을 것이니
공격하러 가자!" 그렇게 말하면서
그는 모두에 앞장서서 나아갔으니,
그 강력한 머리는 화살이나 돌의
구름과 폭풍을 두려워하지 않았다.

그는 커다란 머리를 흔들며 놀라운 52
대담함으로 넘치는 얼굴을 들었고,
성벽 안에 있는 수비자들의 가슴도

이례적인 두려움으로 얼어붙었다.
병사들을 부추기고 위협하는 동안
그의 충동을 억제하는 자가 왔으니,
고프레도가 엄격한 명령의 전령으로
훌륭한 시지에로[17]를 보냈기 때문이다.

그의 이름으로 지나치게 대담함을   53
꾸짖고 바로 돌아오라고 명령하면서
말했다. "돌아와라. 지금은 너희들의
분노에 적합한 장소나 시기가 아니다.
고프레도가 명령한다." 그러한 말에
부하들을 부추기던 리날도는 멈췄지만,
속으로는 동요했고 잘 억누르지 못한
분노는 여러 곳에서 밖으로 드러났다.

부대는 뒤로 물러났고, 적들로부터   54
조금도 동요받지 않고 돌아왔으며,
두도네의 시신도 마지막 명예에서
조금도 훼손당하지 않고 돌아왔다.
믿음직한 친구들이 자비로운 팔로
사랑하고 명예로운 그를 운반했다.
그동안에 고프레도는 높은 곳에서

---

17 Sigiero. 고프레도의 시종이자 전령이다.

도시의 강한 곳과 요새를 관찰했다.

예루살렘은 높이가 다르고 마주보는   55
두 언덕 사이에 자리하고 있으며,
그 한가운데를 가로지르는 계곡이
두 언덕을 서로 분리하고 있었다.
세 면의 외부는 접근하기 어렵고,
다른 한쪽이 입구이며 평탄하지만,[18]
아주 높은 성벽으로 방어되는 그
평탄한 곳은 북쪽으로 열려 있었다.

도시에는 내리는 빗물을 저장하는   56
곳들과 자연 호수와 샘물이 있지만,
도시 밖의 주변 땅에는 풀이 없고
샘물이나 강들이 없이 황량하였다.
나무들이 아름다운 꽃을 피우거나
여름의 햇볕을 막아주지 못하고,
단지 6마일이 넘는 거리에 음산한
그림자로 음산한 숲[19]이 솟아 있었다.

---

18 원문에는 per l'altro vassi, e non par che si monte, 즉 "다른 쪽으로 가고, 올라가는 것
 같지 않다."로 되어 있다.
19 나중에 제13곡 1연에서 언급되는 "사론" 숲이다.

태양이 나타나는 쪽[20]에는 행복한[21]   57
요르단 강의 고귀한 파도가 있고,
서쪽 방향으로는 지중해 바다의
모래밭으로 뒤덮인 해변이 있다.
북쪽 방향에는 금송아지를 세웠던
베텔[22]과 함께 사마리아[23]가 있으며,
노토스[24]가 비구름을 가져오는 곳에
위대한 출산[25]의 베들레헴이 있다.

고프레도가 도시의 높다란 성벽과   58
주변의 지역들을 바라보며, 어디에
진영을 설치하고, 어디에서 성벽을
보다 쉽게 공격할지 생각하는 동안,
에르미니아가 보고 이교도 왕에게
손가락으로 가리키며 말을 꺼냈다.

20 동쪽.
21 예수가 세례를 받은 곳이기 때문에 "행복한" 강이라 부르는 것으로 짐작된다. 『성경』에서
    많이 언급되는 요르단 강은 시리아에서 발원하여 남쪽으로 갈릴래아 호수를 거쳐 사해로
    흘러 들어간다.
22 베텔(히브리어로는 בֵּית־אֵל.)은 구약 성경에 나오는 지명으로 예루살렘 북쪽에 있으며, 오
    늘날 팔레스티나의 베이틴Beitin으로 짐작된다. 「탈출기」 32장 1~6절에 의하면 유대인들
    이 금송아지를 만들어 숭배했던 곳이다.
23 고대 이스라엘의 지역으로 현재는 팔레스티나의 지방이다.
24 그리스 신화에 나오는 밤하늘의 신 아스트라이오스와 새벽의 여신 에오스 사이에서 태어
    난 아들로 남풍을 가리킨다.
25 예수 그리스도의 탄생을 가리킨다.

"진홍색 망토에다 당당하고 의젓한
모습의 저 사람은 고프레도입니다.

정말로 저자는 통치자로 태어났고   59
통치와 명령의 기술을 알고 있으며,
또한 지도자에 못지않은 기사로서
두 가지 모두에서 역량이 뛰어나,
부대에서 그보다 더 뛰어난 기사나
더 현명한 사람이 없을 정도이며,
단지 충고에서 라이몬도, 싸움에서
리날도와 탄크레디가 그와 대등합니다."

이교도 왕은 대답했다. "나는 저자를   60
잘 알고 있지. 내가 프랑스의 궁정에
이집트의 사절로 갔을 때 보았다네.
시합에서 창을 다루는 것을 보았는데,
당시 아주 어린 나이로 얼굴에 아직
수염도 나지 않았는데도 불구하고,
말이나 행동, 태도에서 이미 앞으로
유망할 것이라는 전조를 보여주었어.

아, 너무 정확한 전조여!" 당황스런   61
시선을 낮추었다가 들면서 물었다.
"그 옆에서 붉은색 겉옷을 걸치고

나란히 있는 저 사람은 누구인가?
그보다 키는 약간 작지만 모습은
얼마나 그와 비슷하게 닮았는지!"
"발도비노입니다. 모습뿐만 아니라
능력 면에서도 그의 형제이지요.

마치 충고하는 사람 같은 모습으로   62
다른 쪽 옆에 있는 사람을 보십시오.
저자는 라이몬도, 벌써 하얗게 늙은
사람이지만 지혜가 아주 뛰어납니다.
이탈리아나 프랑스에 전쟁의 지략을
그보다 훌륭하게 짜는 사람은 없지요.
조금 저쪽에 황금 투구를 쓴 사람은
영국 왕의 착한 아들 굴리엘모입니다.

그 옆의 궬포는 그의 즐거운 경쟁자로   63
훌륭한 혈통과 고귀한 신분 출신이지요.
그의 저 널찍한 어깨와 저 충만하고
부푼 가슴으로 잘 알아볼 수 있어요.
저 부대에서 내 가장 큰 적을 나는
다시 볼 수 없는데 보는 것 같으니,
바로 나의 고귀한 혈통을 파괴한
살인자 보에몬도를 말하는 것입니다."

그들이 말하는 동안에 고프레도는   64
주위를 둘러본 뒤 부하들에게 갔고,
가파른 곳으로 도시를 점령하는 것은
불가능한 일이라고 판단했기 때문에,
북쪽으로 난 성문[26]과 마주하고 있는
평탄한 곳에다 천막을 세우게 했고,
거기에서 '모퉁이 탑'[27]이라 부르는
탑 사이에다 지휘관들을 배치했다.

그곳 진영의 공간은 도시 성벽의   65
삼분의 일이 조금 되지 않았는데,
완전하게 포위할 수 없을 정도로
성벽의 둘레가 방대했기 때문이다.
하지만 고프레도는 최소한 도움을
받을 만한 모든 길을 막으려 했고,
도시로 들어가거나 도시에서 나오는
통로를 모두 점령하도록 조치했다.

그리고 진영 주위에 깊은 웅덩이와   66
참호를 마련하도록 하여 한편으로는

---

26 원문에는 porta Aquilonar로 되어 있으며, 직역하자면 "북풍의 문"이다. 역사상 실제 이름
   은 '다마스쿠스 문'이다.
27 원문에는 torre Angolare로 되어 있는데, 예루살렘 성벽 서쪽에 있었던 역사상 실제 이름
   은 '다윗 탑'이다.

도시로부터의 기습에, 또 한편으로는
외부의 공격에 대비하도록 하였다.
그리고 그런 작업이 마무리된 다음
그는 두도네의 시신을 보려고 했고,
울며 슬퍼하는 무리가 훌륭한 지휘관의
시신을 둘러싸고 있는 곳으로 갔다.

믿음직한 친구들은 그가 누워 있는   67
커다란 관을 고귀하게 장식하였다.
고프레도가 들어가자 무리는 더욱
애절한 말들과 목소리를 높였지만,
밝지도 않고 흐리지도 않은 얼굴로
고프레도는 감정을 누르고 침묵했다.
그리고 생각에 잠겨 한참 동안 그를
바라본 다음 마침내 이렇게 말했다.

"그대를 슬퍼하거나 울지 않아야 하니   68
세상에서 죽지만 천국에서 태어나고,
그대의 죽은 육신을 벗어놓은 이곳에
높은 영광의 흔적을 남겼기 때문이오.
성스러운 그리스도인 기사로 살았고
그렇게 죽었으니, 행복한 영혼이여,
열망의 눈으로 하느님을 바라보면서
좋은 왕관과 종려나무[28]를 갖고 있소.

그대는 행복하니, 그대 불행이 아니라   69
우리의 운명이 우리를 울게 만든다오.
그대가 떠나면서 우리의 가치 있고
강한 일부가 그대와 함께 떠났다오.
사람들이 죽음이라고 부르는 것이
우리에게 지상의 도움을 앗아갔다면,
하늘이 선택받은 자로 받아들였으니
그대는 천상의 도움을 받을 것이오.

죽어갈 인간으로서 치명적인 무기를   70
유익하게 사용하던 그대를 보았듯이,
이제 그대는 신성한 영혼으로 하늘의
치명적 무기를 사용하기를 기대하오.
그대에게 올리는 우리 기도를 모아
우리의 고통에 도움을 주기 바라며
승리를 예고하니, 그대에게 바치는
기도를 승리의 날에 이룰 것이오."

그는 그렇게 말했고, 벌써 어두운   71
밤이 낮의 모든 빛살을 꺼뜨렸고,
모든 번거로운 걱정을 잊어버리고
눈물과 기도를 끝내도록 이끌었다.

28 기사의 왕관과 순례자의 종려나무를 의미한다.

그렇지만 공성 기계[29] 없이 성벽을
장악할 수 없다고 생각한 대장은
어디에서 목재를 구하고, 어떤 형태로
기계를 만들지 생각하며 잠들지 못했다.

그는 태양과 함께 일어났고 자신이   72
직접 장례 행렬에 따라가고 싶었다.
두도네에게는 진영에서 멀지 않은
어느 언덕 아래 향기로운 삼나무로
무덤을 만들어주었는데, 그 위로는
커다란 종려나무가 가지를 드리웠다.
거기에다 묻었고, 그동안 사제들은
노래로 영혼에게 평온을 기도했다.

여기저기 나뭇가지들 사이에 빼앗은   73
여러 무기와 깃발이 걸려 있었으니,
두도네가 여러 전투에서 페르시아와
시리아 사람들에게 빼앗은 것이었다.
그의 갑옷과 다른 무기는 커다란
나무 몸통의 한가운데를 뒤덮었다.
그리고 "여기 두도네가 누워 있으니
탁월한 기사를 찬양하여라." 새겼다.

---

29 원문에는 bellici tormenti, 즉 "전쟁 기계"로 되어 있다.

하지만 자비로운 고프레도는 괴롭고   74
경건한 장례식에서 돌아온 다음에
병사들의 훌륭한 호위대와 함께
진영의 모든 일꾼을 숲으로 보냈다.
숲은 계곡 사이에 숨어 있었는데,
어느 시리아 사람이 알려주었다.
도시가 방어할 수 없는 기계의
나무를 자르기 위해 간 것이다.

나무를 쓰러뜨리고 숲에 이례적인   75
모욕[30]을 가하도록 서로가 북돋았다.
날카로운 도끼에 신성한 종려나무와
야생 물푸레나무, 음울한 삼나무와
소나무, 참나무, 잎이 무성한 월계수,
높은 전나무, 너도밤나무, 포도나무가,
때로는 남편처럼 기대고 휘감으면서
하늘로 올라가는 느릅나무가 쓰러졌다.

누구는 주목을 잘랐고, 다른 누구는,   76
수천 번이나 새로운 잎을 냈고, 또한
수천 번 바람의 분노를 맞을 때마다
물리치고 굴복시킨 참나무를 잘랐고,

30 그 숲에서 처음으로 나무를 잘랐기 때문이다.

또 누구는 개잎갈나무와 물푸레나무의
향기로운 짐을 삐걱거리면서 실었다.
도구와 여러 외침 소리에 짐승들과
새들은 자기 둥지와 소굴을 떠났다.

제4곡

사탄은 이슬람 진영을 도와주기 위해 악마들을 보내 그리스도교 진영에 불화를 조장하라고 지시한다. 이슬람 진영의 아름다운 마녀 아르미다는 그리스도 진영으로 가서 다마스쿠스의 왕좌에서 쫓겨난 자신을 도와달라고 호소하면서 온갖 애교와 사랑의 계략으로 기사들을 유혹한다. 유혹된 기사들의 성화에 고프레도는 기사 열 명이 그녀를 따라가도록 허용한다.

바로 사용될 수 있어야 하기 때문에   1
그들이 그런 작업에 몰두해 있는 동안,
인류의 커다란 적[1]은 그리스도인들을
향해 증오로 가득한 눈길을 돌렸으며,
그들이 즐겁고 행복한 것을 발견하고
분노에 자신의 양쪽 입술을 깨물었고,
상처 입은 황소가 울부짖고 식식대며
자기 고통을 밖으로 내뿜는 것 같았다.

그런 다음 그리스도인들에게 극단적인   2
고통을 주려는 생각에 온통 몰두했고,
자기 부하들[2]에게 지옥으로 모이라고

---

1   사탄.
2   원문에는 popolo, 즉 "백성"으로 되어 있는데, 사탄을 따르는 악마들을 가리킨다.

명령했으니, (오, 가공스런 모임이여!)
성스러운 의지에 대항하는 것이 쉬운
일이라 생각하다니, 오, 어리석구나!
하늘과 겨루고, 하느님의 격노한 손이
얼마나 무서운지 잊다니 멍청하구나!

그래서 지옥의 거친 나팔 소리는   3
영원한 어둠의 주민들을 불렀으니,
널찍하고 어두운 동굴들이 떨렸고
그 소음에 어두운 대기가 울렸다.
하늘의 높은 곳에서 번개가 그렇게
시끄럽게 떨어진 적이 전혀 없었고,
충만한 수증기를 안에 품은 땅이
그렇게 심하게 떨린 적이 없었다.[3]

곧이어 지옥의 악마들[4]이 사방에서   4
무리지어 높은 성문[5] 주위로 몰려왔다.
오, 정말 이상하고, 정말 끔찍하구나!
눈에는 죽음과 공포가 얼마나 많은가!
일부는 땅에 동물 발자국을 남겼고,

---

3 아리스토텔레스의 자연학에 의거하여 땅속에서 넘치는 수증기가 밖으로 나가려고 할 때
   지진이 일어나는 것으로 믿었다.
4 원문에는 gli déi d'Abisso, 즉 "심연의 신(神)들"로 되어 있다.
5 사탄이 있는 곳의 성문을 가리킨다.

사람 머리에 뱀 머리칼이 뒤엉켰고,
뒤에서는 커다란 꼬리가 맴돌면서
채찍처럼 구부러졌다 펼쳐지곤 했다.

많은 더러운 하르피이와 켄타우로스,   5
스핑크스, 창백한 고르곤이 여기 있고,
수많은 탐욕스런 스킬라가 짖어대고,
수많은 히드라와 피톤이 쉭쉭거리고,
키마이라는 어두운 불꽃을 토해내고,
끔찍한 폴리페모스와 게리온이 있고,[6]
보거나 들은 적 없는 새로운 괴물들이
혼란스럽고 뒤섞인 모습으로 있었다.

그것들은 잔인한 왕 앞에서 일부는   6
오른쪽에, 일부는 왼쪽에 가 앉았다.
사탄은 가운데에 앉았고 오른손으로
거칠고 무거운 왕홀을 쳐들었으며,

---

6 모두 고전 신화에 나오는 상상의 괴물들이다. 하르피이(복수는 하르피이아이)는 '약탈하는 여자'라는 뜻으로 여자의 얼굴에 새의 몸체를 가졌고, 켄타우로스는 인간의 상체에 말의 몸체를 가진 종족이고, 스핑크스는 고대 오리엔트 신화에 나오는 괴물로 사람의 머리와 사자의 몸체를 가지고 있고, 고르곤 자매들의 머리칼은 뱀들로 되어 있다. 스킬라는 머리가 여섯이고 하체가 뱀 모양의 바다 괴물이고, 히드라는 머리가 여러 개인 커다란 뱀이고, 피톤은 델포이의 신탁소를 지키던 거대한 뱀이다. 키마이라는 양과 사자의 모습이 뒤섞인 괴물이고, 폴리페모스는 외눈박이 거인 키클로프스 중 하나이고, 게리온(그리스 신화에서는 게리오네우스)은 머리 세 개, 팔과 다리가 여섯 개인 거인이다.

바다의 무거운 암초나 산의 절벽,
지브롤터의 암벽, 아틀라스 산맥[7]도
그에 비하면 작은 언덕 같을 정도로
커다란 얼굴과 커다란 뿔을 들었다.

끔찍한 당당함은 잔인한 모습으로   7
두려움을 배가시키며 오만해 보였고,
붉게 빛나는 눈은 불행을 예고하는
혜성처럼 독기 어린 시선을 번득였고,
빽빽하고 거친 털이 커다랗게 턱을
감싸며 가슴을 뻣뻣하게 뒤덮었고,
검은 피로 시커멓고 더러운 입은
마치 깊숙한 소용돌이처럼 열렸다.

마치 유황 연기들과 불꽃들, 악취와   8
굉음이 몬지벨로[8]에서 나오는 것처럼,
그 잔인한 입에서 검은 숨이 나왔고
악취와 불꽃도 그렇게 퍼져 나왔다.
그가 말하는 동안 케르베로스[9]들이

---

7 아틀라스 산맥은 아프리카 북서부에 동서로 길게 뻗어 있는 산맥이다.

8 몬지벨로Mongibello는 시칠리아에 있는 에트나 화산의 시칠리아 사투리 이름이다. 베르길
리우스에 의하면 불카누스(그리스 신화의 헤파이스토스)의 대장간이 에트나 산에 있었다.

9 그리스 신화에 나오는 괴물로 티페우스와 에키데나의 아들이며 세 개의 머리에다 뱀의 꼬
리와 갈기를 갖고 있으며 지옥을 지키는 개로 묘사된다.

짖기 시작했고, 히드라는 조용해졌고,
코키토스[10]는 멈췄고, 심연이 떨렸고,
커다란 울림에 이런 말이 들려왔다.

"지하의 신들이여, 너희들이 태어난   9
저 태양 위의 자리에 앉아야 하지만
우연하게도 행복한 왕국에서 끔찍한
이곳으로 나와 함께 떨어진 자들이여,
다른 자[11]의 오랜 의혹과 잔인한 경멸은
잘 알려졌고, 우리의 위업[12]은 위대했다.
지금 그자는 마음대로 별들을 지배하고
우리는 반역한 영혼으로 판결되었도다.

그리고 황금빛 태양과, 별들이 있는   10
하늘들의 순수하고 맑은 대낮 대신
이 어두운 심연에 우리를 가두었고,
최초의 영광을 열망하게 하지 않는다.
그런 다음 (아, 생각하기도 힘들구나!
그 생각에 내 고통은 더욱 쓰라리니!)
땅에서 천한 진흙으로 만들어진 천한

---

10 그리스 신화에서 저승에 흐르는 강으로 '통곡(또는 비탄)의 강'이라는 뜻이다.
11 하느님.
12 하느님에게 반역한 것을 가리킨다.

인간을 아름다운 천국으로 불렀도다.

그것으로 부족한지, 우리에게 더욱   11
고통스럽게 아들을 보내 죽게 했다.[13]
그가 와서 지옥의 문을 부서뜨리고
감히 우리 왕국에 발을 들여놓았고,
우리에게 운명 지운 영혼들을 끌어내
그 풍부한 먹이를 하늘로 데려갔으며,
의기양양한 승리자로 우리를 조롱하듯
패배한 지옥의 표식을 거기 두었도다.[14]

그런데 왜 말로 고통을 되새기는가?   12
우리의 모욕을 대체 누가 모르는가?
그런 통상적 일을 그가 중단한 것이
도대체 언제, 어디에 있었단 말인가?
더 이상 지나간 것을 생각하지 말고
현재의 모욕에 대해 생각해야 한다.
세상에! 그가 자신을 숭배하도록 모든
사람을 이끄는 것이 보이지 않는가?

13 예수 그리스도가 지상에 태어나 죽은 것을 가리킨다.
14 예수 그리스도는 십자가에 못 박혀 죽은 지 사흘 째 되는 날 부활하여 지옥으로 내려갔고,
그곳에 있던 덕성 있는 영혼들을 천국으로 데려갔다.

우리는 아무 일 않고 나날을 보내고,   13
우리 가슴을 불태울 만한 일도 없는가?
그리스도인들이 아시아에서 점점 더
세력을 얻는 것을 용인해야 하는가?
유대인 땅이 예속되고, 그의 영광과
이름이 더욱더 확장되어야 하는가?
다른 언어가 들리고, 다른 시[15]를 쓰고
새로운 청동과 돌에 새겨야 하는가?

우리의 우상들이 땅바닥에 무너지고,   14
세상의 우리 제단들이 그를 숭배하고,
그에게 서원을 하고, 그에게만 향을
피우고, 황금과 몰약을 바쳐야 하는가?
우리에게 닫혀 있지 않았던 성전이
이제 우리의 기도에 닫혀야 하는가?
수많은 영혼들의 봉헌이 박탈되고
텅 빈 왕국에 사탄이 있어야 하는가?

아! 그렇지 않아! 예전에 우리가 쇠와   15
불꽃으로 무장하고 하늘의 제국에
대항하여 싸웠을 때 그 최초 용기의
정신이 그대들에게 꺼지지 않았으니까.

15 기도나 찬송가를 가리킨다.

위대한 생각에 장점이 없지 않았지만
그 싸움에서 우리가 진 것은 인정한다.
어쨌든 그에게는 승리를 안겨주었고,
우리에겐 대담함의 영광이 남았도다.

그런데 왜 망설이는가? 어서 가거라!   16
내 충실한 동지들, 내 힘과 세력이여!
빨리 가서, 세력이 더 강해지기 전에
그 사악한 적들을 억누르도록 해라.
유대인들 왕국을 모두 불태우기 전에
그 점점 더 커지는 불꽃이 꺼지도록,
그들 사이로 들어가 무력과 속임수를
사용하여 최종적인 파멸을 안겨주어라.

내가 원하는 대로 될 것이니, 일부는   17
방황하면서 가고, 일부는 죽을 것이며,
일부는 음탕한 사랑에 빠져 달콤한
시선과 미소를 우상으로 만들 것이다.
내부에서 분열되고 반역하는 부대가
자신의 지휘관을 향해 무기를 돌리고,
진영이 파괴되고 소멸하며 그와 함께
모든 흔적이 완전히 파괴될 것이다."

하느님께 반역한 영혼들은 그 말이   18

끝나기를 기다리지도 않았고, 벌써
깊숙한 어둠으로부터 밖으로 나가
날아가면서 별들을 다시 보았으니,
마치 시끄럽고 혼란스러운 폭풍들이
자기 고향의 동굴에서 밖으로 나가[16]
하늘을 어둡게 만들고, 땅과 바다의
왕국들에게 혼란을 주는 것 같았다.

재빨리 온 사방으로 날개를 펼치고   19
악마들은 세상의 곳곳으로 흩어졌고,
새롭고 이상한 속임수들을 만들면서
자신들의 기술을 사용하기 시작했다.
하지만 말해주오, 무사 여신이여, 어떤
피해들을 그리스도인들에게 주었는지
당신이 알고, 우리는 오래전 그 일의
희미한 흔적만 겨우 알고 있으니까요.

다마스쿠스와 인근 도시들은 유명하고   20
강한 마법사 이드라오테[17]가 통치했는데,
그는 어렸을 때부터 마법 기술들에
몰두했고 더욱 열광적으로 헌신했다.

---

16 고전 그리스 신화에서 바람은 아이올로스가 사는 곳의 동굴에서 나온다고 생각했다.
17 Idraote. 타소가 상상해낸 인물이다.

하지만 그 불확실한 전쟁의 결과를
예견하지 못한다면 무슨 소용 있는가?
행성이나 항성의 별자리도, 지옥의
대답도 진실을 예언하지 못하였다.

그는 불패의 서방 군대에게 하늘이   21
파멸과 죽음을 준비했다고 판단했고,
(아, 눈먼 인간의 마음이여, 너희들의
판단은 얼마나 헛되고 잘못되었는가!)
그러므로 결국에는 이집트 사람들이
승리의 영광을 모두 가져갈 것으로
생각하여 자기 백성도 승리의 영광과
전리품을 일부 차지하기를 원하였다.

하지만 프랑스인들 군대의 용맹함과   22
승리의 유혈 피해가 두려웠기 때문에,
어떤 전략으로 먼저 그리스도인들의
힘을 일부라도 약화시키고, 그리하여
이집트와 자기 백성이 보다 용이하게
함께 압도할 수 있을까 생각하였고,
그가 그렇게 생각하는 동안 사악한
천사[18]가 다가와 부추기고 자극했다.

18 악마.

악마는 승리를 용이하게 만들 수 있는   23
방법들을 그에게 충고하고 알려주었다.
동방에서 아름답기로 첫 번째 칭찬을
받는 여자가 바로 그의 조카[19]였는데,
그녀는 마녀들이나 여자들이 사용하는
비밀스런 속임수와 기술에 유능했다.
그는 그녀를 불렀고, 자신의 계획에
동참하여 역할을 해주기를 원하였다.

그는 말하였으니 "부드러운 모습과   24
금발 아래에다 노련한 지혜와 강한
마음을 감추고 있으며, 마법에서 이미
나를 능가하는, 오, 사랑하는 조카여,
내가 큰 계획을 세우고 있으니, 네가
도와주면 커다란 효과가 나올 것이야.
내가 신중한 노인으로 말하는 계획을
실천하여 대담한 실행자가 되어다오.

적들의 진영으로 가서 여성의 모든   25
기술을 사용하여 사랑을 자극하여라.
눈물로 적시고, 달콤한 간청을 하고,
한숨으로 말을 중단하고 혼란시키며,

19 27연에서 이름이 나오는 아르미다Armida이다.

괴롭고 측은한 아름다움으로 집요한
마음들을 네가 원하는 대로 조종하고,
지나친 대담함을 부끄러움으로 감추고
거짓에다 진실의 옷을 입히도록 해라.

만약 가능하다면 달콤한 시선과 멋지게   26
꾸민 말을 미끼로 고프레도를 사로잡아,
사랑에 빠진 자가 이미 시작된 전쟁을
후회하고 다른 곳으로 돌리도록 해라.
그럴 수 없다면 다른 거물들을 유혹해
절대 돌아올 수 없는 곳으로 데려가라."
그렇게 충고한 뒤 마지막으로 말했다.
"믿음과 조국을 위해 합당한 일이다."

자신의 아름다움에다 여성과 젊음의   27
선물로 오만하고 아름다운 아르미다는
임무를 수락하였고, 바로 그날 저녁
출발하여 감추어진 비밀의 길을 갔고,
불패의 백성과 무장한 군대를 여인의
머릿결과 치마로 압도하기를 원했다.
하지만 그녀의 출발에 대해 사람들
사이에서 여러 가지 소문이 퍼졌다.

며칠 뒤에 아르미다는 프랑스인들의   28

진영이 펼쳐져 있는 곳에 도착했고,
뛰어나게 아름다운 여인의 출현에
모두 쳐다보고 속삭임이 있었으니,
마치 전혀 본 적이 없는 혜성이나
별이 하늘에서 빛나는 것 같았고,
그렇게 아름다운 여인이 누구이고,
누가 보냈는지 보려고 모두 달려갔다.

아르고스, 키프로스, 델로스[20]도 그렇게   29
고상한 의상과 아름다움을 못 보았으니,
황금빛 머리칼에다 하얀 베일을 통해
드러난 듯 감추고 감춘 듯 드러났다.
마치 하늘이 맑아지면서 하얀 구름을
통해 때로는 태양이 투명하게 비치고
때로는 구름 주위로 햇살이 퍼지면서
더욱더 빛나고 환해지는 것 같았다.

바람은 자연스레 물결치는 풀어헤친   30
머리칼에 새로운 물결이 일게 하였고,
완고한 시선은 자기 안으로 응시하며

---

20 모두 아름다운 여인으로 유명한 그리스의 지명이다. 아르고스는 펠로폰네소스 반도 동쪽
의 도시로 헬레네의 고향이자 헤라에게 바쳐진 도시이며, 키프로스 섬은 아프로디테가 태
어난 곳으로 주장되는 신성한 곳이며, 델로스 섬은 아르테미스가 태어난 곳이다.

자기 자신과 사랑의 보물을 감추었고,
아름다운 얼굴에 부드러운 장밋빛은
상아의 빛깔과 뒤섞여 퍼져나갔지만
사랑의 숨결이 솟아 나오는 입에서는
단지 장밋빛만이 홀로 붉게 빛났다.

아모르의 불꽃이 일어나고 자극하는   31
멋진 가슴은 하얀 맨살을 보이면서
설익은 젖가슴의 일부를 드러냈고
일부는 질투하는 옷이 감추었으나,
질투하는 옷이 시선을 가로막아도
사랑의 생각은 멈추지 않았으니,
외부의 아름다움에 만족하지 않고
감추어진 비밀로 들어갔기 때문이다.

마치 빛살이 물이나 크리스털을   32
나누지 않고 온전하게 통과하듯이,
생각은 가리고 있는 옷을 관통해
금지된 구역 안으로 뚫고 들어갔고,
그 안에서 돌아다니면서 수많은
경이로움의 진실을 샅샅이 관조했고,
그런 다음 욕망에게 이야기했으며
불꽃이 더욱 생생하게 불타게 했다.

칭찬과 흠모 속에 아르미다는 탐욕스런   33
무리 사이로 지나가며 그걸 깨달았고,
속으로 웃으면서 큰 승리와 전리품을
계획했지만 밖으로 드러내지 않았다.
그녀가 약간 망설이면서 대장[21]에게
데려다줄 안내자를 요구하는 동안
군대 전체에서 최고 군주의 형제인
에우스타치오가 그녀에게 달려갔다.

나방이 불빛으로 가듯 그는 신성한   34
아름다움의 광채를 향해 달려갔고,
소박한 몸짓으로 부드럽게 숙이는
두 눈을 가까이에서 보고 싶었으며,
불 옆에 있는 쏘시개가 그러하듯이
거기에서 커다란 불꽃에 휩싸였고,
젊음과 사랑의 열기로 대담해지고
용감해진 그는 그녀에게 말하였다.

"지상에 있는 사물과 닮지 않았고,   35
하늘에서 청명한 빛을 그렇게 많이
베풀어준 아담의 딸은 없기 때문에,

21 고프레도.

다른 이름이 더 어울리는²² 여인이여,
무엇을 찾으십니까? 어디에서 왔소?
어떤 운명이 이곳으로 이끌었나요?
환대에 실수하지 않게 당신이 누군지
말해주오, 필요하면 무릎을 꿇겠소."

그녀는 "당신의 칭찬은 너무 높아요.   36
저의 장점은 그렇게 높지 않습니다.
나리, 보시다시피 저는 한갓 인간으로
즐거움은 죽고 고통만 살아 있어요.
제 불행이 처녀 순례자이며 도망자로
이곳까지 오도록 저를 이끌었습니다.
고프레도의 너그러움이 유명하기에
그분에게 피난처와 신뢰를 찾습니다.

당신 마음은 친절하고 경건해 보이니   37
대장님을 만날 수 있도록 간청합니다."
그러자 그는 "형제가 형제에게 안내하고
당신의 중개자가 되는 것이 합당하지요.
아름다운 처녀여, 헛된 부탁이 아니니,
내가 그분께 누리는 혜택은 적지 않다오.

---

22 여신으로 불러야 마땅할 것이라는 뜻이다.

원한다면 그분의 권력[23]이나 내 검을
원하는 대로 모두 활용할 수 있다오."

그는 그녀를 부대의 주요 인물 사이로   38
고프레도가 따로 있는 곳으로 안내했고,
그녀는 공손히 그에게 몸을 숙였고
부끄러운 것처럼 말을 하지 않았다.
하지만 고프레도는 그녀의 수줍음과
부끄러움을 안심시키고 위로했으며,
그리하여 마침내 그녀는 심사숙고한
속임수를 부드러운 목소리로 펼쳤다.

"불패의 군주여, 위대한 당신 이름은   39
풍부한 칭찬으로 장식되어 널리 퍼져
전쟁에서 당신에게 지는 것이 왕들과
나라들에 오히려 영광이 될 정도로
당신의 명성이 알려졌으니, 심지어
적들 사이에서도 좋아하고 칭찬하며,
당신의 적들도 안심시켜 당신을 찾고
당신에게 도움을 청하도록 이끕니다.

당신이 굴복시키고 억압하려고 하는   40

---

23 원문에는 scettro, 즉 '홀(笏)'로 되어 있다.

전혀 다른 믿음을 갖고 태어난 저도
당신을 통해 제 부모의 왕권과 고귀한
자리를 되찾기를 희망하고 있습니다.
다른 사람들은 이방인들의 난폭함에
대항하여 친척에게 도움을 청하지만,
친척들의 연민을 찾을 수 없어 저의
혈족에 대항해 적의 검에 호소합니다.

당신에게 청하고 바라오니 제가 쫓겨난   41
그 자리를 당신만이 찾아줄 수 있습니다.
당신의 권력[24]은 타인을 파괴하는 것보다
도와주는 데에는 분명히 익숙하지 않고,
적들에 대하여 승리하는 것보다 연민의
존경이 높게 평가되는 것도 아니지만,
많은 사람의 왕국을 빼앗을 수 있었다면
제 왕국을 찾아주는 것도 영광일 겁니다.

하지만 만약 우리의 다른 믿음이 혹시   42
저의 진지한 간청을 경멸하게 만든다면,
당신의 연민을 확신하는 저의 믿음이
유익하고 실망되지 않아야 옳을 것이오.
당신이 타인을 도와주지 않았다는 것은

---

24 원문에는 은유로 la tua destra, 즉 "당신의 오른손"으로 되어 있다.

모두에게 아버지[25]인 신이 바로 증인이오.
하지만 모든 것을 충분히 이해하게 저의
불행과 다른 사람의 기만을 들어보세요.

저는 다마스쿠스 왕국의 왕 아르빌란[26]의   43
딸로, 그분은 낮은 신분에서 태어났지만
아름다운 카리클리아를 아내로 얻었고,
어머니로부터 왕국의 후계자가 되었지요.
어머니는 저를 낳으면서 돌아가셨으니
제가 뱃속에서 밖으로 나왔을 때 거의
소진하여 누워 있었고, 그 운명의 날에
어머니는 죽음을, 저는 탄생을 맞았지요.

그리고 어머니가 육신의 옷을 벗은   44
날부터 겨우 다섯 해가 지나갔을 때,
제 아버지도 운명의 힘에 굴복하였고
아마 하늘에서 어머니와 만났겠지만,
저와 왕국을 보살피는 일을 무척이나
총애하던 동생[27]에게 맡기고 떠나셨으니,
만약에 사람의 가슴에 연민이 있다면,

---

25 원문에는 Giove, 즉 "유피테르"로 되어 있는데, Jupiter라는 이름은 juvans pater, 즉 모두에게 "유익한 아버지"에서 유래했다는 잘못된 어원에 따라 그렇게 부르고 있다.

26 Arbilan. 뒤이어 나오는 아내 카리클리아Cariclia와 함께 타소가 상상해낸 인물이다.

27 이드라오테.

그에 대한 신뢰를 확신했었을 겁니다.

그렇게 그는 저의 후견인이 되었는데,   45
저의 모든 것에 커다란 욕망을 보였고
그 결과 전혀 흠 없는 믿음과 부성애,
너그러운 연민의 명성을 얻게 되었고,
그 당시 자기 내면의 사악한 생각을
거짓의 옷 아래에 감추고 있었는지,
아직 진지한 의욕을 갖고 있었는지,
저를 아들의 아내로 주려고 했습니다.

저도 성장했고 아들도 성장했는데, 그는   46
기사도나 고귀한 기술을 배우지 않았고,
세련되고 고상한 것은 전혀 좋아하지
않았고, 높은 것을 배우지도 않았으며,
비틀린 모습에 비열한 마음을 가졌고
오만한 가슴속에 탐욕들만 불태웠고,
거친 행동에다 성격은 악습들에 있어
누구도 그를 따르지 못할 정도였지요.[28]

멋진 내 보호자는 그렇게 잘난 남자를   47

---

28 원문에는 è sol ne' vizi a se medesimo uguale로 되어 있는데, 직역하면 "악습에 있어 오
직 자기 자신에게만 대등하다." 정도가 될 것이다.

나와 결혼시켜서 내 침대와 내 왕국의
배우자로 만들려고 미리 결정해두었고
그것을 분명히 여러 번 내게 말했지요.
거기에서 열망하던 결과를 얻기 위해
유창한 말을 동원하고 술책을 썼지만,
나에게서 아무것도 얻어내지 못했고
오히려 나는 계속 완강히 거절했어요.

결국 그는 어두운 표정으로 떠났으며   48
사악한 자기 마음을 분명히 드러냈고,
그 이마 위에 적혀 있는 내 미래의
불행한 이야기를 읽는 것 같았지요.
그때 이후로 밤의 내 휴식은 언제나
이상한 꿈들과 유령들로 혼란해졌고,
영혼 속에 새겨진 치명적인 공포가
나의 불행을 분명하게 예고했습니다.

종종 어머니의 유령이 앞에 나타났는데,   49
창백한 모습에다 고통스러운 몸짓으로
전에 보았던 다른 곳에 그려진 모습[29]과
세상에! 얼마나 다르게 보였는지요!
어머니는 '달아나라, 딸아. 사악한

---

29 말하자면 어머니의 초상화.

죽음이 네게 다가오니 빨리 떠나라.
사악한 폭군이 너를 해치기 위하여
준비한 독약과 검이 벌써 보이는구나.'

하지만 아직 어린 나이로 두려움에   50
사로잡혀 결정을 내리지 못하였으니,
벌써 가까이 다가온 위험을 마음이
예감해도, 세상에! 무슨 소용 있나요?
모든 것을 버리고 고향 왕국 밖으로
달아나고 자발적으로 망명하는 것이
처음에 눈을 뜬 곳에서 감는 것보다
더 고통스럽다고 저는 생각했답니다.

세상에! 죽음을 두려워하면서도 감히   51
달아나지 못했고 (그걸 누가 믿을까요?)
제가 죽는 순간을 앞당기지 않으려고
두려움을 밝히는 것까지 두려워했지요.
그렇게 끊임없는 고통 속에 불안하고
혼란스러운 삶을 살아가고 있었으니,
금세라도 자기 목 위로 잔인한 칼이
내려오기를 기다리는 사람 같았지요.

그러한 상황에서 우호적인 행운인지,   52
내 운명이 더 나쁜 것을 마련했는지,

아버지 왕께서 어렸을 때부터 돌봤던
왕궁의 대신들 중 하나[30]가 저에게
알려주었지요. 그 폭군이 정해놓은
저의 죽음 시간이 가까이 다가왔고,
정해진 날에 자신이 저에게 독약을
주기로 폭군에게 약속했다는 겁니다.

그리고 달아나는 것만이 제 생명을   53
길게 연장할 수 있다고 덧붙였으며,
다른 곳에서는 도움을 받기 어렵기에
곧바로 자기 자신이 도움을 주었지요.
나를 위로하며 용기를 북돋아주었고,
제가 두려움의 고삐에 얽매이지 않고
조국과 폭군에게서 달아나면서 어둠이
두렵지 않게 함께 가겠다고 했습니다.

평소보다 더 어두운 밤이 내려앉았고   54
우호적인 어둠 속에다 몸을 숨긴 채
저는 불행한 역경에 동료로 선발된
두 여인과 함께 안전하게 나갔지요.
하지만 뒤로 내 조국의 성벽을 향해
저는 눈물에 젖은 두 눈을 돌렸지만,

---

30 56연에서 이름이 나오는 아론테Aronte이다.

멀리 떨어지면서 고향 땅의 모습으로
눈을 충분히 만족시킬 수 없었습니다.

눈과 생각은 함께 똑같은 길을 갔는데   55
그럼에도 불구하고 발은 앞으로 나갔고,
마치 갑작스런 강한 바람에 사랑하는
해변에서 멀어지는 배와 같았습니다.
그날 밤과 다음날 내내 다른 사람의
흔적이 보이지 않는 곳으로 갔으며,
마침내 제 왕국의 경계선 가까이에
있는 어느 성으로 우리는 피했지요.

그곳은 아론테의 성으로, 아론테는   56
나를 위험에서 구해준 사람이지요.
하지만 배신자는 치명적인 함정에서
제가 달아났다는 것을 깨닫고 나서
우리 둘에 대한 분노에 불타올랐고
자기 자신의 죄를 우리에게 돌렸으며
자신이 바로 나에게 저지르려고 했던
죄를 우리 둘에게 뒤집어 씌웠답니다.

제가 뇌물로 아론테를 부추겨 자신의   57
음료에 독약을 타도록 했는데, 자신이
죽은 다음에 나를 억제하거나 명령할

사람이 없도록 만들기 위해서였으며,
또 제가 음탕한 본능에 따라 수많은
연인을 품에 안으려 했다고 말했지요.
아! 신성한 섭리여, 내가 당신 율법을
깨뜨리기 전에 번개가 내게 내리기를!

그 잔인한 자가 내 재산을 욕심내고   58
순진한 내 피를 목말라한다는 것도
견디기 힘들지만, 순수한 나의 명예를
더럽히려 한다는 것이 더 고통이지요.
사악한 그는 백성의 폭동이 두려워서
그렇게 자기 거짓말을 꾸미고 장식하여
진실을 잘 모르고 의아해하는 왕국[31]이
나를 위하여 무장하지 않도록 했지요.

비록 지금 내 자리에 앉아 있으며   59
머리에서는 왕관이 반짝이고 있지만,
쉬지 않고 나를 해치고 모욕하도록
지나치게 잔인함에 이끌려 있답니다.
아론테가 스스로 감옥에 가지 않으면
성 안에 두고 불태우겠다고 위협했고,
나와 함께 내 동료들에게는, 세상에!

31 본문에는 "도시"로 되어 있다.

선전포고에 학살과 죽음을 예고했어요.

그가 그렇게 말하는 것은 그럼으로써   60
자신의 얼굴에서 부끄러움을 씻어내고,
빼앗긴 권위를 왕좌와 가족의 명예에
되돌릴 수 있다고 믿었기 때문이지요.
하지만 왕홀을 진정한 상속인인 제가
되찾을까 두려운 것이 진짜 이유지요.
내가 죽으면 내 죽음으로 자기 왕국에
확고한 토대를 세울 수 있기 때문이지요.

만약 당신이 막아주지 않으면 폭군이   61
머릿속에 미리 정해놓은 사악한 욕망은
달성될 것이며, 내 눈물로 꺼지지 않았던
분노는 내 핏속에서 꺼지게 될 것입니다.
그러니 나리, 이 죄 없는 고아에 불쌍한
소녀는 당신에게 간청하오니, 당신 발을
적시는 저의 이 눈물이 제게 유용하여
나중에 피를 흘리지 않게 해주십시오.

오만하고 사악한 자들을 밟는 이 발을   62
통해, 정의를 도와주는 이 손을 통해,
당신의 승리를 통해, 당신이 도와주었고
앞으로 도와줄 신성한 시간들을 통해

당신만이 제 희망을 채워줄 수 있으며,
당신의 연민은 저에게 생명과 왕국을
구해줄 수 있지만, 정의와 이성이 당신을
움직이지 않으면 연민도 소용없습니다.

올바른 것을 원하고 당신이 원하는 것을   63
할 수 있는 운명을 하늘에서 받은 당신은
제 생명을 구하고, 나라를 얻을 것입니다.
(제가 되찾으면 당신 것이 될 테니까요.)
이렇게 많은 사람들 중에서 가장 강한
영웅 열 명만 저에게 이끌게 주신다면,
친구 귀족들과 믿음직한 백성이 있으니
제 조국으로 돌아가기에 충분할 겁니다.

특히 충실함으로 비밀 문을 감시하는   64
임무를 맡은 친구 귀족들 중 한 명은
한밤중에 비밀 문을 열어 왕궁 안으로
들어가게 해준다고 약속했고, 오로지
당신에게 도움을 청하라고 권했지요.
아무리 작은 도움일지라도 다른 곳에
큰 부대가 있다면 위안이 될 정도로
깃발과 명성[32]을 높게 평가하니까요."

32 그리스도교 진영의 깃발과 명성을 가리킨다.

그렇게 말하고 침묵했고, 침묵 속에   65
말과 간청을 담고 대답을 기다렸다.
고프레도는 여러 생각 사이에 의혹의
마음을 굴리면서 어떻게 할지 몰랐으니,
속임수가 걱정되었고, 하느님을 거부하는
사람은 믿을 수 없다는 것을 잘 알았다.
하지만 다른 한편으로 고귀한 가슴에서
잠들지 않는 연민의 마음이 일어났다.

그의 타고난 연민은 그녀에게 자신의   66
도움을 주기를 원하였을 뿐만 아니라,
자신에게 의존하여 길을 열어주고,
자기 계획을 용이하게 만들어주고,
이집트인들과 동맹자들에 대항하여
사람과 무기, 자금을 제공해줄 자가
다마스쿠스 왕국을 다스리게 된다면
유익하다는 것도 고려하게 이끌었다.

그렇게 불확실한 시선을 땅바닥으로   67
향한 채 생각들을 굴리는 동안,
그녀는 그를 응시했고, 그의 얼굴을
주의 깊게 보고 행동을 관찰했으며,
자신이 예상한 것보다 대답이 많이
늦어졌기에 걱정하고 한숨을 쉬었다.

고프레도는 요청한 도움을 거절했지만
매우 친절하고 부드러운 대답을 했다.

"우리를 선택하신 하느님을 섬기면서   68
여기서 우리 검을 사용하지 않는다면,
당신은 연민뿐만 아니라 그 검들에서
당신 희망의 도움을 찾을 수 있겠지요.
하지만 먼저 그분의 이 양 떼와 억눌린
성벽[33]을 다시 자유롭게 만들지 못한다면,
사람들의 숫자를 줄이면서[34] 우리 승리의
과정을 늦추는 것은 옳지 않을 것이오.

당신에게 약속하건대 (당신은 내 신뢰를   69
담보로 삼고 안심하고 믿기 바랍니다.)
하늘에서 총애하는 이 신성한 성벽을
부당한 억압에서 벗어나게 한 다음에
연민이 이끄는 대로 당신의 잃어버린
왕국으로 돌아가서 도와줄 것입니다.
먼저 하느님께 당연한 것을 되찾지
않으면 연민도 경건하지 않을 것이오."

33 그러니까 그리스도인들과 예루살렘.
34 뛰어난 기사 열 명을 제공하는 것을 의미한다.

그 말에 여인은 고개를 숙이고 바닥에
눈을 고정하고 한동안 움직이지 않았다.
그리고 눈물에 젖은 눈을 들고 울음에
고통스러운 몸짓을 덧붙이면서 말했다.
"불쌍하다! 다른 어느 여자에게 하늘이
이토록 고통스런 불변의 삶을 주었을까?
이렇게 힘든 운명이 나에게 바뀌기 전에
다른 사람의 마음과 천성이 바뀔 것이오.

아무런 희망도 없으니 헛된 괴로움이고,   71
간청도 사람 마음을 움직이지 못하는구나.
당신을 움직이지 못한 내 고통이 사악한
폭군을 설득할 수 있다고 희망할까요?
조그마한 도움을 저에게 거부하였다고
냉담하다고 당신을 비난하고 싶지 않고,
내 불행을 내려 보내고 당신의 연민을
냉정하게 만든 하늘을 비난하겠어요.

당신이나 당신의 너그러움이 아니라   72
내 운명이 도움을 거부하는 것입니다.
잔인한 운명, 사악한 치명적 운명이여,
이제 이 가증스러운 생명을 죽여다오.
왕국을 빼앗긴 데다 검의 희생자로
잡혀가는 나를 아직 보지 못한다면,

세상에! 아직 어린 나이에 나에게서
부모를 빼앗은 건 작은 불행이었도다!

정직함의 열정과 법칙은 이렇게 오래   73
여기에 머뭇거리는 것을 원치 않는데,
이제 누구에게 피할까? 어디에 숨을까?
폭군을 피해 어떤 피난처를 찾을까?
황금[35]에 열리지 않게 닫힌 곳은 하늘
아래 없는데, 왜 이렇게 머뭇거리나?
죽음이 보이는데 만약 피할 수 없다면
이 손으로 내가 죽음에게 갈 것이오."

여기에서 침묵했고 의연하고 관대한   74
경멸이 그녀를 불태우는 것 같았고,
마치 떠나려는 듯이 발길을 돌렸고
태도에 온통 경멸과 슬픔이 가득했다.
분노가 고통과 뒤섞여 내뿜는 것처럼
걷잡을 수 없이 눈물을 사방에 흘렸고,
솟아 나오는 눈물은 햇살에 비쳐 마치
크리스털과 진주를 보는 것 같았다.

아래로 옷자락까지 떨어져 내리는   75

---

35 뇌물을 가리킨다.

그 생생한 눈물에 젖은 그녀의 뺨은
비록 이슬의 안개에 젖어 있었지만
붉으면서 동시에 하얀 꽃처럼 보였고,
새벽의 여명이 나타나기 시작할 때
닫힌 꽃봉오리가 미풍에 펼쳐지고
그 꽃들을 바라보고 흡족한 새벽이
머리칼을 장식하고 싶은 것 같았다.

하지만 넘쳐흐르는 눈물로 아름다운　　　　　　　76
얼굴과 가슴을 장식하는 그 울음은
불이 되었고 수많은 사람의 가슴에
숨은 뱀처럼 들어가서 불을 붙였다.
아모르의 기적이여, 눈물에서 불꽃을
끌어내고 젖은 가슴을 태우는구나!
언제나 아모르는 자연을 능가하지만
그녀[36] 덕택에 자기 자신까지 넘어섰다.

그 거짓 고통은 많은 사람들의 진정한　　　　　　77
눈물을 짜냈고 강한 가슴을 움직였다.
각자 함께 괴로워하며 속으로 말했다.
'고프레도에게서 도움을 얻지 못한다면,
분명 분노한 호랑이가 그의 유모였고,

---

36 아르미다.

거친 산속의 끔찍한 바위나, 바다에서
하얗게 부서지는 파도가 낮은 것처럼
잔인하게 저런 미인을 경멸하는구나.'

그렇지만 연민과 사랑의 열기가 가장   78
열렬하게 불타는 젊은 에우스타치오는
다른 사람들이 중얼거리며 침묵하는 동안
앞으로 나섰고 대담하게 이렇게 말했다.
"오, 형제이자 군주시여, 당신의 마음은
처음의 의도에 너무 강하게 집요하여
열망하고 간청하는 공통적인 느낌에
조금이라도 유연하게 굽히지 않는구려.

여기에서 각자 자신에게 속한 사람들을   79
보살피는 지휘관들이 공격하던 성벽에서
발길을 돌리고 자신들이 맡은 임무에
소홀해도 된다고 말하는 것이 아니라,
다른 사람들의 규칙에 덜 속박되고
자신에 대한 부담도 없는 용병들인
우리들 사이에서 정의로움의 수호자
열 명을 뽑는 것은 합당한 것입니다.

죄 없는 아가씨를 보호하려는 사람은   80
하느님의 봉사에서 벗어나지 않으며,

폭군을 죽이고 나서 바치는 전리품은
하늘에 매우 귀중할 것이기 때문이지요.
그러므로 그녀에게서 예상되는 확실한
유익함이 그 임무로 이끌지 않더라도,
여인들에게 도움을 주는 것이 우리의
임무이므로 의무가 나를 움직입니다.

아! 프랑스이든 기사도가 존중받는   81
다른 곳에서 우리가 그렇게 정당하고
경건한 이유로 인한 위험이나 노고를
회피했다고 말하지 않게 해주십시오.
나로서는 여기서 투구와 갑옷을 벗고
여기서 검을 놓겠으니, 무기와 말이
부당하게 사용되거나, 기사의 이름이
더 이상 남용되지 않기를 바랍니다."

그렇게 말했고, 또 그의 부대 전체도   82
동의한다고 분명한 목소리로 선언했고,
유익하고 훌륭한 충고라고 선언하면서
대장[37]을 둘러싸고 그에게 간청하였다.
그러자 대장은 "굴복하오. 함께 연합된
많은 사람들의 동의에 내가 졌소이다.

---

37 고프레도.

내 충고가 아니라 여러분의 충고에서
그녀가 원하는 선물을 갖도록 하시오.

하지만 고프레도가 여러분에게 신뢰가   83
아직 있다면 여러분 감정을 절제하시오."
단지 그렇게 말했고, 그가 양보한 것을
받아들이는 데에는 그것으로 충분하였다.
그러니 아름다운 여인의 눈물과 부드럽고
사랑스러운 말로 무엇을 하지 못하겠는가?
유혹의 입술에서 자기 마음대로 영혼을
붙잡고 억제하는 황금 사슬이 나온다.

에우스타치오는 그녀를 불러 "아름다운   84
여인이여, 이제 당신 고통을 달래시오.
이제 당신의 두려움이 청하는 도움을
곧바로 우리에게서 받게 될 테니까요."
그러자 아르미다는 눈물에 젖은 눈을
밝게 빛냈고 웃는 모습을 내보였으며,
멋진 베일로 눈을 닦으면서 자신의
아름다움으로 하늘까지 사랑하게 했다.

그런 다음 부드럽고 사랑스런 목소리로   85
자신에게 베푼 커다란 도움에 감사했고,
그 도움은 영원히 온 세상에 알려지고

자기 가슴속에 새겨질 것이라고 밝혔고,
말로는 제대로 표현할 수 없는 것을
자기 몸짓의 말없는 웅변으로 표현했고,
그렇게 거짓 겉모습 아래 다른 사람이
의심하지 않는 자기 생각을 감추었다.

그런 다음 자기 속임수의 첫 시작에   86
행운이 미소를 지었다는 것을 깨닫고,
자기 계획이 중간에 저지당하기 전에
사악한 작업을 끝내려고 결심하였으니,
아름다운 얼굴과 행동으로 메데이아나
키르케의 마법보다 더한 것을 하였고,
세이렌의 목소리에다 유혹적인 말로
깨어 있는 마음들을 잠들게 만들었다.[38]

아르미다는 자기 그물에 붙잡힌 모든   87
새로운 연인에게 온갖 기술을 썼으며,
모두에게 언제나 똑같은 얼굴이 아니라
상황에 따라 행동과 모습을 바꾸었다.
때로는 정숙하게 수줍은 시선을 던졌고

---

38 그리스 신화에서 메데이아는 황금 양털을 찾아온 이아손을 마법으로 도와주었지만 배신당
하자 자기 자식을 죽였고, 키르케는 마법으로 오디세우스의 부하들을 돼지로 만들었고, 세
이렌은 치명적인 노래로 뱃사람들을 난파당해 죽게 만들었다.

때로는 욕망과 갈망의 시선을 던졌으며,
사랑에 있어 느리거나 빠른 것을 보고
누구에겐 채찍을, 누구에겐 고삐를 썼다.

만약 자신의 사랑에서 마음을 돌리거나   88
의혹으로 생각을 절제하는 사람을 보면,
그에게 부드러운 미소를 보내며 맑고
즐거운 눈길을 부드럽게 그에게 돌리고,
그리하여 게으르고 수줍어하는 욕망을
부추기고, 의심하는 마음에 희망을 주고,
사랑의 욕망들을 불태우면서 두려움이
맞이하는 차가움을 사라지게 만들었다.

또 무분별하고 눈먼 지도자[39]에 이끌려   89
대담하게 한계를 넘어서는 사람에게는
부드러운 말과 멋진 눈길을 억제하고
그에게 두려움과 존경심을 일으켰다.
하지만 이마에 가득한 경멸 사이로
사랑스런 연민의 빛살이 반짝였으며,
상대방은 두려워하면서 절망하지 않고
오만해 보일수록 더욱 욕망에 불탔다.

---

39 아모르.

이따금 그녀는 한쪽에 떨어져 있으면서   90
자기 얼굴과 행동을 고통스럽게 지었고,
종종 결국에는 눈가에 눈물을 보이다가
나중에는 울음을 안으로 억제하였으며,
그리하여 그런 수법으로 무수히 많은
단순한 사람들이 함께 울게 이끌었고,
연민의 불로 사랑의 화살을 단련했고
그 강한 무기에 가슴이 죽게 하였다.

그러다가 그런 생각으로부터 벗어나   91
새로운 희망이 일깨워지게 될 때면
연인들에게 발길을 돌리고 말하면서
즐거움으로 머리와 옷을 장식하였고,
전에 그들의 가슴에 모여들게 했던
어둡고 **빽빽**하던 고통의 안개 위로
밝은 눈길과 아름다운 천상의 미소를
마치 두 개의 태양처럼 빛나게 했다.

하지만 부드러운 말과 부드러운 웃음,   92
그 두 부드러움으로 감각을 홀리면서
그런 엄청난 즐거움에 익숙하지 않은
영혼을 그들의 가슴에서 분리시켰다.
아, 잔인한 아모르, 그대가 나누어준
쓴 약과 꿀[40]이 동시에 우리를 죽이고,

마찬가지로 치명적인 치료약과 고통이
그대에게서 우리에게 오게 하는구나!

얼음과 불, 웃음과 눈물, 또 두려움과   93
희망의 그렇게 대립적인 태도 사이에서
그 사기꾼 여인은 자신의 모든 상태를
헷갈리게 만들었고, 그들을 조롱했고,
혹시 누군가 떨리고 힘없는 목소리로
자신의 고통을 감히 말하려고 하면,
마치 미숙하고 설익은 사랑인 것처럼
말에서 드러난 마음을 모르는 척했다.

아니면 부끄러운 듯이 눈을 내리깔고   94
정숙함으로 장식하고 홍조를 띠었고,
발그스레함 아래 신선한 창백함을
감춰 아름다운 얼굴을 드러냈으니,
마치 새벽이 신선하고 이른 시간에
갓 솟아나는 것을 보는 것 같았고,
경멸의 붉은 색이 부끄러움과 함께
나타나면서 서로 혼동되고 뒤섞였다.

누군가가 불붙은 열망을 드러내려고   95

40 사랑의 고통과 달콤함.

시도하는 것을 그 행동에서 깨달으면,
때로는 그를 피하고 멀리하고, 때로는
말하면서 동시에 부정하도록 만들고,
그렇게 온종일 헛된 오류로 피곤하게
이끌어 결국에는 실망하게 만들었고,
마치 추적하던 짐승의 흔적을 저녁에
놓치는 사냥꾼처럼 남아 있게 했다.

그것이 바로 그녀가 무수하게 많은   96
영혼을 은밀히 붙잡을 수 있는 무기,
아니, 그 사람들을 붙잡아서 억지로
아모르의 하인으로 만드는 무기였다.
용맹한 아킬레스, 헤라클레스, 그리고
테세우스까지 아모르의 포로였으며,[41]
그리스도를 위해 검을 잡은 사람까지
그 올가미에 잡히니 얼마나 놀라운가?

---

41 아킬레스(그리스 신화에서는 아킬레우스)는 빼앗긴 브리세이스 때문에 트로이아 전쟁의
   전투에 참가하지 않았고, 헤라클레스는 데이아네이라와 이올레에 대한 사랑 때문에 네소
   스의 치명적인 옷을 입고 죽게 되었고, 테세우스는 파이드라에 대한 사랑 때문에 아리아드
   네를 버렸다.

제5곡

그리스도교 기사들은 두도네의 후계자 자리를 두고 다투며, 악마의 부추김을 받은 제르난도는 리날도를 모욕하고, 격분한 리날도는 제르난도를 죽인 다음 더 큰 불행을 피하기 위해 진영에서 달아난다. 아르미다에게 현혹된 여러 훌륭한 기사들은 그녀를 도와주기 위해 떠난다. 그동안 이집트 함대가 다가오고, 아라비아 도둑들 때문에 해상으로부터 물자 보급이 어려워진다.

기만적인 아르미다가 그렇게 기사들을   1
자신의 사랑 속으로 유혹하며 동시에
자신에게 약속된 열 명뿐만이 아니라
다른 기사들도 몰래 데려가려는 동안,
고프레도는 그녀가 인도할 의심스러운
임무를 누구에게 맡길까 궁리하였으니,
많은 용병들의 숫자와 역량, 각자 가진
욕망이 불확실하게 만들었기 때문이다.

하지만 결국 현명한 결정으로 그들 중   2
한 명을 그들의 의지에 따라 선발하여,
그가 너그러운 두도네의 뒤를 계승하고
선발하는 것을 책임지게 하려고 했다.
그럼으로써 그들 중 누구도 그 때문에
괴로워할 이유를 주지 않으려고 했고,

동시에 그 고귀한 부대를 합리적으로
존중한다는 것을 보여주려고 하였다.

그리하여 그들을 불러 이렇게 말했다.　　　　　　　　　3
"여러분은 내 견해를 이미 들었는데,
여인에게 도움을 거부한 것이 아니라
적절한 시기에 도와주려는 것이었소.
이제 다시 제안하니 여러분의 견해에
따라 그 의견에 따를 수 있을 것이오.
잘 변하고 가벼운 세상에서는 생각을
바꾸는 것이 확고함이 되기도 하니까요.

여러분의 입장에서 위험을 피하는 것이　　　　　　　4
명예롭지 않다고 아직도 생각한다면,
그리고 용감한 대담함으로 지나치게
신중해 보이는 충고를 경멸한다면,
나는 여러분을 강제로 붙잡아두거나
이미 허용한 것을 거두고 싶지 않고,
느슨하고 가벼운 내 권위의 절제가
당연히 여러분과 함께할 것입니다.

그러니까 여러분의 자유 의지에 따라　　　　　　　5
남거나 떠나는 것에 나는 만족하지만,
그 전에 사망한 지휘관[1]의 새 후계자를

선출하여 여러분을 이끌게 하십시오.
그가 원하는 대로 열 명을 선발하되
열 명의 숫자를 넘지 않도록 하시오.
내 최고 명령권을 거기에만 한정하고
다른 것은 제한하지 않도록 말이오."[2]

그렇게 고프레도는 말하였고, 모두가   6
동의함에 따라 그의 형제[3]가 대답했다.
"대장이시여, 느리지만 멀리 바라보는
현명함이 당신에게 어울리는 것처럼,
우리에게는 의무적으로 가져야 하는
몸과 마음의 강한 활력이 필요하지요.
느리게 성숙해짐이 다른 사람에게는
신중함이지만 우리에게는 비겁함이지요.

그리고 위험은 거기에서 얻는 이익과   7
비교해본다면 가벼운 것이기 때문에,
허락하신다면, 선택된 열 명의 기사가
여인과 명예로운 임무에 갈 것입니다."
그렇게 결론을 지었고, 그렇게 장식된

---

1   예루살렘 공격 중에 사망한 두도네.
2   아르미다를 수행할 기사의 숫자를 열 명으로 제한하는 것에만 총대장으로서의 권한을 행
     사하고 나머지에 대해서는 관여하지 않겠다는 뜻이다.
3   에우스타치오(제1곡 54연 참조).

속임수로 불붙은 마음을 다른 열망으로
감추려 하였고, 다른 기사들도 사랑의
욕망을 명예의 욕망으로 위장하였다.

그러한 데다 소피아의 아들[4]을 질투의   8
눈으로 바라보고 있던 에우스타치오는
멋진 육체에서 더욱 귀중하게 보이는
그의 역량을 경탄하면서 질투했기에
동료로 원하지 않았으며,[5] 마음속에서
교활한 질투로 신중한 생각을 짜냈고,
그래서 경쟁자를 한쪽으로 불러내어
유혹하는 말로 그에게 이렇게 말했다.

"위대한 아버지[6]의 위대한 아들이여,   9
젊은 나이에 최고의 무훈을 지녔으니,
이제 우리가 속해 있는 용감한 부대의
지도자 자리에 누가 선출되어야 할까요?
나는 단지 나이가 많다는 이유로 유명한
두도네에게 가까스로 속하여 살았는데,
당신이 아니라면, 고프레도의 동생인

---

4 리날도(제1곡 59연 참조).
5 리날도와 함께 선발되고 싶지 않았다는 뜻이다.
6 베르톨도(제1곡 59연 참조).

내가 이제 누구에게 복종해야 할까요?

당신은 고귀함에서 다른 모두와 같고   10
영광과 완성한 과업이 나보다 앞서고
전투의 무훈에서는 위대한 고프레도도
능가한다고 말해도 경멸하지 않으리다.
따라서 시리아 여인의 기사에 관심이
없다면 나는 당신을 지휘관으로 원하오.
어두운 야간의 임무[7]에서 나올 명예에
당신은 관심이 없다고 나는 믿는다오.

당신의 무훈이 더욱 찬란한 명성으로   11
여기에서 사용될 기회가 많을 것이오.
거부하지 않는다면, 다른 기사들이
당신을 지휘관으로 선출하게 하겠소.
하지만 나는 내 의심에 찬 불분명한
마음을 어디에 둘지 알 수 없기에,
내 의지에 따라 아르미다를 따를지
당신과 남을지 당신에게 요청하오.”

여기에서 에우스타치오는 침묵했는데   12
마지막 말을 하면서 얼굴이 붉어졌고,

---

7   아르미다가 제안한 야간 기습을 가리킨다.(제4곡 64연 참조)

감추지 못한 그의 불타는 생각들을
상대방은 잘 보았고 미소를 지었다.
하지만 자신에게는 사랑의 타격이
가슴의 피부를 뚫지 못했기 때문에
경쟁자만큼 마음이 조급하지 않았고
여인을 따라가는 데 관심도 없었다.

오히려 그의 생각 속에는 두도네의   13
쓰라린 죽음이 강하게 남아 있었고,
대담한 아르간테가 그보다 더 오래
산다는 것이 불명예라고 생각했다.
한편으로는 합당한 명예로 권하는
그 말을 듣는 것이 마음에 들었고,
혈기왕성한 가슴은 그 진정한 칭찬의
감미로운 소리에 흡족하고 만족했다.

그래서 대답하였다. "최고의 자리를   14
얻는 것보다 거기에 합당하고 싶고,
내 역량이 나를 높여주더라도 나는
최고 지휘권을 질투하지 않아야지요.
하지만 그 영광이 나에게 합당하다고
평가하고 요구한다면 거부하지 않겠소.
내 무훈의 멋진 증거가 여러분에게
증명되는 것이 내게 중요할 것이오.

그러니 나는 요구도 거부도 하지 않고   15
지휘관이 된다면 당신은 선택될 것이오."[8]
에우스타치오는 그를 떠나 동료들의
마음을 원하는 대로 설득하러 갔지만,
제르난도 왕자에게 지휘권에 경쟁하게
요구하였는데, 아르미다의 유혹에도
그의 오만한 마음에는 명예에 대한
욕망이 여인의 사랑보다 더 강했다.

제르난도는 수많은 영토를 다스리는   16
위대한 노르웨이 왕들의 후손으로,
아버지와 선조들의 수많은 왕관과
왕홀이 그를 오만하게 만들었다.
상대방[9]은 수백 년 동안 선조들이
평화 시에 유명하였고, 또 전시에도
탁월했지만 선조들이 이룬 위업보다
자기 자신의 무훈으로 오만하였다.

하지만 노르웨이[10] 왕자는 황금이나   17
영토가 얼마인가로만 평가하였고,

---

8   아르미다를 수행할 기사로 선택될 것이라는 뜻이다.
9   용병 부대의 지휘권을 다투게 될 리날도.
10 원문에는 barbaro, 즉 "야만인"으로 되어 있는데, "이방인"의 의미로 보아야 할 것이다.

왕의 직함에 의해 유명해지지 않은
역량 그 자체는 낮다고 평가했기에,
자기가 차지하려는 것을 리날도와
경쟁한다는 것을 견딜 수 없었고,
그로 인한 분노와 경멸로 이성의
한계를 넘어설 정도로 괴로워했다.

결국 사악한 아베르누스의 영혼[11]은   18
그에게 넓은 길이 펼쳐진 것을 보고
뱀처럼 비밀리에 가슴속으로 들어가
그의 생각을 유혹하고 지배하였으며,
그 안에서 분노와 증오를 더욱더
부추겼고, 가슴을 자극하며 찔렀고,
마음속 한가운데에서 목소리 하나가
계속 그에게 이렇게 말하도록 했다.

"리날도가 너와 경쟁하는구나. 그의   19
옛 영웅들 숫자가 그렇게 가치 있어?
너와 함께 경쟁하려는 그에게 세금을
바치고 종속된 사람들을 이야기해줘.

---

11 지옥의 악마를 가리킨다. 아베르누스Avernus(현대 이탈리아어로는 아베르노Averno)는 이
탈리아 남부 나폴리 서쪽 쿠마이의 분화구 안에 있는 호수로 고대인들은 이곳에 저승 세계
로 내려가는 입구가 있다고 믿었다.

왕홀을 보여주고, 죽은 그의 선조와
산 네 가족을 왕의 권위로 비교해봐.[12]
초라한 신분의 영주, 예속된 이탈리아[13]
출신의 영주가, 오, 얼마나 대담한가!

그는 너의 경쟁자가 되는 때부터 이미   20
승리자가 됐으니, 이기든 지든, 세상이
뭐라고 말할까? (그것도 최대 영광이야.)
'이 사람은 전에 제르난도와 경쟁했어.'
전에 두도네가 가졌던 고귀한 지위는
네게 명예와 영광을 줄 수 있었지만,
이제는 더 이상 기대할 수가 없으니,
그가 요구하면서 가치가 줄어들었어.

만약에 사람이 죽은 다음에도 우리의   21
일에 대해 무언가 인지할 수 있다면,
그 오만스러운 자가 나이도 어린 데다
미숙한데도 두도네의 나이와 무훈을
경멸하고, 자신의 무분별한 대담함을
생각하면서 눈길을 돌리고 있는 동안,

---

12 리날도의 죽은 선조들은 숫자가 많지만 왕은 아무도 없고, 반면에 제르난도의 살아 있는
가족은 소수이지만 왕의 권위를 갖고 있다는 뜻이다.
13 외세의 지배를 받는 이탈리아를 가리킨다.

늙었지만 훌륭한 두도네는 하늘에서
고귀한 분노에 불타고 있지 않겠는가?

그런데도 감히 지휘권에 도전하면서   22
형벌 대신 명예와 칭찬을 받고 있고,
그것을 충고하고 부추기면서 칭찬하는
사람도 있어. (오, 얼마나 부끄러운지!)
하지만 만약 고프레도가 당연히 너에게
갈 것을 그가 탈취하도록 용인한다면,
너는 참지 말고 네가 할 수 있는 것과
네 원래 모습을 증명하고 보여야 해."

이런 목소리에 불붙은 횃불과 경멸이   23
그의 내부에서 불타오르면서 커졌고,
부풀고 충만한 가슴속에 있지 못하고
대담한 혀와 눈을 통해 밖으로 나왔다.
명예를 떨구려고 리날도의 가치 없고
용인할 수 없다고 믿는 것을 말했고,
경박하고 오만하다고 비방했고, 그의
무훈을 미친 경솔함과 분노라고 했다.

그리고 그에게서 너그럽고 탁월하고   24
고귀하고 뛰어나게 빛나는 것의 모든
진실을 사악한 기술로 어둡게 만들고

악덕인 것처럼 비난하고 헐뜯었으며
자기 경쟁자 리날도가 그런 소리를
들을 정도로 공개적으로 말하였지만,
죽음으로 인도하는 맹목적인 충동이
줄어들거나 분노가 가라앉지 않았다.

이성의 자리에서 그의 혀를 움직이고   25
그의 모든 말을 만드는 악한 악마는
계속해서 부당한 모욕을 만들어내고
불타는 가슴을 부채질했기 때문이다.
진영 안에는 아주 넓은 공간이 있어
선택받은 기사들이 항상 거기 모여
함께 시합과 씨름을 하면서 자신의
육체를 튼튼하고 강건하게 만들었다.

여기에서도 기사들이 많이 있을 때   26
자신의 운명대로 리날도를 비난했고,
아베르누스의 독약이 묻은 혀를
날카로운 화살처럼 그에게 쏘았다.
옆에 있던 리날도는 그 말을 듣고
더 이상 분노를 억제하지 못하고
외쳤다. "거짓말!" 그리고 오른손에
검을 빼어 들고 그에게 돌진하였다.

목소리는 천둥 같고 검은 떨어지는   27
번개를 예고해주는 번득임 같았다.
제르난도는 떨었고, 피할 수 없는
죽음에서 벗어날 방도가 없었지만,
진영 전체가 증인이 되었기 때문에
용맹스럽고 강력한 모습을 보였고,
검을 빼어 들고 강한 적을 기다리며
확고하게 수비하는 자세를 취했다.

바로 그 순간 수천 개의 타오르는   28
검들이 동시에 눈부시게 빛났으니,
신중하지 못한 여러 사람들의 무리가
사방에서 몰려와 부딪쳤기 때문이다.
불분명한 목소리와 혼란한 억양들의
소리가 허공에 떨리면서 맴돌았으니,
바닷가에서 파도가 부딪치는 소리와
바람소리가 함께 뒤섞이는 것 같았다.

하지만 그런 소리에 모욕당한 기사의   29
분노와 충동은 전혀 가라앉지 않았다.
길을 가로막으려는 장애물과 함성을
경멸하면서 그는 복수를 열망하였고,
사람들과 무기들 사이로 몸을 던져
번개 같은 검을 둥글게 휘둘렀고,

그리하여 길이 열렸고, 보호자들이
많은데도 제르난도와 홀로 맞섰다.

그리고 분노 속에서도 강한 손으로   30
그에게 수많은 타격을 가하였으며,
때로는 가슴, 때로는 머리, 때로는
오른손, 때로는 왼손을 공격하였고,
격렬하고도 재빠른 그의 오른손은
눈과 방어 기술을 속일 정도였으며,
그리하여 갑자기 예상하지 못하게
약한 곳을 찌르고 부상을 입혔다.

그리고 잔인한 검을 그의 가슴에다   31
한두 번 찌를 때까지 멈추지 않았다.
경박한 왕자는 상처 위로 쓰러졌고,[14]
두 개의 길로 정신과 영혼을 쏟았다.
승리자는 아직 피에 젖은 검을 내렸고
그에게는 이제 신경도 쓰지 않은 채
다른 곳으로 향하였고, 그와 동시에
잔인해진 마음과 분노도 내려놓았다.

그동안 소란함에 이끌린 고프레도는   32

14 그러니까 앞으로 엎어졌다는 뜻이다.

돌발적이고 잔인한 광경으로, 피가
묻은 머리칼, 더럽고 젖은 외투, 죽은
얼굴로 쓰러진 제르난도를 보았으며,
많은 사람이 죽은 기사에게 보내는
탄식과 한탄과 울음소리를 들었고,
놀라서 물었다. "여기, 허용되지 않는
곳에서 누가 감히 이런 일을 했는가?"

죽은 왕자와 아주 가까운 아르날토[15]가   33
이야기했고, 그 결과 사건은 더 커졌다.[16]
리날도가 죽였으며, 가벼운 이유로 인한
어리석은 충동에 이끌려 그렇게 했고,
그리스도를 위하여 허리에 두른 검을
그리스도의 기사들을 향해 돌렸으며,
이전에 공표되었고 이제 비밀이 아닌
그[17]의 명령과 금지를 어겼다고 말했고,

법에 의하면 사형을 받아야 할 죄이고,   34
범죄가 그 자체로서 심각하기 때문에,
또한 그런 장소에서 벌어졌기 때문에

---

15 Arnalto. 타소가 창작해낸 인물이다.
16 리날도의 잘못을 강조하는 입장에서 이야기함으로써 사건이 더 커지게 되었다는 뜻이다.
17 고프레도.

법이 정하는 대로 처벌받아야 하고,
만약에 그런 잘못에 용서를 받는다면
다른 사람도 본받아 과감해질 것이고,
모욕당한 자는 재판관들이 해야 할
보복을 자기가 직접 하려 할 것이며,

그렇다면 이쪽 편과 저쪽 편 사이에   35
불화와 싸움이 발생할 것이라고 했다.
또 고인의 장점을 상기했고, 연민이나
경멸[18]을 일으키는 것을 모두 말했다.
하지만 탄크레디가 항의하며 반박했고,
죄인의 동기가 순수하다고 설명했다.
고프레도는 귀를 기울였으며, 엄격한
표정에 희망보다 걱정이 더 많았다.

탄크레디가 덧붙였다. "현명한 군주여,   36
리날도가 누구인지, 자기 자신을 위해,
유명하고 탁월한 가문을 위해, 아저씨
궬포를 위해 어떤 역량들을 지녔는지
상기해보십시오. 통치자는 형벌에서
모두에게 평등하지 않아야 합니다.
실수 그 자체는 정도에서 다양하고

---

18 제르난도에 대한 연민이나 리날도에 대한 경멸을 의미한다.

평등은 같은 사람들에게만 옳습니다."

대장은 대답하였다. "낮은 사람들은　　　　　　　　37
높은 사람들에게서 복종을 배우지요.
탄크레디, 만약 윗사람들이 방만하게
놔두기를 원한다면 잘못된 생각이오.
단지 민중의 지도자로 낮은 사람들만
명령한다면 내 지휘권이 무엇이겠소?
만약 그것이 법이라면 나는 무능하고
부끄러운 지휘권을 원하지 않겠소.

그것은 자유롭고 존경받게 주어졌고　　　　　　　　38
어떤 권위도 낮추지 않기를 바라오.
때로는 상과 벌을 다르게 부과하고,
때로는 평등의 기준을 유지함으로써
낮은 사람과 높은 사람을 구분하지
않아야 한다는 것을 나는 알고 있소."
그렇게 말했고, 탄크레디는 존경심에
굴복해 그의 말에 대답하지 않았다.

엄격하고 강한 옛날 법도를 따르는　　　　　　　　39
라이몬도는 그의 말을 칭찬하였다.
"그런 방식으로 잘 통치하는 사람은
아랫사람들에게 존경을 받는답니다.

형벌 대신 용서를 기대하는 곳에서는
법률이 아직 온전하지 않기 때문이오.
두려움의 토대 없이는 모든 자비가
파멸되고 모든 왕국이 무너지지요."

그렇게 말했고, 탄크레디는 그 말을   40
이해하였으며, 더 이상 그들 사이에
머무르지 않고 곧바로 리날도를 향해
날개가 달린 것 같은 말을 몰았다.
리날도는 강한 적의 오만함과 영혼을
빼앗은 다음 자신의 천막으로 갔다.
거기에서 탄크레디는 그를 찾아냈고
사건의 전말을 자세하게 설명하였다.

그리고 덧붙였다. "사람들의 생각은   41
너무 어둡고 내밀한 곳에 숨어 있기
때문에, 나는 외부의 모습이 마음의
진정한 증인이라고 생각하지 않지만,
모든 것을 감추지 않는 대장에게서
이해한 바에 의하면, 대장은 그대를
죄인들의 공통적 형벌과 자기 권력의
죄수로 원한다고 나는 감히 말하겠소."

리날도는 미소를 띠며 웃음 사이에   42

경멸이 번득이는 얼굴로 대답하였다.
"노예나 노예가 되기에 합당한 자는
사슬에 묶여 자신을 보호하라고 해요.
나는 자유롭게 태어나 살았고, 손이나
발이 부당하게 묶이기 전에 죽겠소.
이 오른손은 검에 익숙하고 승리에
익숙하며, 비열한 속박을 거부한다오.

만약 나의 공훈에 대해 고프레도가   43
이런 식으로 보답을 하고, 마치 내가
평민 출신인 것처럼 붙잡아 평범한
감옥에 가두려고 한다면, 직접 오든
사람을 보내든, 나는 움직이지 않겠소.
운명과 무기가 우리에게 재판관이오.
적들이 즐거워하도록 잔인한 비극이
공연되기를 그는 원하는 모양이군요."

그런 다음 무장을 원했고, 머리와   44
가슴을 섬세한 강철로 장식하였고,
강한 팔로 커다란 방패를 들었고,
옆구리에다 치명적인 검을 찼으니,
위엄 있고 당당한 모습으로 마치
번개처럼 갑옷 차림에서 빛났다.
마르스여, 검과 공포를 차고 다섯째

하늘에서 내려오는 그대를 닮았구나.[19]

그동안 탄크레디는 오만해진 마음과   45
거칠어진 정신을 완화시키려고 했다.
"불패의 젊은이여, 그대의 무훈 앞에
모든 험하고 힘든 임무가 쉬워지고,
그대의 탁월한 역량은 무기와 두려움
사이에서 더 강해진다는 것을 알지만,
오, 하느님, 그 역량이 오늘 잔인하게
나타나 피해가 되지 않게 해주소서.

말해보오, 무엇을 하겠소? 그러니까   46
그대 동료들의 피로 손을 더럽히겠소?
그리스도인들의 부당한 상처로, 그들이
팔다리인 그리스도를 다치게 하겠소?
바다의 파도처럼 언제나 가고 오는
덧없는 명예에 대한 헛된 존경심이
하늘에서 영원하게 지속될 영광의
믿음과 열망보다 그대에게 중요하오?

오, 안 돼요, 제발! 당신을 억제하고   47

---

19 마르스는 로마 신화에서 전쟁의 신으로 그리스 신화의 아레스에 해당하며, 프톨레마이오
스의 우주관에 의하면 화성, 즉 마르스의 하늘은 다섯째 하늘이다.

그 오만하고 광폭한 마음을 버려요.
양보는 두려움이 아닌 신성한 의지요.
그대의 양보에 보상이 있을 것이오.
만약에 내 설익은 젊은 나이가 다른
사람에게 하나의 예가 될 수 있다면,
나도 역시 도발당한 적이 있었지만,
동료들과 싸우지 않고 자제했답니다.

내가 킬리키아의 왕국을 점령하였고   48
거기에 그리스도의 깃발을 세웠는데,
갑자기 발도비노가 오더니 부당하게
그곳을 점령해 비열하게 차지했는데,[20]
모든 행동에서 친구로 보여 탐욕스런
그의 생각을 깨닫지 못했기 때문이오.
하지만 아마 그럴 수 있었지만 나는
무력으로 되찾으려고 하지 않았어요.

그런데 여전히 그대가 감옥과 체포를   49
치욕적인 중압처럼 거부하고 피하며,
세상이 명예의 법칙으로 인정하는
견해들과 관례를 따르려고 한다면,

---

20 탄크레디는 소아시아 킬리키아 지방에 있는 도시 타르수스를 점령했는데, 나중에 발도비
노가 그곳을 차지하였다.

내가 여기서 대장에게 변명할 테니
안티오키아의 보에몬도에게 가시오.
지금 격분해 있는 그의 판단에 그대를
맡기는 건 안전하지 않다고 생각하오.

얼마 지나지 않아 여기에서 이집트나   50
다른 이교도 부대를 적으로 맞이하면,
그대가 멀리 있는 동안 그대의 최고
무훈이 더욱 두드러져 보일 것이며,
그대 없는 진영은 팔이나 손이 없는
육신처럼 불완전하게 보일 것이오."
그때 퀠포가 와서 그 말에 찬성했고
지체 없이 거기서 떠나기를 원했다.

그들의 그런 충고에 대담한 젊은이의   51
경멸하는 마음이 가라앉고 누그러져
곧바로 진영을 떠나는 것을 믿음직한
자신의 동료들에게 거부하지 않았다.
그동안 수많은 친구들이 달려왔고
모두 그와 함께 떠나려고 원했지만
그는 그들 모두에게 감사하고, 단지
하인 두 명만 데리고 말에 올라탔다.

그는 고귀한 마음에 채찍인 영원한   52

영광의 욕망을 간직하고 출발했으며,
생각을 위대한 위업들로 지향하였고
특별한 일을 완수하려고 결심했으니,
자신이 수호하는 믿음을 위해, 죽음을
얻든 영광을 얻든, 적들 사이로 가고,
이집트를 지나, 알 수 없는 원천에서
나일 강이 나오는 곳까지 가고 싶었다.

하지만 격렬한 젊은이가 떠나겠다고 53
서둘러서 작별 인사를 한 뒤 켈포는
거기에 머뭇거리지 않고 고프레도를
찾을 수 있을 곳으로 신속하게 갔다.
고프레도는 그를 보자 목소리를 높여
말하였다. "켈포, 지금 나는 당신을
찾고 있었고, 당신을 찾으려고 우리
전령 몇 사람을 여러 곳으로 보냈소."

그리고 모두들 물러나게 한 뒤 낮은 54
목소리로 그에게 심각하게 얘기했다.
"켈포, 그대 조카는 정말로 지나치게
분노가 이끄는 대로 한계를 넘었고,
내 생각으로는 이 사건에 대한 그의
정당한 주장을 찾기 어려울 것이오.
그것을 찾는다면 정말로 좋겠지만,

고프레도는 모든 사람들에게 평등한

지도자로 어떠한 경우든 정당하고   55
올바른 것의 수호자가 될 것이며,
전횡적 열정에 굴하지 않는 마음을
언제나 평가하도록 유지할 것이오.
몇 사람이 말하듯이, 만약 리날도가
규율의 신성한 명예와 금지령[21]을
어쩔 수 없이 위반하였다면 우리의
판결에 복종하고 증명해야 할 것이오.

체포에 자발적으로 응해야 하고, 내가   56
그를 위해 할 수 있는 건 그것뿐이오.
하지만 만약 그가 거부하고 경멸하면
(그의 집요한 대담함을 내가 잘 아오.)
당연히 그러하듯이 현명하고 온순한
사람[22]이 불가피하게 지휘권과 법률의
엄한 수호자가 되게 강요하지 않도록
당신이 데려오게 조처해주기 바라오."

그는 그렇게 말했고 궬포가 대답했다.   57

21 진영 안에서 결투를 하지 말라는 금지령.
22 고프레도 자신을 가리킨다.

"불명예를 싫어하는 영혼은 모욕적인
조롱의 목소리를 들을 수 없고, 만약
들으면 거부하지 않을 수 없습니다.
만약 그가 모욕한 자를 죽게 했다면,
정당한 분노에 누가 한계를 정합니까?
싸움이 불타는 동안 타격이나 합당한
모욕을 헤아리고 측정하고 정합니까?

하지만 당신이 요구하는 것, 당신의   58
최고 판결에 젊은이가 따르라는 것은
할 수 없으니 괴롭소. 그는 진영에서
바로 발길을 돌려 멀리 갔기 때문이오.
나는 부당하게 그를 거짓 고발한 자나
사악함에 사로잡힌 다른 자에게, 그가
부당한 모욕을 정당하게 벌했다는 것을
내 이 손으로 증명하겠다고 제안합니다.

그는 분명 정당하게 허풍선이 제르난도의   59
오만한 자만심의 뿔을 부러뜨린 겁니다.
실수했다면 단지 금지령을 잊은 것이고,
그것은 유감이고 칭찬하지 않겠습니다."
그러자 고프레도는 "분란은 다른 곳에서
일으키게 놔두고, 여기서 당신이 새로운
싸움의 씨앗을 뿌리지 않기를 바라오.

196

제발, 이제 분노는 종결되어야 하오."

그동안에도 사악한 사기꾼 여인[23]은   60
계속해서 도움을 얻으려고 노력했다.
낮에는 간청했고 아름다움과 재능과
마법으로 가능한 모든 것을 활용했고,
그러다 나중에 밤이 서쪽에서 어두운
외투를 펼치면서 낮을 가두게 되면,
자신의 두 기사와 두 하녀와 함께
한쪽에 있는 자기 천막으로 물러났다.

하지만 비록 속임수의 대가에 그녀의   61
태도는 친절하고 몸짓은 신중했으며,
과거나 미래에 하늘이 다른 사람에게
선물하지 않을 정도로 아름다웠으며,
그래서 진영의 유명한 영웅들을 모두
집요하고 강한 즐거움으로 붙잡았지만,
그럼에도 불구하고 경건한 고프레도는
쾌락의 미끼로 유혹해도 잡지 못했다.

그를 유혹하고 치명적인 부드러움으로   62
사랑의 삶으로 이끌어도 헛수고였으니,

23 아르미다.

마치 배가 부른 새는 누군가가 먹이로
유혹하는 곳에 내려앉지 않는 것처럼,
그는 세상의 덧없는 쾌락을 경멸하며
외로운 길을 통하여 천국을 열망했고,
믿을 수 없는 사랑이 그 멋진 비상에
아무리 덫을 펼쳐도 모두 실패하였다.

어떤 방해물도 하느님이 표시해주신   63
길에서 신성한 생각을 돌리지 못했다.
그녀는 프로테우스[24]처럼 수많은 모습과
마법으로 그 앞에 새롭게 나타났으며,
그녀의 매우 부드러운 행동과 모습은
추운 곳에 자는 아모르도 깨웠겠지만,
하느님 덕택에 여기에서 그녀의 모든
시도와 노력은 헛되고 소용이 없었다.

눈썹 한번 돌리면 모든 정숙한 마음이   64
불타오른다고 믿었던 아름다운 여인은
오, 얼마나 오만함과 허영을 잃었는지!
그에 대해 얼마나 분노하고 놀랐는지!
그러자 그녀는 결국 자기 힘을 보다
약한 곳으로 돌리려고 결심하였으니,

---

24 그리스 신화에 나오는 바다의 신으로 끊임없이 모습을 바꿀 수 있는 능력을 갖고 있었다.

마치 지휘관이 정복할 수 없는 땅을
버리고 다른 곳을 공격하는 것 같았다.

그녀의 무기에 탄크레디의 마음도   65
그에 못지않게 견고함이 드러났으니,
다른 욕망[25]이 그의 마음을 사로잡아
다른 열망의 여지가 없었기 때문이고,
독약을 다른 독약으로 막는 것처럼
사랑을 다른 사랑으로 막기 때문이다.
이 둘만 이기지 못했고, 다른 사람은
크건 작건 그녀의 불에 불타올랐다.

그녀는 비록 자기 계획과 속임수가   66
충분히 성공하지 못하여 괴로웠지만,
수많은 영웅들의 그 고귀한 전리품을
얻은 것에 조금이나마 위로를 삼았고,
다른 사람이 속임수를 알아채기 전에
보다 안전한 다른 곳으로 인도한 뒤
처음 붙잡았을 때의 사슬과는 다른
사슬로 그들을 묶어두려고 생각했다.

그래서 대장이 그녀에게 도움을 조금   67

25 클로린다에 대한 사랑을 가리킨다.

주기로 약속한 기한이 다가옴에 따라
공손한 태도로 그에게 가서 말하였다.
"나리, 정해진 날짜가 벌써 지났는데,
내가 당신의 군대에 도움을 청했다는
말을 사악한 폭군이 우연히 듣는다면,
자기 부대를 수비에 대비할 것이며
그러면 계획[26]이 쉽지 않을 것입니다.

그러니까 소문의 불확실한 목소리나   68
확실한 첩자가 소식을 전하기 전에
자비로이 당신 강한 기사들 중에서
일부를 골라 나와 함께 보내주세요.
하늘이 인간의 일을 적대적인 눈으로
보지 않고 순수함을 잊지 않는다면,
나는 왕국을 되찾고, 당신은 평화 시나
전시에 내 땅의 조공을 받을 겁니다."

그렇게 말했고, 대장은 그녀의 말에   69
거부할 수 없는 것을 허용하였으니,
그녀가 출발을 서두른다면 기사들을
선택할 책임이 자신에게 돌아왔는데,
모두가 이례적으로 집요하게 열 명의

---

26 예루살렘 도시 안으로 몰래 들어가려는 계획을 가리킨다.

숫자 안에 포함되기를 요구하였으며,
그들 사이에서 일어나는 경쟁심이
더욱 집요하게 요구하도록 만들었다.

그들의 마음을 명백하게 보는 그녀는   70
거기에서 새로운 전략을 이끌어냈고,
그들의 옆구리에다 질투라는 사악한
두려움을 채찍과 고통으로 활용했다.
앞서거나 뒤쫓는 자가 없으면 말이
빨리 달리지 않듯이, 그런 전략이
없으면 결국 사랑도 늙어 게으르고
느려진다는 것을 알았기 때문이다.

그래서 그녀는 말과 유혹적인 시선,   71
부드러운 미소를 모두에게 분배하여
그들 사이에 질투하지 않는 기사가
없었고 의혹이 희망과 뒤섞여 있었다.
속임수 얼굴의 마법에 의해 자극을
받는 그 어리석은 연인들의 무리는
고삐 없이 달렸고, 부끄러움도 막지
못했고, 대장이 꾸짖어도 소용없었다.

대장은 비록 기사들의 헛된 욕망에   72
때로는 부끄러움에 또 때로는 분노에

불탔지만, 전혀 편향되지 않고 모든
기사를 평등하게 충족시키고 싶었고,
그런 욕망에 집착하는 것을 보면서
그들이 동의하도록 새로운 결정을 했다.
"여러분의 이름을 적어서 항아리에
넣고 우연을 재판관으로 삼으시오."

곧바로 각자 자신의 이름을 적었고   73
조그마한 항아리 안에 넣고 섞은 후
추첨을 했는데, 첫 번째 뽑힌 사람은
펨브룩[27]의 백작 아르테미도로[28]였다.
다음에 게라르도[29]의 이름이 들려왔고,
그들 다음에 빈칠라오가 추첨되었다.
빈칠라오는 전에 엄격하고 현명했는데,
지금은 아이 같은 늙은 연인이 되었다.

행운이 사랑의 욕망을 좋게 도와주는   74
그 처음 선택된 세 명은, 오, 얼마나
즐거운 얼굴이었고, 눈에는 가슴에서

---

27 Pembroke. 영국 웨일스 남부의 작은 도시이다.
28 아르테미도로Artemidoro를 비롯하여 뒤에 나오는 빈칠라오Vincilao, 올데리코Olderico,
엔리코Enrico, 굴리엘모 론칠리오네Guglielmo Ronciglione는 모두 타소가 상상해낸 인물
이다.
29 게라르도를 비롯하여 구아스코, 리돌포, 에베라르도, 람발도에 대해서는 제1곡 54~56연
참조.

솟아나는 즐거움이 얼마나 넘쳤는지!
항아리가 이름을 감춘 다른 사람들은
불안한 마음과 질투심을 드러냈고,
종이쪽지를 펼친 다음 다른 사람의
이름을 읽는 자의 입술에 매달렸다.

구아스코가 넷째로 나왔고, 그 뒤에   75
리돌포, 리돌포 뒤에 올데리코였고,
이어 굴리엘모 론칠리오네, 바이에른의
에베라르도, 프랑스의 엔리코가 나왔다.
람발도가 마지막이었는데, 그는 뽑힌 뒤
믿음을 바꾸어 예수님의 적이 되었으니,
아모르가 그렇게 강한가? 열 명 숫자가
그렇게 끝나고 다른 사람은 배제되었다.

다른 사람들은 분노와 질투심에 불타   76
포르투나30를 부당하고 나쁘다고 했고,
아모르여, 그대의 일에서 포르투나를
재판관으로 허용한 그대를 비난하였다.
그렇지만 강하게 금지할수록 더욱더
원하는 것이 인간의 본능이기 때문에
많은 기사들이 행운을 무시하고 날이

---

30 Fortuna. 로마 신화에서 '행운'과 '운명'의 여신으로 그리스 신화의 티케에 해당한다.

저물자 그 여인을 따르기로 결심했다.

밤이나 낮이나 항상 뒤따르고 그녀를   77
위해 목숨을 바쳐 싸우기를 원하였다.
그녀는 몇 마디 말하였는데, 모호한
말과 달콤한 한숨으로 그렇게 권했고,
때로는 이 사람, 때로는 저 사람에게
두고 떠나는 것이 괴로웠다고 말했다.
그동안 열 명의 기사들은 무장했고
고프레도에게 작별의 인사를 하였다.

현명한 대장은 이교도 믿음이 얼마나   78
불확실하고 가벼우며 안전하지 않은지,
어떤 기술로 함정과 역경을 벗어나야
하는지 한 사람씩 모두에게 경고했지만,
그의 말은 바람결에 흩어졌고, 아모르는
현명한 사람의 충고를 수용하지 않았다.
대장은 마침내 그들과 작별했고, 여인은
새로운 새벽을 기다리지도 않고 떠났다.

승리자 여인은 떠났는데, 경쟁자들을   79
마치 자기 승리의 포로처럼 앞세우고
함께 갔으며, 다른 연인들의 무리를
수많은 고통들 사이에다 남겨두었다.

하지만 밤이 나타나 자신의 날개로
적막과 가볍게 떠도는 꿈을 이끌자
아모르가 알려주는 대로 비밀리에
많은 기사들이 아르미다를 뒤따랐다.

에우스타치오가 첫째로, 그는 밤이   80
가져오는 어둠을 간신히 기다렸다가
장님 안내자[31]가 장님 같은 어둠을
통해 이끄는 대로 서둘러서 떠났다.
따스하고 맑은 밤에 그는 헤맸지만
새벽의 빛이 나타나면서 아르미다와
함께 그녀의 무리가 그들에게 밤에
숙소를 제공한 마을에서 나타났다.

그는 서둘러 그녀에게 갔고, 그의   81
문장을 람발도가 곧바로 알아보고
누구를 찾으며 왜 왔는지 외쳤다.
그는 "아르미다를 따라가려고 왔소.
거부하지 않는다면, 그녀는 신속한
도움이나 믿음직한 봉사를 받으리다."
그러자 상대방은 "누가 그대를 그런
영광에 선출했소?" 그는 "아모르요.

---

31 사랑을 가리킨다.

아모르는 나를, 포르투나는 당신을   82
선택했으니, 누가 정당한 선택자요?"
그에 대해 람발도는 "잘못된 자격은
아무 소용없소. 쓸모없는 전략이오.
그러니까 당신은 고귀한 여인의
합당한 기사들에 포함될 수 없는
부당한 하인이오." 그러자 화가 난
젊은이는 "누가 그것을 금지하오?"

"내가 금지하겠소." 그는 대꾸했고   83
그렇게 말하면서 앞으로 나섰으며,
상대방도 똑같이 적대적인 의도와
똑같은 대담함으로 앞으로 나섰다.
하지만 여기에서 그들의 폭군 여인이
손을 들고 분노 사이로 끼어들었고,
람발도에게 말했다. "당신에게 동료가,
나에게 기사가 늘어나면 싫은가요?

나를 구하고 싶다면, 그렇게 중요한   84
새로운 도움을 왜 빼앗으려고 해요?"
그리고 에우스타치오에게 "내 명예와
생명의 보호자로 적시에 오셨군요.
나로서는 그렇게 고귀하고 환영받는
동반자를 피할 이유가 전혀 없어요."

그렇게 말하였고, 가는 동안 간간이
다른 새로운 기사가 그녀에게 왔다.

누구는 여기서, 누구는 저기서 왔고,   85
서로가 서로를 몰랐으며 질투하였다.
그녀는 즐거이 맞이하였고 각자에게
온 것에 대해 기쁨과 위안을 보였다.
하지만 새벽이 어슴푸레 밝아오면서
고프레도는 그들이 떠난 것을 알았고
마음이 그들의 불행을 예감한 것처럼
혹시 나쁜 미래에 대해 걱정하였다.

거기에 대해 생각하는 동안 전령이   86
먼지투성이로 숨을 헐떡이며 괴로운
표정으로 왔는데, 나쁜 소식을 전하는
사람처럼 얼굴에 고통이 적혀 있었다.
전령은 말했다. "나리, 이집트의 대규모
함대가 곧바로 바다에 나타날 겁니다.
제노바 배들을 지휘하는 굴리엘모[32]가
그 소식을 나리께 전하는 바입니다."

---

32 역사상 실존 인물인 굴리엘모 엠브리아코Guglielmo Embriaco를 가리킨다. 그의 정확한
생애는 알려지지 않았으나, 연대기들에 의하면 제노바 출신의 상인이자 용병으로 제1차 십
자군 전쟁에 참가하여 활동했다.

그리고 거기에 덧붙여서, 배로부터   87
식료품이 진영으로 운반되고 있는데
무겁게 짐을 실은 말들과 낙타들이
중간에서 곤경에 처하게 되었으니,
어느 계곡에서 아랍인 도둑들에게
앞뒤에서 공격을 당한 수비대원들은
싸우다 살해당하거나 노예가 되었고
아무도 벗어나지 못했다고 말했으며,

그 유랑하는 야만인들[33]의 미친 듯한   88
대담함과 방종은 이제 너무 커져서
마치 홍수처럼 전혀 가로막힘 없이
사방으로 퍼지고 확산되고 있으니,
그들에게 두려움을 안겨주기 위해
일부 기사들을 보내 팔레스티나의
바닷가에서 진영까지 이르는 길을
안전하게 확보해야 한다고 말했다.

그 소문은 순식간에 입에서 입으로   89
전해지면서 곧바로 널리 확산되었고,
병사들의 무리는 곧바로 다가오게 될
굶주림에 대한 두려움에 사로잡혔다.

33 아랍인 도둑들.

이제 병사들에게 평상시의 담대함이
사라진 것을 깨달은 현명한 대장은
유쾌한 얼굴과 말로 그런 병사들을
안심시키고 위로하려고 노력하였다.

"오, 나와 함께 세상 여기저기에서   90
많은 위험과 많은 고통을 겪었으며,
그리스도교 믿음의 피해를 복구하는
소명에 태어난 하느님의 기사들이여,
그대들은 페르시아 군대와 그리스의
속임수, 산과 바다와 겨울과 폭풍우,
기아와 갈증의 불편함을 극복했는데,
이제 와서 그대들이 두려워하는가?

더욱 힘든 상황에서 이미 알았듯이
그대들을 이끌어주시는 하느님께서   91
마치 자비의 손길과 경건한 시선을
돌리듯 그대들을 돌보시지 않는가?
지나간 고통을 유익하게 회상하고
하느님께 서원을 풀 날이 곧 오리다.
그러니 담대하게 참고, 부탁하건대
행복한 성공을 위해 건강하기 바라오."

그런 말과 평온하고 밝은 표정으로   92

두려움에 떠는 병사들을 위로했지만,
가슴 한가운데에 깊숙이 잠겨 있는
수많은 고통스러운 염려를 억눌렀다.
부족하고 결핍된 상황에서 그 많은
사람들을 어떻게 먹일지 생각했고,
어떻게 함대를 막을 것인지, 어떻게
아라비아 도둑들을 막을지 생각했다.

제6곡

아르간테는 결투로 전쟁의 성패를 결정짓자고 제안하고, 그리스도 진영에서는 탄크
레디가 결투에 응한다. 치열한 싸움으로 두 기사는 부상을 당하고, 그래도 계속되던
결투는 밤이 되어서야 중단된다. 결투를 지켜보던 에르미니아는 부상당한 탄크레디
를 치료해주기 위해 클로린다의 갑옷을 입고 그리스도 진영으로 가다가 순찰대에게
발각되어 달아난다.

하지만 다른 편에서 포위된 사람들[1]을   1
좋은 희망이 위안하고 안심시켰으니,
모아둔 식량 외에도 다른 식료품이
어두운 밤에 손이 닿는 데에 있었고,
북쪽[2] 방향에 세워진 성벽은 무기와
전쟁 장비들을 잘 갖추고 있었으며,
높게 쌓은 데다 커다랗고 단단하여
어떤 충격도 두렵지 않은 것 같았다.

그리고 왕은, 황금빛 태양이 비치든   2
아니면 별빛과 달빛에 검은 하늘이

---

1 예루살렘 안에 포위되어 있는 사람들.
2 원문에는 Aquilone로 되어 있는데, 북쪽이나 북동쪽에서 불어오는 강렬하고 추운 바람을
   가리킨다. 알라디노는 예루살렘 북쪽 성벽을 약한 곳으로 생각하여 많이 보강하게 하였
   다.(제1곡 90연 참조)

하얗게 빛나든,[3] 언제나 이쪽저쪽을
높이 쌓고 옆구리를 보강하게 했고,
대장장이들은 계속 새로운 무기를
만드느라 땀을 흘리고 피곤해졌다.
그렇게 준비하는 동안 아르간테가
참지 못하고 그에게 와서 말했다.

"언제까지 이 성벽 안에서 길고도   3
소심한 포위에 포로로 있을 것이오?
모루를 두드리는 소리, 투구와 방패,
갑옷이 부딪치는 소리가 들리는데,
어떤 소용인지 모르겠소. 도둑놈들이
마음대로 들판과 마을을 약탈하는데
그 걸음을 가로막는 자가 전혀 없고,
잠을 깨우는 나팔 소리도 전혀 없군요.

그들의 점심은 전혀 방해받지 않고,   4
행복한 저녁식사도 방해받지 않으며,
오히려 긴 낮이든 밤이든 동일하게
안전하고 평온하게 지내고 있습니다.
시간이 지날수록 당신들은 불편함과
굶주림으로 패배했다고 굴복하거나,

3   그러니까 낮이든 밤이든, 밤낮없이.

만약에 이집트의 도움이 늦어진다면,
겁쟁이처럼 여기에서 죽게 될 것이오.

나로서는 치욕적인 죽음이 내 삶을   5
검은 망각으로 덮는 것을 원치 않고,
새 날이 밝아왔을 때 이 성문 사이에
내 영혼이 갇혀 있는 것도 원치 않소.
나의 이 삶에 대하여 운명은 저 위의
하늘에서 이미 결정된 대로 하겠지만,
검을 사용하지도 않은 채 명예도 없이
복수하지도 않고 죽지는 않을 것이오.

하지만 만약 당신들에게 예전 무훈의   6
모든 흔적이 사라져버리지 않았다면,
싸우다가 명예롭게 죽는 것이 아니라
삶과 승리의 희망을 아직 갖고 싶소.
우리 모두가 함께 단호한 마음으로
우리의 운명과 적을 만나러 갑시다.
종종 최대의 위험 속에서는 대담한
충고가 가장 좋은 충고가 되니까요.

하지만 만약 과감한 것을 원치 않고   7
모든 군대와 출전하고 싶지 않다면,
최소한 기사 두 명이 당신의 위대한

전쟁을 결정하도록 조치해주십시오.
프랑스인들의 대장이 우리 도전을
더 기꺼이 받아들이도록 하기 위해
그가 무기와 유리한 것을 선택하고,
마음대로 조건을 정하게 하십시오.

적이 두 개의 손과 하나의 영혼을   8
갖고 있다면 아무리 강력하더라도,
나의 이런 주장이 어떤 불행으로
패배할 것인지 걱정하지 마십시오.
운명과 행운 대신에 내 오른팔이
당신에게 온전한 승리를 줄 것이며,
만약 당신이 믿는다면 당신 왕국은
안전하다는 담보로 제공될 것이오."

그는 말을 마쳤고 왕이 대답했다.   9
"열렬한 젊은이, 내가 늙어 보여도
이 손은 무기에 그다지 느리지 않고
이 영혼도 게으르고 비열하지 않고,
그대가 예고하는 배고픔과 어려움을
만약 내가 두려워하거나 의심한다면,
치욕스럽게 죽는 것보다는 차라리
담대하고 고귀한 죽음을 원한다오.

신이여, 그런 치욕을 없애주십시오!   10
내가 감춘 것을 그대에게 밝히리다.
니카이아의 솔리마노⁴가 자신이 당한
모욕을 일부나마 복수하기를 원하여
아라비아에 떠돌고 흩어진 무리들을
심지어 아프리카⁵까지 가서 모았으며,
어두운 밤에 적을 공격해 우리에게
식량 공급과 도움을 주려고 한다오.

곧 여기에 도착할 것이니, 그동안   11
우리 마을들이 지배되고 예속되어도
중요하지 않다오. 내 고귀한 왕권과
왕좌를 내가 계속 유지한다면 말이오.
그대 안에서 과도하게 불타는 그런
열정과 대담함을 제발 조금 자제하고,
그대의 영광과 나의 복수에 적합한
기회가 올 때까지 기다리기 바라오."

솔리마노의 오랜 경쟁자였던 대담한   12
사라센 기사는 격렬하게 화를 냈고,

---

4   Solimano. 니카이아의 술탄으로 역사상 실존 인물이다. 하지만 십자군의 적은 그의 아들 다비데로, 그는 두 번이나 십자군에게 패하였고 아내와 아들이 포로가 되기도 했다.

5   원문에는 libico paese, 즉 "리비아의 고장"으로 되어 있다.

그가 왕에게 큰 도움을 약속했다는
말을 들으니 매우 마음이 언짢았다.
"전쟁이든 평화든 당신 원하는 대로
하십시오. 나는 아무 말 하지 않겠소.
자기 왕국을 잃은 솔리마노가 당신
왕국을 지켜주기를 기다리십시오.

마치 하늘의 전령처럼, 마치 이교도   13
백성의 해방자처럼 오라고 하십시오.
나는 나 자신으로 충분하고 오로지
이 손에 의한 자유를 원할 뿐이오.
다른 사람들은 쉬고 내가 들판으로
내려가 결투하도록 허락하기 바라오.
당신의 대표가 아니라 개인 기사로
프랑스인과 결투를 하러 갈 것이오."

왕은 반박했다. "그대의 분노와 검을   14
더 낮게 사용하도록 간직해야 하지만,
그대가 적의 어느 기사에게 도전하고,
그걸 원한다면 나는 금지하지 않겠소."
그렇게 말하자 아르간테는 지체 없이
한 전령[6]에게 말했다. "저 아래로 가서

6   나중에 50연에서 이름이 나오는 핀도로Pindoro이다.

프랑스인들의 대장에게 부대가 모두
듣도록 내 중요한 제안을 전하여라.

성벽으로 둘러싸인 여기 이 요새에   15
숨어 있는 것을 경멸하는 한 기사가
자기 역량이 얼마나 널리 퍼지는지
이제 무기로 증명하고 싶은 열망에,
성벽과 높은 천막 사이의 벌판에서[7]
무훈을 증명하려 결투하러 갈 준비가
되어 있고, 프랑스인들 중에서 가장
역량 있는 자에게 도전한다고 전해라.

그리고 적 진영의 한 명이나 두 명과   16
결투할 준비가 되어 있을 뿐만 아니라,
평민 출신이든 귀족이든 셋째나 넷째,
다섯째도 받아들일 테니, 자유 지역을
제공하고,[8] 결투 규칙에 따라 진 자는
이긴 자에게 봉사할 것이라고 전해라."
그렇게 명령을 내렸고, 그러자 전령은
빨간색과 황금색 전령 겉옷[9]을 입었다.

---

7   그러니까 그리스도 진영과 예루살렘 성벽 사이의 공터에서.
8   아무런 외부의 개입 없이 기사들이 결투할 수 있도록 보장해야 한다는 뜻이다.
9   전통적으로 전령들이 갑옷 위에 입었다고 한다.

그리고 전령은 고프레도 군주와 여러   17
귀족이 있는 자리에 도착하여 물었다.
"오, 나리, 여러분 사이에서 자유롭게
말할 수 있도록 전령에게 허용합니까?"
그러자 대장은 대답했다. "허용한다.
아무런 염려 말고 네 제안을 말해라."
그는 대답하여 "고귀한 전언이 좋은
것인지, 끔찍한 것인지 알게 되리다."

그런 다음 전령은 이어서 담대하고   18
오만한 말로 도전에 대해 설명했다.
그의 말에 강력한 사람들은 경멸을
드러냈고, 떨리는 소리가 들려왔고,
경건한 고프레도는 곧바로 대답했다.
"그 기사는 힘든 일을 시작하는군.
그가 너무 빨리 후회하여 다섯째가
나설 필요도 없으리라 믿고 싶구나.

하지만 어쨌든 결투에 오라고 하고,   19
자유롭고 안전한 결투장을 제공하며
우리 기사 중 누군가가 유리함 없이
그와 결투를 할 것이라고 맹세하오."
그는 침묵했고, 전령은 오면서 남긴
발자국을 따라 돌아가는 길로 갔고,

아르간테에게 대답을 전할 때까지
서두르는 발걸음을 억제하지 않았다.

"나리, 무장하세요. 왜 머뭇거립니까?   20
그리스도인들이 도전을 받아들였고,
강한 기사들뿐만 아니라 덜 강력한
기사들도 당신과 결투하려고 합니다.
저는 수많은 위협적인 시선을 보았고,
많은 손이 무기를 잡은 것을 보았고,
대장은 안전한 장소를 허용했습니다."
그렇게 말하자, 아르간테는 갑옷을

가져오라고 하여 몸에 입었고 서둘러   21
결투장으로 내려가고 싶어 안달했다.
왕은 옆에 있던 클로린다에게 말했다.
"그가 가는데 남아 있으면 옳지 않소.
그러니 그의 안전을 위해 우리 병사를
많이 데리고 함께 따라가도록 하시오.
하지만 그가 앞서 결투에 나서게 하고
그대는 부대를 멀찍이 데리고 있어요."

그렇게 말한 뒤 침묵했고, 병사들은   22
무장하고 성벽 안에서 밖으로 나갔고,
그들보다 앞서 일상적인 갑옷을 입고

말을 탄 아르간테가 먼저 나아갔다.
성벽과 천막들 사이에 있는 장소는
평평하고 경사지지 않은 곳이었으며
상당히 널찍해 사람들이 결투장으로
사용하도록 일부러 만든 것 같았다.

강력한 아르간테는 혼자서 그곳으로   23
내려갔고 적들의 눈앞에서 멈췄으니,
커다란 몸과 마음, 커다란 능력으로
오만하고 위협적인 모습으로 보였고,
마치 플레그라이의 엔켈라도스,[10] 또는
깊은 계곡에 있는 골리앗[11]처럼 보였다.
하지만 얼마나 강한지 충분히 몰라서
많은 사람이 아직 두려워하지 않았다.

하지만 경건한 고프레도는 많은 기사들   24
중에서 최고의 기사를 선발하지 않았다.
그래도 모든 눈이 애정 어린 열망으로
탄크레디를 향하는 것이 잘 보였으며,

---

10 그리스 신화에 나오는 엔켈라도스는 대지의 여신 가이아의 자식들인 기간테스, 즉 거인들
중 하나이다. 거인들은 자신들이 태어난 플레그라이에서 올림포스의 신들과 전쟁을 벌였
고, 거기에서 엔켈라도스는 미네르바 여신이 던진 시칠리아 섬에 깔려 파묻혔다.

11 원문에는 filisteo gigante, 즉 "필리스티아 거인"으로 되어 있다. 『성경』에 의하면 이스라엘
과 필리스티아인들 사이의 전쟁에서 다윗이 무릿매로 골리앗을 쳐 죽였다.(『사무엘 상』 17
장 12~54절 참조)

최고들 중에서 완벽한 기사라는 것이
모든 얼굴들의 호의에서 명백해졌고,
속삭이는 소리들이 분명하게 들렸고,
대장은 눈짓으로 그것을 승인하였다.

벌써 다른 모두가 양보했고, 경건한   25
고프레도의 의지는 이제 명백해져서
말했다. "가시오. 가는 것을 허락하니
저 악당의 광기를 짓누르기 바라오."
강한 젊은이는 그 영광스런 판단에
기쁘고 대담해진 얼굴로 시종에게
투구와 말을 가져오라고 요구했고
많은 기사와 함께 진영에서 나갔다.

그런데 아르간테가 기다리고 있는   26
넓은 곳에 아직 가까이 가기 전에
그 도도한 여자 기사[12]가 매력적이고
가벼운 모습으로 눈앞에 나타났다.
겉옷은 알프스 산등성이의 눈보다
더 하얀색이었고, 투구의 눈가리개는
얼굴 위로 들려 있었고, 언덕 위에서
커다란 몸을 모두 드러내고 있었다.

12 클로린다.

탄크레디는 벌써 아르간테가 무서운 27
얼굴로 하늘을 보는 곳을 보지 않고,
자기 말을 느린 걸음으로 움직이면서
언덕 위의 그녀에게 눈길을 돌렸으며,
그러다 돌멩이처럼 꼼짝 않고 멈췄고,
겉에는 온통 추워도 안에는 타올랐다.
단지 보는 데 만족하여 이제 결투는
별로 중요하지 않은 것처럼 보였다.

아르간테는 결투를 준비하는 모습을 28
아직 보이지 않는 것을 보고 외쳤다.
"결투할 생각으로 나는 여기 나왔다.
누가 먼저 나서서 나와 겨루겠느냐?"
상대방은 정신이 나간 듯이 멍하니
고정되어 전혀 듣지 못한 것 같았다.
그러자 오토네[13]가 말을 앞으로 몰았고
텅 빈 공간으로 제일 먼저 들어갔다.

그는 전에 아르간테에게 결투하려는 29
욕망에 불탄 기사들 중 하나였지만
탄크레디에게 양보했으며 말을 타고
다른 사람들과 함께 따라왔던 것이다.

13 비스콘티 가문의 오토네(제1곡 55연 참조).

222

그런데 그가 다른 곳에 정신이 팔려
마치 결투를 거부하는 것처럼 보이자,
바로 그 대담하고 성급한 젊은이는
충동적으로 주어진 기회를 붙잡았고,

마치 호랑이나 표범이 종종 숲속에서   30
빨리 달리는 것과 마찬가지로 빠르게
맞은편에서 커다란 창을 겨누고 있던
강력한 아르간테를 공격하려고 달렸다.
그러자 탄크레디가 깨달았고 뒤늦게
잠이 깨듯이 자기 생각에서 깨어나서
외쳤다. "결투는 내가 한다. 기다려."
하지만 오토네는 너무 멀리 나갔다.

그래서 멈추었고 분노와 경멸감으로   31
불타며 밖으로 불꽃처럼 붉어졌으니,
다른 사람이 자신보다 먼저 결투에
나가는 것은 불명예라고 생각했다.
하지만 그동안 가운데에서 부딪치며
젊은이는 아르간테의 투구를 가격했고,
아르간테는 검을 들어 방패를 부수고
이어서 그의 사슬 옷을 갈라놓았다.

오토네는 떨어졌으니 그를 안장에서   32

떨어뜨릴 정도로 타격은 강렬하였다.
하지만 더 강력한 이교도는 안장에서
아래로 떨어지거나 흔들리지 않았고,
뒤이어서 오만하고 경멸적인 태도로
떨어진 기사에게 위에서 말하였다.
"졌다고 선언해라. 네 영광은 나와
결투했다는 것으로 충분할 것이다."

오토네는 대답했다. "아니다. 우리는   33
쉽게 무기와 용기를 내려놓지 않는다.
누군가가 내 실수를 만회해줄 것이며,
나는 복수하거나 여기서 죽을 것이다."
아르간테는 알렉토나 메두사[14] 같았고
마치 불꽃을 내뿜은 것처럼 보였다.
"친절을 경멸하는 것을 더 좋아하니
이제 내 무훈을 직접 경험해보아라."

그러면서 그는 말을 몰았고 기사도의   34
덕목이 요구하는 것을 모두 잊었다.
오토네는 충돌을 피하며 물러났지만,
지나가면서 오른쪽 옆구리를 찔렀고,

---

14 그리스 신화에 나오는 괴물 고르곤 세 자매 중 하나로 머리카락이 뱀으로 되어 있고 끔찍
   한 그녀의 얼굴을 보는 사람은 돌로 변했다고 한다.

부상은 너무나도 깊숙하고 격렬하여
거기에서 뽑은 검은 피에 젖었지만,
상처는 승리자의 힘을 없애지 않고
분노를 더했으니 무슨 소용 있겠는가?

아르간테는 달리는 말을 멈춰 세우고   35
뒤로 돌아섰는데 너무 빨리 돌았기에
상대방은 가까스로 그걸 알아차렸고
갑작스럽게 커다란 충돌에 부딪쳤다.
강력한 타격에 그는 다리가 떨렸고
기운이 빠지고 정신이 혼미해졌으며
얼굴이 창백해졌고, 지치고 피곤해져
단단한 땅바닥에 옆구리로 쓰러졌다.

분노 속에서 아르간테는 난폭해졌고   36
패배자의 가슴 위로 말을 몰고 가며
외쳤다. "지금 내 발 아래 누워 있는
이자처럼 모든 오만함은 그렇게 가라."
하지만 그런 잔인한 행동이 싫었기에
불굴의 탄크레디는 더 참지 못했고,
자기 무훈이 그의 실수를 분명하게
만회하고 전처럼 빛나기를 원했기에

돌진하면서 외쳤다. "사악한 영혼아,   37

너는 승리 속에서도 치욕스럽구나.
그리 악하고 무례한 행동에서 무슨
고귀하고 높은 칭찬을 기대하느냐?
아마 아라비아 도둑이나 그와 비슷한
야만인들에 너는 익숙한 모양이구나.
그렇다면 빛을 피해 다른 짐승들과
산속이나 숲속으로 가서 잔인해져라."

그는 침묵했고, 인내심 없는 이교도는   38
입술을 깨물었고 분노에 괴로워했다.
대답하려고 했지만 혼란하게 나오는
소리는 울부짖는 짐승 소리 같았고,
격렬한 번개가 갇혀 있던 구름이
열리면서 밖으로 달아나는 것처럼
그의 모든 말은 타오르는 가슴에서
강하게 천둥치며 나오는 것 같았다.

하지만 양쪽의 광폭한 위협은 서로   39
자만심과 분노를 자극했기 때문에
서로가 상대방처럼 빠르고 급하게
말을 돌려서 달려갈 공간을 확보했다.
여기서, 무사 여신이여, 내 목소리를
강화시키고 똑같은 분노를 불어넣어,
내 시가 위업에 어울리고, 내 노래가

무기의 소리들을 표현하게 해주소서.

두 기사는 똑같이 매듭이 많은 창을   40
받침대에 고정하고 위로 쳐들었으며,
이쪽에서는 탄크레디가, 저쪽에서는
아르간테가 돌진하였는데, 그 어떤
달리기도, 어떤 도약도, 어떤 날개의
비행도, 어떤 광기도 그렇지 않았다.
투구에 부딪쳐 창이 부러졌고 수많은
조각이 날고 반짝이는 불꽃이 튀었다.

타격의 굉음이 주위에 부동의 땅을   41
흔들었고 산에서 메아리를 울렸지만,
타격의 충격과 광폭함은 두 오만한
기사의 머리를 전혀 숙이지 못했다.
이쪽저쪽 말이 일단 쓰러진 뒤에는
곧바로 일어날 수 없게 부딪쳤다.
두 위대한 기사는 검을 빼들었고
등자를 떠난 발을 땅에 고정했다.

각자 타격하려고 신중히 오른손을   42
움직였고, 눈과 발걸음을 움직였고,
다양한 행동으로 새롭게 수비했고,
주위를 돌고, 나아가고, 물러나고,

이곳을 공격하는 척하다가 공격의
위협이 없어 보이던 곳을 공격했고,
자신의 어느 곳도 노출시키지 않고
검술로써 검술을 막으려고 하였다.

탄크레디는 이교도에게 검과 방패로   43
옆구리를 잘못 방어하고 있는 척했고,
이교도는 그곳을 공격하러 달려오며
왼쪽을 수비하지 못하고 노출시켰다.
탄크레디는 잔인한 검의 타격으로
적에게 응수하고 부상을 입혔으며,
그런 다음 서둘러 뒤로 물러나면서
몸을 웅크리고 수비 자세를 취했다.

강한 아르간테는 자기 자신의 피로   44
얼룩지고 젖어 있는 자신을 보더니
엄청난 분노로 몸을 떨며 식식댔고,
회한과 고통에 당황하고 난폭해졌고,
너무나 강한 충동과 분노에 이끌려
목소리와 함께 검을 동시에 내밀며
다시 공격을 하였지만, 어깨와 팔이
연결된 곳이 칼끝으로 부상당했다.

마치 험한 숲속에서 옆구리에 단단한   45

창을 느낀 곰이 분노에 사로잡혀서
그 무기 자체에 대항하여 덤벼들고
대담하게 위험과 죽음과 맞서듯이,
맹렬해진 아르간테는 상처에 상처를
더하였고, 모욕에 모욕을 더했으며,
너무나도 복수의 욕망에 사로잡혀
위험을 경멸하였고 수비를 잊었다.

그리고 무모한 대담함에다 극단적   46
힘과 지치지 않는 활력을 더하여
너무나 격렬하게 검을 휘둘렀기에
땅이 떨리고 하늘이 번쩍거렸으며,
상대방은 단지 한번도 공격하거나
방어하거나 숨 쉴 여유가 없었고,
아르간테의 강렬한 힘과 속도를
확실히 방어할 수 없을 정도였다.

웅크린 탄크레디는 엄청난 타격의   47
폭풍이 지나가기를 헛되이 기다렸다.
때로는 방어했고, 때로는 빙 돌거나
빠른 걸음으로 멀찍이 물러났지만,
강력한 이교도는 늦추지 않았기에
결국에는 거기에 끌려가야만 했고,
그리하여 그도 할 수 있는 대로

최대한 격렬하게 검을 휘둘렀다.

이성과 기술은 분노에 굴복하였고,   48
분노가 힘을 공급하고 증대시켰다.
검은 내려올 때마다 헛되지 않고
갑옷이나 사슬 옷을 뚫거나 쪼갰고,
갑옷 조각은 피에 젖어 땅바닥에
흩어졌으며, 피와 땀이 뒤섞였다.
검들은 부상을 입히면서 번득이는
불꽃, 시끄러운 천둥, 번개 같았다.

이쪽저쪽 진영 사람들은 불안하게   49
그 새롭고 잔인한 광경에 몰두했고,
걱정과 희망 속에 결과를 기다리며
유리함 또는 불리함을 바라보았고,
사람들 사이에 작은 몸짓이나 낮은
목소리도 보이거나 들리지 않았고,
두려움에 떠는 심장의 박동 외에는
모든 사람이 말없이 꼼짝하지 않았다.

이미 두 기사는 지쳤고, 결투하면서   50
아마 때 이른 죽음에 도달하였겠지만,
그동안 아주 어두운 밤이 내려앉아
옆에 있는 사물까지 감추어버렸다.

그러자 이쪽저쪽에서 전령이 둘을
떼놓기 위해 달려가 떼어놓았으니,
하나는 프랑스인 아리데오, 상대방은
도전을 전해준 교활한 핀도로였다.

전령들은 사람들의 오래된 법칙[15]이   51
자신에게 보장하는 확실함을 갖고
결투하는 두 기사의 검들 사이에다
평화의 홀(笏)[16]을 과감히 집어넣었다.
핀도로가 말을 꺼냈다. "기사들이여,
당신들은 똑같이 명예롭고 강합니다.
그러니 결투를 중단하고 밤이 주는
휴식의 권리를 깨뜨리지 마십시오.

태양이 있으면 일하는 시간이지만   52
밤에는 모든 동물이 휴식을 취하고,
고귀한 사람은 침묵하고 감추어진
밤의 명예를 크게 여기지 않습니다."
그러자 아르간테는 "어두움 때문에
나는 결투를 중단하고 싶지 않지만,

---

15 아주 오래된 관습에 따라 전령들의 안전을 보장해주는 것을 가리킨다.
16 전령이 결투를 중단시킬 때 관례적으로 사용하던 홀이다.

낮을 증인으로 세우는 것이 좋겠다![17]
저자가 돌아온다고 맹세하면 말이다."

그러자 탄크레디가 덧붙였다. "네가   53
포로[18]를 데리고 돌아온다고 약속해라.
그렇지 않으면 우리 결투를 위해 내가
다른 기회를 기다려야 할지 모르니까."
그래서 둘은 맹세했고, 이어서 결투의
시간을 정하기 위해 선발된 전령들은
기사들의 부상 치료에 필요한 시간을
주기 위해 여섯째 날 아침으로 정했다.

그 엄청난 결투는 사라센 사람들과   54
그리스도인들의 가슴속에 공포감과
강한 놀라움을 새겨놓았고 그것은
오랜 세월 동안 사라지지 않았다.
사람들은 양 진영 기사가 결투에서
보여준 대담함과 무훈뿐만 아니라
두 기사 중 누가 앞서는지에 대해
다양하고 상이한 논쟁을 벌였으며,

17 낮에 싸우는 것이 더 좋겠다는 뜻이다.
18 오토네를 가리킨다.

그 놀라운 결투가 어떻게 끝날지,   55
광폭함이 역량보다 우세할 것인지,
대담함이 용기에 굴복할 것인지[19]
기다리며 불확실한 상태에 있었다.
하지만 다른 누구보다도 초조하게
아름다운 에르미니아가 걱정했으니,
그녀의 마음[20]은 불확실한 마르스의
판단에 의존하고 있었기 때문이다.

그녀는 전에 안티오키아를 통치하던   56
카사노 왕의 딸이었는데, 자기 왕국을
잃은 뒤 그리스도인 승리자에게 다른
전리품들과 함께 그녀도 포함되었다.
하지만 탄크레디가 친절하게 대했기에
그녀는 잡혀 있으면서 어떤 모욕도
받지 않고 자기 조국의 몰락에도
왕녀로서 명예로운 대접을 받았다.

그 탁월한 기사는 그녀를 명예롭게   57
대우하고 보살피고 자유를 주었으며,

---

19 "광폭함"과 "대담함"은 아르간테의 속성을 가리키고, "역량"과 "용기"는 탄크레디의 속성을
    가리킨다.
20 원문에는 la miglior parte, 즉 "가장 좋은 부분"으로 되어 있다.

그녀가 갖고 있던 귀한 보석과 황금을
모조리 그녀에게 주도록 조치하였다.
그녀는 그의 젊은 나이와 우아한
용모에서 고귀한 마음을 발견하고
어떤 올가미보다 강력한 올가미로
강하게 묶은 아모르에게 사로잡혔다.

그래서 비록 몸은 자유를 찾았어도   58
마음은 영원하게 예속에 사로잡혔다.
사랑하는 기사와 즐거운 포로 상태를
떠나는 것이 그녀는 무척 싫었지만,
명예로운 여인이라면 절대 간과하지
않아야 하는 왕실의 정숙함이 결국
나이 많은 어머니와 함께 우호적인
나라로 떠나 피하도록 강요하였다.

그녀는 예루살렘으로 갔고 거기에서   59
유대인 땅의 폭군[21]에게 의탁하였지만,
얼마 지나지 않아 검은 상복을 입고
어머니의 사악한 운명[22]을 슬퍼하였다.
하지만 죽음으로 인한 고통도, 불행한

21 예루살렘의 왕 알라디노.
22 죽음.

망명 생활도 그녀의 가슴에서 사랑의
욕망을 뿌리 뽑을 수 없었고, 강렬한
열망의 불꽃을 약화시킬 수 없었다.

불쌍한 그녀는 사랑하고 불탔지만   60
그런 상태에서 희망이 별로 없었고,
가슴속에서는 희망보다 비밀스럽게
감추어진 기억이 불꽃을 북돋았고,
가장 비밀스러운 곳에 감춰진 만큼
불꽃은 더욱 강렬하게 불타올랐다.
그러다가 마침내 탄크레디가 적으로
예루살렘에 와서 희망을 일깨웠다.

너무나 맹렬하고 강력한 그 수많은   61
사람들[23]이 나타나자 모두 당황했는데,
그녀의 어둡던 표정은 밝게 빛났고,
기쁜 마음으로 군대를 바라보았으며
열망 어린 눈길로 그 무장한 부대들
사이에서 사랑하는 연인을 찾았다.
여러 번 헛되이 그를 찾아보았으며
"저기 있다." 곧바로 그를 알아보았다.

23 그리스도인들의 군대.

고귀한 왕실 궁전에는 성벽 가까이에   62
오래된 아주 높은 탑이 솟아 있었는데,
탑 꼭대기에서는 그리스도인들 부대와
산과 들판을 모두 잘 볼 수 있었다.
밤이 온 세상을 어둡게 만들 때까지
그곳에는 태양이 햇살을 비추었기에,
그녀는 거기에 앉아 진영을 바라보며
자기 생각과 함께 말하고 한숨지었다.

거기에서 결투를 보았고, 가슴속에서   63
심장이 줄곧 너무나 강하게 떨리면서
이렇게 말하는 것 같았다. "네 연인이
저기에서 죽음의 위험에 처해 있구나."
그렇게 고통과 불안감에 넘친 그녀는
불확실한 운명의 여러 과정을 보았고,
이교도가 검을 움직일 때마다 언제나
가슴속에서 그 검과 타격을 느꼈다.

하지만 격렬한 결투가 나중에 다시   64
재개되어야 한다는 것을 알게 되자
이례적인 두려움에 가슴이 아팠으며
온몸의 피가 얼음이 되는 것 같았다.
그녀는 때로는 몰래 눈물을 흘렸고
때로는 감추어진 한숨을 내쉬었으며,

창백하고 핏기 없고 당황한 행동에
두려움과 고통이 그녀에게 새겨졌다.

그녀의 생각은 끔찍한 형상으로 계속   65
그녀를 혼란하고 불안하게 만들었고,
잠은 죽음보다 훨씬 더 잔인했으니
꿈속에 괴상한 유령들이 나타났다.
찢어지고 피에 젖은 사랑하는 기사를
보는 것 같았고, 그가 도움을 청하는
소리를 듣는 것 같았으며, 깨어나면
두 눈과 가슴이 눈물로 젖어 있었다.

미래의 불행에 대한 두려움이 그녀의   66
마음을 지속적으로 흔들 뿐만 아니라
그가 입은 부상에 대한 염려도 마음을
불안하게 만드는 주요 원인이 되었고,
주위에서 돌아다니는 그릇된 소문은
불분명한 미지의 일을 확대시켰으니,
그녀는 쇠진해 누운 강력한 기사가
죽음에 임박해 있다고 믿게 되었다.

그녀는 어머니에게서 약초들의 가장   67
비밀스러운 효능들은 무엇인지, 어떤
마법으로 부상당한 몸의 모든 상처를

치유하고 고통을 없애는지 배웠으므로,
(그곳에서는 그런 기술이 관례적으로
왕의 딸들에게 전수되는 모양이다.)
자기 자신의 손으로 사랑하는 연인의
상처에 건강함을 찾아주고 싶었다.

사랑하는 사람을 치료하고 싶었지만   68
그녀는 그 적[24]을 치료해야만 했으니,
때로는 유독하고 해로운 약초 즙으로
그에게 독약을 주입할까 생각했지만,
경건한 처녀의 손은 사악한 기술을
쓰는 것을 거부하여 결국 자제했고,
그녀는 최소한 모든 마법이나 모든
약초의 효능이 없기를 열망하였다.

적의 사람들 사이로 가는 것도 이제   69
두렵지 않았기에 외롭게 방황하였고,
전쟁과 대량 학살을 이미 자주 보았고
불확실하고 힘겨운 생활을 겪었기에
그런 경험을 통해 여성스런 마음은
고유의 본성을 넘어 대담해졌으며,
모든 웬만큼 끔찍한 모습 앞에서는

24 아르간테.

쉽게 당황하거나 겁을 내지 않았다.

하지만 다른 어떤 이유보다 아모르가   70
섬세한 가슴에서 두려움을 없앴으니,
아프리카 맹수의 발톱과 독약 속에도
안전하게 갈 수 있다고 믿을 테지만,
생명은 아닐지라도 최소한 명예에는
배려하고 두려움을 가져야 했기에
'명예'와 '사랑', 그 두 강력한 적이
그녀의 가슴속에서 싸움을 벌였다.

'명예'는 그녀에게 말했다. "처녀여,   71
지금까지 너는 내 법칙들을 지켰고,
네가 적의 포로로 붙잡혀 있는 동안
나는 네 몸과 마음을 지켜주었는데,
자유로운 지금 포로 생활 때 지킨
아름다운 처녀성을 잃으려 하느냐?
아, 부드러운 가슴속에 누가 이런
생각을 심었을까? 무엇을 바라느냐?

그러니까 너는 정숙함과 정결함의   72
명예를 그렇게 하찮게 평가하면서
밤의 연인으로 적의 백성들 사이로
들어가 불명예를 찾으려는 것이냐?

그러면 오만한 승리자는 말하겠지.
'왕국과 고귀한 마음까지 잃은 너는
내게 어울리지 않아.' 그리고 천박한
전리품으로 다른 사람에게 넘기겠지."

또 다른 한편에서 속임수 충고자[25]는   73
이렇게 자신을 따르도록 유혹하였다.
"처녀여, 너는 아모르의 활과 횃불을
경멸해야 하고, 언제나 즐거운 것을
피하는 사나운 곰도 아니고, 거칠고
차가운 바위에서 태어난 것도 아니고,
철이나 금강석 가슴도 갖지 않았으니
연인이라는 것을 부끄러워해야 한다.

아, 이제 욕망이 이끄는 대로 가라!   74
왜 승리자[26]가 잔인하다고 생각하지?
그가 얼마나 네 고통에 괴로워했고,
네 눈물과 탄식에 슬퍼했는지 몰라?
네 연인에게 건강을 갖다주는 것에
그렇게 게으르다니 정말 잔인하구나.
오, 세상에! 탄크레디는 약해지는데,

25 사랑.
26 탄크레디.

너는 다른 생명을 치료하고 있구나!

너는 아르간테를 치료하여 결국에는   75
너를 풀어준 사람이 죽도록 만들어라.
그렇게 너는 네 의무들을 완수하고,
그는 그렇게 멋진 보상을 받게 해라.
그런데 어떻게 싫증과 두려움만으로
여기서 멀리 달아나고 싶을 정도로,
지금 네가 그렇게 잔인한 치료에서
강한 싫증을 느끼지 않을 수 있을까?

오, 만약 자비롭게 치료하는 네 손이   76
역량 있는 가슴에 가까이 다가간다면,
오히려 더 인간적인 일이 될 것이며
너는 즐거움과 기쁨을 얻을 것이야.
네 덕분에 네 연인은 건강을 되찾아
창백해진 얼굴에 화색이 돌 것이며,
지금은 사라진 아름다운 그 모습을
너는 마치 선물처럼 감상할 테니까.

너는 그가 유명하고 고귀하게 이룰   77
위업과 칭찬의 일부를 얻을 것이며,
이어서 그는 진실한 포옹과 행복한
결혼으로 너를 행복하게 만들 거야.

그리고 너는 진정한 무훈과 진정한
믿음의 고장인 멋진 이탈리아에서
명예와 칭찬 속에 라틴 어머니들과
신부들 사이로 들어가게 될 것이야."   78

그런 유혹의 희망에 (아, 어리석다!)
최고의 행복을 스스로 상상했지만,
어떻게 거기에서 떠날 수 있을지
수많은 의혹 속에 휩싸여 있었다.
수비대가 지키며 언제나 왕궁 밖과
성벽 위를 순회하면서 돌아다녔고,
전쟁의 위험에서 중요한 이유 없이
어떤 성문도 열지 않았기 때문이다.

에르미니아는 자주 클로린다와 함께   79
으레 오랫동안 함께 머무르곤 했다.
함께 서쪽에 지는 해를 바라보았고
함께 밝아오는 새벽을 바라보았고,
때로는 낮의 햇살이 꺼져버렸을 때[27]
한 침대에 둘이 함께 들기도 했고,
사랑의 생각 외에는 어떤 생각도
두 처녀는 서로에게 감추지 않았다.

27 그러니까 밤에.

단지 그것만 에르미니아는 감추었고,   80
이따금 그녀에게 탄식을 할 때에는
불행한 마음의 느낌을 다른 이유로
돌렸고, 운명을 슬퍼하는 것 같았다.
이제 그렇게 격의 없는 우정 속에서
그녀는 항상 동료에게 갈 수 있었고,
클로린다가 있든 아니면 밖에 있든,[28]
그녀가 가면 방은 항상 열려 있었다.

어느 날 클로린다가 나가 있는 동안   81
방으로 간 그녀는 생각에 잠겼으며,
자신이 열망하고 있는 비밀리에 떠날
방법과 계략을 혼자 곰곰이 생각했다.
휴식도 없이 불안한 그녀의 마음이
여러 생각으로 나뉘고 갈라지는 동안
클로린다의 갑옷과 겉옷이 높은 곳에
걸려 있는 것을 보고 한숨을 쉬었다.

그리고 한숨을 쉬면서 혼자 말했다.   82
"오, 강한 여인은 얼마나 행복할까!
얼마나 부러운지! 아름답다는 여성의

---

28 원문에는 sia in consiglio o 'n guerra, 즉 클로린다가 "회의 중이든 또는 전투에 나가 있든"
으로 되어 있다.

명예나 영광이 부러운 것은 아니야.
여자의 옷이 걸음을 늦추지도 않고
질투의 방이 무훈을 가두지도 않고,
나가고 싶으면, 갑옷을 입고 나가고
두려움이나 수치심이 붙잡지도 않아.

아, 왜 나도 똑같이 치마와 베일을   83
갑옷과 투구로 바꿔 입을 수 있게
자연과 하늘은 내 팔다리와 가슴을
마찬가지로 강하게 만들지 않았는가?
그랬다면 밤이든 낮이든, 함께이든
혼자이든, 무장하고 전장에 있으면,
추위나 더위도, 비나 폭풍도 불타는
내 열정을 전혀 건드리지 못할 텐데.

그러면 잔인한 아르간테여, 당신은   84
내 연인과 결투하지 않았을 것이니,
내가 먼저 만나러 달려갔을 것이고
아마 그는 지금 내 포로로 여기에서
적의 연인으로부터 즐겁고 달콤한
예속의 멍에를 지고 있을 것이며,
그의 매듭을 통해 이제는 내 매듭이
가볍고 달콤해지는 것을 느낄 텐데.

아니면 그의 오른손에 내 옆구리가   85
맞아 가슴이 다시 찢어졌을 것이나,
그래도 그렇게 사랑의 상처는 검의
타격으로 최소한 치유되었을 것이며,
평화로운 영혼과 지친 영혼은 이제
편안히 쉬고 있으며, 승리자는 아마
약간의 명예로운 눈물과 매장으로
내 유해를 합당하게 존중했을 텐데.

하지만 세상에! 불가능한 걸 원하고   86
어리석은 생각에 헛되이 휩싸였으니,
나는 여기에서 천한 민중의 여자처럼
괴로워하며 소심하게 남아 있을 거야.
오, 아니야! 내 마음아, 믿고 감행해.
왜 나도 갑옷을 입지 않는 것이야?
비록 약하지만, 왜 짧은 시간 동안
갑옷을 입고 지탱하지 못하겠는가?

그래, 할 수 있어. 폭군 아모르가
내가 무게를 감당하게 해줄 테니까.
아모르의 박차에 종종 멍청이들도
무장을 하고 전쟁을 할 정도니까.
나는 싸우려는 것이 아니라 단지
이 갑옷을 속임수로 사용하고 싶어.

나는 클로린다로 변장하여 그녀의
모습으로 안전하게 나가고 싶어.

높은 성문의 수비 병사들은 감히   88
그녀에게 어떤 저항도 못할 거야.
아무리 생각해도 다른 방법이 없어.
단지 이 길만 열려 있다고 생각해.
나를 고취하는 아모르와 포르투나여
이제 순진한 속임수를 도와주소서.
클로린다가 왕과 함께 있는 동안에
떠나는 것이 바로 적절한 시간이야.”

그렇게 결심하였고 아모르의 광기에   89
자극되고 쫓겨 더 망설이지 않았고,
서둘러서 훔친 갑옷을 그 방의 옆에
맞붙은 자신의 방으로 가지고 갔다.
거기 도착했을 때 다른 사람은 없고
혼자 있었기 때문에 그럴 수 있었고,
그리고 도둑들과 연인들에게 친구인
밤이 그녀가 훔치는 것을 도와주었다.

그녀는 별이 빛나는 하늘이 주위를   90
더욱더 어둡게 만드는 것을 보고,
조금도 머뭇거리지 않고 비밀리에

믿음직스러운 시종 하나와 총애하는
충실한 하녀 하나를 불러 그들에게
자기 생각의 일부를 설명해주었다.
탈출 계획을 찾았으며, 다른 이유로
떠날 수밖에 없는 것처럼 위장했다.

믿음직한 시종은 곧바로 그 목적에   91
필요하다고 생각되는 것을 준비했다.
그동안 에르미니아는 자기 발까지
내려오는 화려한 옷을 벗어버렸고,
단순하고 가벼운 옷만 입고 있었으니
믿을 수 없을 정도로 날렵하였는데,
탈출을 위해 선택한 하녀 이외에는
어느 누구의 도움도 받지 않았다.

단단한 강철로 섬세한 목과 황금빛   92
머리칼을 짓누르고 해칠 정도였으며,
연약한 손이 겨우 들고 있는 방패는
너무 무거워 참을 수 없을 정도였다.
그렇게 온통 갑옷에 싸여 빛났으며
기사다운 행동으로 자신을 억제했다.
옆에서 아모르는 헤라클레스가 여자
옷을 입었을 때[29]처럼 즐겁게 웃었다.

오, 얼마나 힘겹게 이례적인 무게를   93
지탱하고 발걸음을 천천히 옮기는지!
그리고 충직한 하녀에게 의지하였고,
그녀가 앞으로 가게 지탱해주었다.
하지만 사랑과 희망이 힘을 주었고
지친 팔다리에 활력을 불어넣었고,
그렇게 시종이 기다리고 있는 곳으로
갔으며 서둘러서 말안장에 올라탔다.

변장한 그들은 떠났고 일부러 가장   94
후미지고 멀리 떨어진 길로 갔지만,
많은 사람과 만났고, 어두운 대기에
환히 빛나는 갑옷이 사방에서 보였다.
하지만 누구도 감히 길을 막지 못했고
길을 양보해주고 한쪽으로 갔으니,
하얀 갑옷과 두려움을 주는 문장을
어둠 속에서도 알아보았기 때문이다.

그래서 두려움이 약간 줄어들었지만   95
에르미니아는 안심하고 가지 않았다.
결국에 발각될까 걱정되었고 지나친

---

29 그리스 신화에서 헤라클레스는 리디아의 여왕 옴팔레의 노예로 있을 때 여자 옷을 입고 길
쌈을 했고, 반면에 옴팔레는 그의 사자 가죽 옷을 입었다고 한다.

대담함에 두려움을 느꼈기 때문이다.
그렇지만 성문에 도착하여 두려움을
억누르고 수비하는 병사를 속였다.
"나는 클로린다이다. 성문을 열어라.
왕께서 꼭 가야 할 곳으로 보내셨다."

클로린다의 목소리와 상당히 비슷한   96
여자 목소리가 속임수를 도와주었고
(무기를 사용할 줄도 모르는 여자가
무장하고 말을 탔다고 누가 믿겠는가?)
그래서 병사는 바로 복종했고, 그녀는
빨리 나갔고, 두 사람도 함께 나갔고,
보다 안전하게 가려고 평원을 향하여
길게 빙 돌아가는 길로 접어들었다.

하지만 외롭고 낮은 곳에 있게 되자   97
에르미니아는 걸음을 약간 늦췄으니,
최초의 위험을 넘어섰다고 생각했고
혹시 잡힐까 두렵지 않았기 때문이다.
이제 평원에 들어서자 전에는 미처
생각하지 못했던 것을 생각했으며,
조급한 자기 욕망에 사로잡혔을 때
보이던 것보다 훨씬 어렵게 보였다.

갑옷 차림으로 사나운 적들 사이로   98
간다는 것이 이제 어리석어 보였고,
게다가 연인 앞에 도착하기 전에는
절대 자신을 드러내고 싶지 않았다.
확실한 정숙함과 함께 예상치 않은
감춰진 연인으로 그를 만나고 싶었고,
그래서 멈추었고, 보다 신중해지고
현명한 생각으로 시종에게 말했다.

"충직한 사람이여, 네가 나보다 먼저   99
가야 하는데 신속하고 현명해야 한다.
진영으로 가서 탄크레디가 누워 있는
곳으로 누군가가 너를 안내하게 해서,
그에게 건강함을 가져다주고 평화를
희망하는 여인이 올 것이라고 말해라.
아모르가 내게 전쟁을 한 뒤 그에게는
건강함, 내게는 위안을 주는 평화이다.

또 그를 진심으로 믿어 부끄러움이나   100
모욕을 두려워하지 않는다고 말해라.
그에게 단지 그것만 말해라. 다른 것을
묻거든 모른다고 하고 빨리 돌아와라.
나는 이곳이 안전해 보이기 때문에
여기 한가운데에 남아 있을 것이다."

여인은 그렇게 말했고 충실한 시종은
날개가 달린 것처럼 빠르게 떠났다.

시종은 유능하게 잘 해냈고, 따라서   101
방벽 안으로 친절하게 안내되었으며
이어 누워 있는 기사에게 인도되었고,
기사는 즐거운 표정으로 전언을 들었고
시종이 떠난 다음 마음속으로 수많은
의혹의 생각들을 곰곰이 생각했으니,
가능한 빨리 몰래 들어갈 수 있다는
달콤한 답변을 시종이 가져간 것이다.

하지만 그동안 그녀는 참지 못하고   102
모든 지체가 너무 지겨운 것 같았고
속으로 시종의 걸음을 세며 생각했다.
"이제 온다, 들어온다, 돌아와야 해."
그리고 그가 전보다 훨씬 덜 빠르고
덜 신속한 것 같아 마음이 괴로웠다.
결국에는 앞으로 나아갔고 천막들이
보이기 시작하는 곳까지 올라갔다.

한밤중이었고 별들이 빛나는 밝은   103
하늘은 구름 한 점 없이 펼쳐졌고,
떠오르는 달은 벌써 빛나는 빛살과

차갑고 생생한 진주들[30]을 흩뿌렸다.
사랑에 빠진 여인은 하늘과 함께
자기 불꽃을 낱낱이 말하며 갔고,
말이 없는 진영과 정적은 그녀의
오래된 사랑의 친구가 되어주었다.

그리고 진영을 보며 그녀는 말했다.   104
"내 눈에 멋진 이탈리아 천막이여!
네게서 불어오는 바람은 가까이만
가도 내게 힘을 주고 위안하는구나.
힘들고 고통스러운 내 삶에 이렇게
네게서 찾는 진정한 휴식을 하늘이
약간 허용하고, 나는 갑옷 안에서만
평화를 찾을 수 있는 것 같구나.

그러니 나를 받아들이고, 아모르가   105
약속했고 다른 곳에 잡혀 있으면서
친절하고 달콤한 내 연인에게서 이미
보았던 연민을 네 안에서 찾게 해다오.
네 도움으로 내 왕국의 영광을 다시
되찾으려는 욕망에 온 것이 아니니,
그런 일이 없이 너에게 봉사하도록

---

30 이슬방울들.

허용된다면 나는 정말로 행복하리라."

그녀는 그렇게 말했고 어떤 고통스런   106
운명이 준비되는지 예상하지 못했다.
그녀는 하늘의 아름다운 빛[31]이 곧장
깨끗한 갑옷에 닿는 곳에 있었고,
따라서 입고 있는 하얀 옷과 함께
갑옷의 반짝임이 멀리에서 보였고,
은빛 방패에 새겨진 큰 호랑이가
반짝였고 모두들 말했다. "그녀다!"

운명이 원했던 대로 아주 가까이에   107
많은 병사가 매복을 하고 있었으며
지휘관들 중에는 두 이탈리아 형제
알칸드로와 폴리페르노가 있었는데,
사라센인들이 양과 소를 성벽 안으로
끌고 가는 것을 막도록 파견되었다.
시종이 무사히 통과했던 것은 멀리
돌아서 신속하게 지나갔기 때문이다.

젊은 폴리페르노의 아버지는 자신의   108
눈앞에서 클로린다에게 살해되었는데,[32]

31 달빛.

그는 새하얗고 날렵한 옷을 보았고
그 여자 기사를 보았다고 믿었기에
매복 부대를 그녀를 향해 진격시켰고,
충동적이고 격렬한 분노였기 때문에
돌발적인 분노에 휩싸여 소리쳤다.
"너는 죽었다." 헛되이 창도 던졌다.

마치 목마른 사슴이 바위들 사이로   109
솟아나오는 샘물에서 맑고 시원한
물을 찾아 발걸음을 옮기거나, 또는
우거진 기슭 사이의 개울을 보면서
물과 시원한 그늘에서 지친 몸을
회복하려 했는데 사냥개들을 보자
뒤로 돌아서 달아나고, 두려움이
피곤함과 목마름을 잊게 만들 듯이,

그렇게 사랑의 갈증으로 인해 병든   110
가슴이 언제나 불타고 있는 그녀는
즐겁고 솔직한 환대 속에 불을 끄고
피곤한 마음을 쉴 것으로 믿었는데,
그걸 막는 자가 자신에게 달려오고
무기들의 소음과 위협이 들려오자

32 제3곡 35연 참조.

당황해졌고, 처음의 욕망을 버리고
빠른 말에 소심하게 박차를 가했다.

불쌍한 에르미니아는 달아났고 말은   111
재빠른 발로 땅바닥을 차고 나갔다.
다른 여자[33]도 달아났고 광폭한 자는
많은 병사들과 함께 계속 뒤쫓았다.
바로 그 순간 착한 시종이 진영에서
때늦은 소식과 함께 도착하였는데,
그 이유도 모르면서 함께 달아났고
두려움에 그들은 들판으로 흩어졌다.

하지만 더 현명한 형제[34]는 마찬가지로   112
진짜가 아닌 클로린다를 보았지만,
멀리 있어서 추격하려고 하지 않고
자신의 매복 자리를 그대로 지켰고,
진영에 전령을 보내 소식을 전했으니
자기 형제는 양이나 소의 가축 무리,
또는 그와 비슷한 것이 아니라, 바로
겁에 질린 클로린다를 쫓고 있는데,

---

33 하녀.
34 알칸드로.

자신은 그렇게 믿지 않으니, 그녀는   113
단순하게 기사가 아니라 지휘관인데
중요하지 않은 이유로 그런 시간에
밖으로 나온다고 믿고 싶지 않지만,
고프레도가 판단하고 명령을 내리면
자신은 명령대로 할 것이라고 했다.
그 소식이 진영에 도착했고 곧바로
이탈리아 막사들 사이에 널리 퍼졌다.

이전의 소식[35]으로 의혹에 쌓여 있던   114
탄크레디는 그 소식을 듣고 생각했다.
"세상에! 나 때문에 친절하게 왔다가
위험해졌구나." 단지 그 생각뿐이었다.
그리고 무거운 갑옷의 일부만 입고
말에 올라타고 서둘러 몰래 나갔고,
새로운 발자국과 흔적들을 뒤쫓아
전속력으로 빠르게 질주해 나갔다.

---

35 에르미니아의 시종이 전해준 전언.

제7곡

에르미니아는 어느 목동의 가족에게로 피신하고, 탄크레디는 클로린다를 쫓아간다고
믿었으나 에르미니아의 계략에 걸리고, 마법의 성에 다른 기사들과 함께 갇히게 된다.
재개된 결투에 늙은 라이몬도가 나서고, 천사들과 악마들이 개입하고 협정이 깨지면
서 두 진영은 전면적 전투로 치닫는다. 악마들이 일으킨 폭풍우에 그리스도 진영은
커다란 피해를 입는다.

그동안 에르미니아의 말은 오래된   1
숲의 우거진 나무들 사이로 들어갔고,
떨리는 손은 고삐를 통제하지 못했고
거의 절반은 죽은 것이나 다름없었다.
그녀를 등에 태운 말은 수없이 많은
길들을 돌아가면서 그녀를 데려갔고,
마침내 다른 사람들의 눈에서 멀어져
이제 그녀를 추격해도 소용이 없었다.

마치 사냥개들이 오랫동안 힘들게   2
추격한 뒤 짐승이 개방된 평원에서
숲속으로 숨어 흔적을 잃었기 때문에
숨을 헐떡이면서 힘없이 돌아오듯이,
그리스도인 기사들은 얼굴에 분노와
수치심에 넘치고 피곤하게 돌아갔다.

그런데도 그녀는 당황하고 소심하게
추격하는지 돌아보지도 않고 달아났다.

밤새도록 또한 낮에도 줄곧 달아났고   3
충고도 없고 안내자도 없이 방황했고,
자신의 눈물과 자신의 비명 이외에는
주위의 아무것도 듣거나 보지 못했다.
하지만 태양이 화려한 마차에서 말을
풀고 바다 한가운데로 뛰어들 무렵
멋진 요르단 강 맑은 물에 도착하여
강변으로 내려왔고 거기에 누웠다.

음식을 먹지도 못하고 단지 자신의   4
불행만 먹고 눈물로 목이 말랐지만,
불쌍한 인간들에게 자신의 달콤한
망각으로 휴식과 평화를 주는 잠이
그녀의 고통을 잠재웠고 그녀 위로
평온하고 조용한 날개를 드리웠다.
하지만 아모르는 잠자는 동안에도
다양한 형상들로 평화를 방해하였다.

새들이 즐겁게 지저귀고, 새벽빛이   5
인사를 하고, 강과 개울이 소곤대고,
물결이 바람과 꽃들과 장난하는 것을

느꼈을 때까지 그녀는 깨지 않았다.
그녀는 피곤한 눈을 떴고, 목동들의
외로운 오두막을 바라보았고, 물결과
나뭇가지들 사이에서 탄식과 눈물로
이끄는 목소리가 들리는 것 같았다.

그런데 우는 동안에 그녀의 탄식은   6
들려오는 맑은 소리에 중단되었으니,
목동들의 목소리와 조잡한 피리소리가
뒤섞인 것 같았고 또한 실제로 그랬다.
그녀는 일어나 천천히 그쪽으로 갔고
아늑한 그늘에서 어느 노인이 자신의
양 떼 옆에서 바구니를 짜며 세 아이의
노랫소리를 듣고 있는 것을 보았다.

그곳에 이례적인 갑옷이 돌발적으로   7
나타나는 것을 보고 그들은 놀랐지만,
에르미니아가 인사를 했고 부드럽게
안심시키면서 눈과 금발을 드러냈다.[1]
그리고 "계속하세요, 행복한 사람들.
당신들 일을 하늘이 좋아할 거예요.
이 갑옷은 당신들의 일과 감미로운

1   그러니까 투구를 벗었다는 뜻이다.

노래에 전쟁을 가져오지 않으니까요."

그리고 덧붙였다. "어르신,[2] 주위에는   8
온통 전쟁의 불길로 불타고 있는데,
어떻게 여기에서는 군대의 공격을
두려워 않고 평온하게 머무르나요?"
그는 대답했다. "아가씨,[3] 내 가족과
내 양 떼는 모든 모욕과 불명예에서
벗어나 여기 있었고, 마르스의 굉음도
이 머나먼 곳을 아직 흔들지 않았소.

오, 하늘의 은총이 순진하고 소박한   9
목동들을 구하고 고상하게 해주소서.
마치 번개가 가장 낮은 곳이 아니라
가장 높은 곳들에 내려오는 것처럼,
이방인들의 광폭한 무기는 위대한
왕들의 오만한 머리들만 짓누르고,
약하고 초라한 우리 삶은 탐욕스런
병사들을 불러들이지 않게 해주소서.

다른 사람에게는 초라하지만 내게는   10

2   원문에는 O padre, 즉 "오, 아버지"로 되어 있다.
3   원문에는 Figlio, 즉 "아들이여"로 되어 있는데, 앞의 호칭과 대응을 이룬다.

귀중하니, 보물이나 왕홀을 원치 않고,
내 가슴의 평온함에는 탐욕스럽거나
야심 있는 욕망이나 염려가 없지요.
나는 맑은 물에서 내 갈증을 풀고
독약이 퍼져 있을까 걱정하지 않고
이 양 떼와 작은 채소밭은 내 검소한
식탁에 구입하지 않은 음식을 준다오.

우리 욕망이 소박하고 필요한 것도   11
소박하기 때문에 생활이 유지된다오.
내가 가리키는 이들은 내 자식으로
양 떼를 돌보고 있고 하인은 없지요.
이렇게 나는 이 외로운 곳에 살고,
날렵한 사슴과 염소가 뛰어오르고
이 강에서 물고기들이 반짝거리고
새들이 하늘에 깃털을 뿌린답니다.

오래전 사람들이 헛된 것을 꿈꾸는   12
젊은 시절엔 나도 다른 욕망이 있었고,
양 떼를 보살피는 일을 경멸하였으며,
내가 태어난 고향 마을에서 달아나
한때 멤피스⁴에 살았고, 왕궁 안에서

---

4   고대 이집트 왕국의 수도로 그 유적은 카이로 남쪽 25킬로미터 거리에 있다. 이곳은 제1차

나도 왕의 하인들 사이에서 일했고,
비록 채소밭 관리인에 불과하였지만
사악한 궁정을 보았고 또 알았지요.

비록 모험적인 희망에 이끌렸어도   13
오랫동안 싫어하는 것을 겪었으며,
또한 나중에는 꽃다운 나이와 함께
희망과 대담한 모험심도 줄어들었고,
이 소박한 생활의 휴식이 그리웠고
잃어버린 내 평화가 그리워 말했지요.
'왕실이여, 안녕.' 그렇게 이 다정한
숲으로 돌아와 행복한 날을 살았소."

그렇게 이야기하는 동안 에르미니아는   14
말없이 그의 부드러운 입에 집중했고,
그 현명한 말은 그녀 가슴에 내려가
내면적인 번뇌들[5]을 일부 완화시켰다.
한참 생각한 후 그녀는 결심했으니,
최소한 행운이 그녀가 돌아가는 것을
용이하게 해줄 때까지 그 후미지고
비밀스런 곳에 머무르기로 결심했다.

십자군 전쟁 이전에 이미 폐허가 되었지만, 타소는 이집트의 수도라는 뜻으로 쓰고 있다.
5　원문에는 de' sensi [...] le procelle, 즉 "감각들의 폭풍우"로 되어 있다.

그래서 착한 노인에게, "한때 불행을   15
경험으로 알았던 오, 행복한 분이여,
그 행복을 하늘이 질투하지 않는다면,
불쌍한 나에게 자비를 베풀어주시어
내가 당신과 함께 살고 싶은 이렇게
멋진 곳에 나를 받아들여 주십시오.
이 그늘에서 내 마음은 아마 힘겨운
무게를 조금이라도 내려놓을 겁니다.

만약 사람들이 자기 우상처럼 받드는   16
보석이나 황금을 당신이 열망한다면,
내가 아직 많이 갖고 있으니 당신의
욕망은 곧바로 충족될 수 있으리다."
그런 다음 아름다운 눈에서 고통의
눈물을 수정처럼 밖으로 흘리면서
자기 불행의 일부를 이야기하였고
자비로운 목동은 함께 눈물을 흘렸다.

그리고 부드럽게 위로했고 아버지의   17
열망에 불타듯이 그녀를 받아들였고
하늘이 그에게 어울리는 마음을 주신
나이든 아내가 있는 곳으로 안내했다.
왕실의 여인[6]은 조잡한 옷을 입었으며,
머리칼을 거친 베일로 감싸 둘렀지만

눈이나 팔다리의 움직임에 있어서는
숲속에 사는 여자처럼 보이지 않았다.

그 초라한 옷이 고상한 아름다움이나   18
의젓하고 고귀한 것을 덮지 못하였고
초라한 일을 하는 몸짓들 안에서도
왕실의 위엄을 밖으로 드러내 보였다.
양 떼를 목초지로 몰고 갔다가 다시
초라한 지팡이로 우리로 몰고 왔고
털이 난 젖에서 우유를 짜냈으며,
둥근 모양으로 함께 모아 압착했다.[7]

종종 여름의 강렬한 열기로 인하여   19
양들이 그늘 아래 길게 누워 있으면,
그녀는 너도밤나무와 월계수 껍질에
사랑하는 이름을 다양하게 새겼으며,
특이하고 불행한 자기 사랑의 쓰라린
사건을 수많은 나무에 적어두었고,
자신이 쓴 것을 다시 읽어보면서
아름다운 뺨을 눈물로 적시곤 했다.

6   에르미니아.
7   우유로 치즈를 만들었다는 뜻이다.

그리고 울면서 "다정스런 나무들아,   20
이 내 괴로운 이야기를 간직해다오.
고마운 너희들 그늘에 어느 충실한
연인이 머무르면서 너무나 특이한
내 불행에 부드러운 연민을 가슴에
느끼며 이렇게 말할 수도 있으니까.
'아, 그 큰 믿음에 '행운'과 '사랑'이
너무나도 부당한 보상을 주었구나.'

너그러운 하늘이 사람들의 기도를   21
애정 있게 들어준다면, 아마 이제
나에게 전혀 관심 없는 분이 언젠가
혹시라도 이 숲속으로 오게 되어
이 병들고 약한 육신이 묻힌 곳으로
눈길을 돌려 바라보며,[8] 비록 늦었지만
내 괴로움에 약간의 눈물과 한숨으로
약간의 보상을 할 수도 있을 것이야.

그러면 살았을 때 마음이 비참했다면   22
죽어서 영혼은 최소한 행복할 것이며,
싸늘한 유해는 그[9]의 불꽃으로 지금

---

8   에르미니아는 자신이 여기에서 죽는 것으로 상상하고 있다.
9   탄크레디.

나에게 허용되지 않은 것을 즐기겠지."
그렇게 귀머거리 나무들에게 말했고,
아름다운 눈은 두 줄기 눈물을 흘렸다.
그동안 탄크레디는 행운이 이끄는 대로
그녀를 찾아 그녀에게서 멀리 맴돌았다.

그는 땅바닥에 찍힌 흔적들을 따라서   23
그 숲 가까이까지 말을 몰고 갔지만,
거기에는 엄청나고 **빽빽한** 나무들이
너무나 검고 짙은 그림자를 드리워서
새로운 발자국을 찾아볼 수 없었고,
불확실한 상태로 앞으로 나아가면서
발자국 소리나 갑옷 소리가 들릴까
주변으로 주의 깊게 귀를 기울였다.

혹시라도 밤의 미풍이 너도밤나무나   24
느릅나무의 부드러운 잎을 흔들거나
새나 짐승이 나뭇가지를 흔들어도
곧바로 그 작은 소리를 향해 갔다.
그러다 마침내 숲에서 나왔고 달빛은
그를 미지의 길들을 통해 멀리에서
들려오는 소음을 향해 데리고 갔고,
결국 소음이 나오는 곳에 도착했다.

거친 바위에서 깨끗하고 맑은 물이   25
풍부하게 솟아나와 개울을 이루어
녹색 기슭 사이에서 졸졸거리면서
아래로 흘러내리는 곳에 도착했다.
거기에서 괴로운 심정으로 멈추고
불렀지만 에코[10]만 외침에 대답했고,
그동안 하얗고 불그레한 새벽이
해맑은 눈썹으로 솟는 것을 보았다.

괴로움에 신음했고 열망하던 행운을   26
거부한 하늘에 대해 불만을 터뜨렸고,
혹시 자기 여인이 모욕을 당한다면
자신이 복수해주겠다고 맹세했다.
길을 찾을지 확신하지는 못했지만
결국 진영으로 돌아가려 결심했으니,
이집트의 기사[11]와 결투하기로 정해둔
날이 임박한 것을 기억했기 때문이다.

그는 떠났고 불분명한 길로 가는 동안   27
계속 다가오는 말발굽 소리를 들었고,

10 그리스 신화에 나오는 요정으로 아름다운 청년 나르키소스를 사랑했으나 그가 죽자 그녀
    도 사라지고 목소리만 남아 메아리가 되었다고 한다.
11 아르간테.

마침내 좁은 오솔길에서 전령과 같은
모습의 사람이 나타나는 것을 보았다.
유연한 채찍을 휘둘렀으며, 어깨에서
옆구리로 뿔 나팔이 매달려 있었다.
탄크레디는 그리스도인들의 진영으로
가려면 어느 길로 가야 할지 물었다.

그는 이탈리아어로 대답했다. "나는   28
보에몬도가 급히 보낸 그곳으로 가오."
탄크레디는 아저씨의 전령이라 믿고
그를 뒤따랐고 그 거짓말을 믿었다.[12]
그들은 마침내 더럽고 유독한 호수[13]가
늪을 이루고 어느 성을 둘러싼 곳에
이르렀는데, 밤이 거주하는 거대한
둥지로 태양이 뛰어드는 시간이었다.

전령은 도착하면서 뿔 나팔을 불었고   29
곧바로 다리가 내려오는 것이 보였다.
전령은 "당신은 이탈리아 사람이니까
해가 뜰 때까지 여기 머물 수 있어요.
이곳은 코센차의 백작[14]이 이교도에게서

---

12 뒤에서 밝혀지듯이 전령은 아르미다가 탄크레디를 함정에 빠뜨리기 위해 보낸 사람이다.
13 아라비아 반도 북서부 이스라엘과 요르단에 걸쳐 있는 호수인 사해(死海)를 가리킨다.

빼앗은 지 사흘도 되지 않은 곳이오."
탄크레디는 그곳이 사방에서 절대로
공략할 수 없게 세워진 것을 보았다.

그런 굳건한 성 안에 어떤 속임수가   30
숨어 있지 않을까 잠시 의심했지만,
죽음의 위험에 익숙하였기 때문에
말도 않고 표정도 드러내지 않으며,
운명이나 우연이 어디로 안내하든
오른팔이 안전하게 해주기 바랐다.
다른 결투의 의무를 치러야 했기에
이제 새로운 모험에 관심이 없었고,

그래서 성 앞의 풀밭 위에 구부정한   31
도개교가 내려와 기대 있는 곳에서
걸음을 멈추었고 안내인이 이끌어도
이제 더 이상 그를 따라가지 않았다.
그동안 다리 위에 무장한 기사가
오만하고 잔인한 모습으로 나타났고
오른손에 검을 빼어 든 채 거칠고
위협적인 목소리로 그에게 말했다.

14 보에몬도. 코센차Cosenza는 이탈리아 남부 칼라브리아의 지방으로, 보에몬도가 11세기
　　말에 그곳 백작령을 차지했다.

"운명이든 네가 원했든 아르미다의   32
숙명적인 마을에 도착하게 된 너는
헛되이 달아날 생각을 하는데, 이제
갑옷을 벗고 손을 올가미에 묶여라.
그녀가 부과하는 법칙으로 수호되는
이 문턱 안으로 일단 들어오게 되면,
다른 사람들과 함께 예수를 부르는
자들과 싸운다고 맹세하지 않으면,[15]

해가 바뀌거나 털 색깔이 바뀌어도   33
하늘을 다시 보려고 희망하지 마라."
그 말에 탄크레디는 자세히 보았고
그의 갑옷과 목소리를 알아보았다.
그는 바로 가스코뉴[16]의 람발도였고,
아르미다와 함께 떠난 그는 오로지
그녀를 위하여 이교도로 개종했고,
그 사악한 풍습의 수호자가 되었다.

경건한 기사는 신성한 경멸로 물든   34
얼굴로 대답했다. "사악한 배신자야,

---

15 그러니까 다른 추종자들과 함께 "예수를 부르는 자들", 즉 그리스도인들에 대항하여 싸운
   다고 맹세하지 않으면.
16 Gascogne. 프랑스 대혁명 이전 남서부의 지명이다.

나는 그리스도를 위해 검을 둘렀고
또 그분의 기사가 된 탄크레디이다.
네가 무기로 증명하고 싶은 것처럼
그분의 은총으로 반역자들을 이겼다.
이 오른손은 바로 너에게 복수하도록
하늘의 분노로 선택되었기 때문이다.

사악한 기사는 영광스러운 이름을   35
듣고 당황하였고 얼굴색이 변하였다.
그래도 두려움을 감추며 "불쌍하다,
어떻게 죽어야 하는 곳으로 왔느냐?
만약 오늘도 내가 예전과 똑같다면,
여기에서 네 무력은 짓눌릴 것이고
그 오만스러운 머리는 잘려 프랑스
지휘관들에게 선물로 보낼 것이다."

이교도는 그렇게 말했고, 벌써 날이   36
저물었고 거의 보이지 않았기 때문에
주위에 온통 많은 등불이 나타났고
그리하여 대기는 환하게 밝아졌다.
성은 화려한 극장에서 야간 설비들
사이의 찬란한 무대처럼 빛났으며,
보이지 않으면서 보고 들을 수 있는
높은 곳에 아르미다가 앉아 있었다.

그러는 동안 위대한 영웅[17]은 격렬한   37
싸움을 위해 무기와 열정을 준비했고,
적이 걸어서 오는 것을 보면서 벌써
연약한 말 위에 앉아 있지 않았다.
적은 투구와 방패로 방어하면서
빼어 든 검으로 공격할 자세였다.
그에 맞서 용감한 군주는 무서운
목소리와 매서운 눈으로 움직였다.

갑옷 안에 웅크린 람발도는 크게   38
돌면서 움직이고 공격하는 척하였고,
탄크레디는 약하고 지친 몸이었지만[18]
단호하게 그에게 다가가며 압박했고,
람발도가 뒤로 물러서는 곳에서는
아주 재빠르게 앞으로 나아갔으며,
전진하고 압박하며 마치 번개처럼
종종 칼끝으로 눈을 똑바로 찔렀다.

그리고 다른 어느 곳보다도 자연이   39
더 생명을 형성한 곳[19]을 공격했고,

17 탄크레디.
18 아르간테와의 결투에서 부상을 당했기 때문이다.
19 그러니까 심장 또는 머리를 가리킨다.

타격에는 커다란 위협의 목소리들이
수반되며 부상에 두려움이 더해졌다.
여기서 저기로 돌고, 재빠른 람발도는
그 날렵한 몸의 타격들을 피하였고,
때로는 방패로, 때로는 검으로 적의
분노가 빗나가게 하려고 노력하였다.

그렇지만 상대방의 재빠른 공격만큼   40
그의 방어는 그리 빠르지 못하였다.
벌써 방패가 깨지고 투구가 부서졌고
갑옷에 구멍이 뚫리고 피에 젖었으며,
그가 가한 어떤 타격도 아직 적에게
부상을 입힐 정도가 되지 않았으니
두려웠고, 경멸과 부끄러움과 양심과
사랑이 동시에 그의 가슴을 깨물었다.

마침내 절망적인 공격으로 마지막   41
행운을 시험해보기로 결심하였다.
그는 방패를 던지고 두 손으로 아직
피가 묻지 않은 검을 움켜잡았으며,
상대방에게 가까이 다가가 압박하고
타격을 가했는데, 어떤 갑옷도 막지
못할 정도였기에 그의 왼쪽 허벅지에
심각한 고통과 함께 부상을 입혔다.

그런 다음 또다시 머리를 공격했고   42
타격은 마치 종소리처럼 되울렸는데,
투구는 깨지지 않았지만 그 충격에
탄크레디는 몸을 웅크리고 흔들렸다.
그리고 분노에 뺨이 달아올랐으며
눈은 불꽃을 튀기며 붉게 타올랐고
타오르는 시선이 눈가리개 밖으로
나왔고, 이빨 가는 소리도 나왔다.

사악한 이교도는 더 이상 그렇게   43
무서운 모습을 견딜 수 없었으니,
검은 쉭쉭거렸고, 벌써 혈관 속과
가슴 가운데 검이 박힌 것 같았다.
그는 타격을 피하였고, 그 타격은
다리 앞에 세워진 기둥에 떨어졌고
조각들과 불꽃들이 하늘로 날았다.
배신자의 가슴에는 얼음이 지나갔고,

그래서 다시 다리로 달아났고 단지   44
도망치는 속도가 유일한 희망이었다.
하지만 탄크레디가 쫓았고, 벌써 등에
손을 뻗치고 다리에 다리를 걸었는데,
그 순간 도망자에게 커다란 구원으로
햇불들과 별들이 동시에 사라졌으며[20]

캄캄한 밤에 칠흑 같은 하늘 아래
희미한 달빛조차 남아 있지 않았다.

밤 그림자와 마법의 그림자 사이에서   45
승리자는 쫓지 못하고 보지도 못했고
앞이나 옆에 있는 것도 볼 수 없었고
불안하고 미심쩍게 발을 움직였다.
방황하던 걸음은 우연히 어느 문의
입구로 갔고 들어간 줄도 몰랐는데,
그의 등 뒤에서 문이 닫히는 소리가
들렸고 어두운 곳에 갇히게 되었다.

우리의 바다가 코마키오[21]의 만에서   46
늪을 이루는 곳에서 마치 물고기가
격렬하고 강한 파도를 피해 쉴 만한
평온한 물을 찾으려다 자기 스스로
늪에 마치 포로처럼 갇히고 더 이상
뒤로 돌아갈 수도 없는데, 그 통발은
놀랍게도 입구는 열렸지만 출구는
닫혀 있어 돌아갈 수 없는 것처럼,

---

20 아르미다의 마법에 의한 것이다.
21 Comacchio. 페라라 동쪽 아드리아 해("우리의 바다") 해안에 있는 소읍으로 포 강이 바다
　　로 흘러드는 곳 주변은 늪지를 이루고 있다.

그 특이한 감옥의 장치나 기술이   47
어떻든 탄크레디가 바로 그랬으니,
자기 스스로 들어갔다가 혼자서는
나갈 수 없는 곳에 갇혔던 것이다.
강력한 팔로 문을 흔들어보았지만
자기 힘만 헛되이 소모될 뿐이었고,
이런 소리가 들려왔다. "아르미다의
포로여, 나가려고 해봐야 소용없다.

여기 산 자들의 무덤에서 나날들을   48
보낼 테니 죽음을 두려워하지 마라."
강력한 기사는 대답하지 않았지만
가슴속의 신음과 탄식을 짓눌렀고,
마음속으로 아모르와 운명, 어리석음,
아르미다의 악한 속임수를 비난했고
때로는 침묵의 말로 혼자 생각했다.
"해를 못 보는 것은 작은 손실이지만

불쌍하다! 더 이상 아름다운 해[22]를   49
보지 못하고, 내 슬픈 영혼이 사랑의
빛살들 앞에서 평온해지는 곳으로
돌아갈 수 있을지 전혀 모르겠구나."

22 클로린다.

아르간테가 생각나자 더욱 슬퍼졌고,
"내가 너무나 의무를 소홀하게 했어.
그[23]가 나를 경멸하고 조롱할 만해!
내 큰 잘못이야! 영원토록 부끄러워!"

그렇게 사랑과 명예의 신랄한 걱정이   50
여기저기 탄크레디의 마음을 찔렀다.
그가 괴로워하는 동안에 아르간테도
푹신한 깃털 침대를 즐기지 못했으니,
잔인한 가슴속에 평화에 대한 증오,
피에 대한 탐욕, 칭찬 욕심이 많아
아직 자기 부상이 낫지 않았는데도
여섯째 날 새벽이 되기를 열망했다.

전날 밤에 잔인한 이교도는 잠자려고   51
가까스로 잠시 머리를 뉘였을 뿐이며
하늘이 아직 너무 어두워 산꼭대기도
비추지 못하였을 때 그는 일어났고
"갑옷을 가져와." 시종에게 외쳤고,
시종은 갑옷을 준비해 가져왔는데
으레 입던 자기 갑옷이 아니라 왕이
그에게 제공한 귀중한 선물이었다.

23 아르간테.

자세히 보지도 않았고, 튼튼한 몸에   52
그다지 무겁지 않은 갑옷을 입었고,
아주 섬세하게 단련되었으며 오래된
예전의 자기 검을 옆구리에 둘렀다.
마치 혜성이 핏빛처럼 붉은 꼬리[24]로
불타버린 허공에서 환하게 빛나면서
왕국들을 바꾸고 전염병을 가져오고
피에 젖은 폭군에게 불행이 되듯이,

그는 갑옷 안에서 불탔으며, 분노와   53
피에 취한 눈을 음흉하게 돌렸으며,
잔인한 몸짓은 죽음의 공포를 뿌렸고
얼굴에서 죽음의 위협이 퍼져 나왔다.
눈길만 돌려도 겁내지 않을 정도로
강력하고 확신에 찬 사람은 없었다.
검을 높이 들고 휘두르면서 외쳤고,
허공과 그림자를 헛되이 가격하였다.

"대담하게도 나와 겨루고 싶어 하는   54
그 그리스도인 약탈자는 이제 바로
패배해 피를 흘리며 땅에 쓰러지고

---

24 원문에는 le chiome, 즉 "머리칼"로 되어 있다. 오래전부터 혜성의 출현은 불행과 재난의
     전조로 간주되었다.

흐트러진 머리칼이 먼지로 더럽혀지고,
자기 신에도 불구하고 아직 산 채로
이 손에 의해 갑옷이 벗길 것이며,
죽어가며 애원해도 사지를 개들에게
먹이로 주는 것을 막지 못할 것이다."

마치 황소가, 질투하는 사랑이 찌르는   55
자극으로 짜증나게 만들자, 끔찍하게
울부짖고, 그 울부짖음으로 타오르는
분노와 힘을 일깨우고, 뿔로 나무를
받고 허공에 휘두르면서 바람에게
싸우자고 하는 듯하고, 발로 모래를
뿌리며 멀리에서 자기 경쟁자에게
격렬한 싸움에 도전하는 것 같았다.

그런 분노에 흥분되어 전령을 불러   56
끊어진 말로 그에게 명령을 내렸다.
"바로 진영으로 가서 예수의 기사인
자에게 잔인한 결투를 알려주어라."
그리고 기다리지 않고 말에 올랐고
자기 포로[25]를 앞에 끌고 가게 했고,
도시에서 밖으로 나갔으며 오솔길로

---

25 처음 결투에서 붙잡은 오토네(제6권 28연 이하 참조).

미친 듯이 성급하게 질주해 달렸다.

그러면서 뿔 나팔을 불었고 거기에서   57
끔찍한 소리가 온 사방으로 퍼졌는데,
너무 거슬리는 굉음으로 듣는 사람의
귀와 가슴이 고통스러울 정도였다.
그리스도 진영 군주들은 벌써 다른
천막들 사이의 큰 천막에 있었으며,
거기에서 전령은 탄크레디를 포함해
다른 기사들에게 도전을 전달하였다.

그러자 고프레도는 불안하고 걱정스런   58
마음으로 무거운 눈길을 천천히 돌렸고,
많이 생각하고 많이 궁리해도 심각한
상황에 어떤 해결책도 보이지 않았다.
훌륭한 자기 기사들의 꽃이 없었으니
탄크레디에 대해서는 소식도 없었고
보에몬도는 멀리 있었고, 제르난도를
죽인 불패의 영웅[26]은 추방되어 있었다.

그리고 추첨으로 뽑힌 열 명 이외에   59
진영에서 최고이며 유명한 기사들이

26 리날도(제5곡 26~31연 참조).

어두운 밤의 침묵을 이용하여 몰래
아르미다의 잘못된 호위를 따라갔다.
무술이나 용기가 덜 강한 기사들은
부끄러운 표정으로 말없이 있었고,
부끄러움이 두려움에 압도되었기에
그렇게 위험한 영광을 찾지 않았다.

침묵과 태도와 다른 모든 징후에서 60
대장은 그들의 두려움을 깨달았고,
너무나도 커다란 경멸감에 넘쳐서
앉아 있던 자리에서 갑자기 일어나
말했다. "아! 이교도가 우리 명예를
그렇게 비열하게 짓밟도록 놔두고
생명이 위험해지는 것을 거부하면
내 삶은 정말 가치가 없을 것이다!

진영 모두 안전하게 편안히 앉아서 61
내 위험을 태연히 구경하라고 해라.
자, 갑옷을 가져와라." 그리고 눈을
한 번 치켜뜨자 갑옷을 가져왔다.
그러자 성숙한 나이에 마찬가지로
성숙한 지혜를 지녔고, 거기 있던
기사들만큼 아직은 젊은 힘을 가진
훌륭한 라이몬도가 앞으로 나서면서

그에게 말했다. "아, 오직 대장 혼자   62
진영 전체의 위험을 감당하면 안 되오.
당신은 대장이지 보통 기사가 아니고,
죽음은 사적이 아니라 공적인 것이오.
믿음과 신성 제국이 당신에게 달려 있고
바벨의 왕국[27]이 당신에게 파멸될 것이오.
당신은 단지 지혜와 왕홀만 사용하고,
무기와 용기는 다른 사람에게 맡겨요.

많은 나이로 구부정히 걸어야 하지만   63
나는 그것을 거부하지 않을 것이오.
다른 사람은 싸움의 노고를 피해도,
나는 늙었다고 피하고 싶지 않다오.
아! 도발하고 비난하는 자에 대항해
분노나 수치심에 움직이지도 않고,
여기 갇혀 두려워하는 여러분 같은
나이의 힘을 내가 지금 갖고 있다면!

그리고 내가 콘라트 2세의 위대한   64
궁정에 있을 때 모든 게르마니아의
눈앞에서 강력한 레오폴도의 가슴을

---

27 「창세기」 11장 1~9절에 나오는 바벨탑을 세운 곳으로 여기에서는 이교도들의 세계를 가리
킨다.

가르고 죽였던 그 당시와 똑같다면!²⁸
이 하찮은 사람들의 커다란 무리를
혼자 무기도 없이 쫓아내지 못한다면,
당시 그렇게 강한 사람을 이긴 것은
높은 무훈의 가장 분명한 증거였소.

그런 역량과 피를 아직 갖고 있다면   65
저자의 오만함을 벌써 꺼뜨렸을 거요.
하지만 그렇다고 용기가 약해진 것도
아니고, 늙었어도 아직 두렵지 않소.
내가 진영에서 죽더라도 저 이교도는
승리에 만족하여 떠나지 않을 것이니
나는 무장하고 싶소. 오늘이 새로운
명예로 지난 내 영광을 밝힐 날이오."

그렇게 위대한 노인은 말했고 그의   66
말은 강한 박차로 용기를 일깨웠고,
소심하게 말없이 있던 그 기사들은
이제 말과 대담함을 되찾게 되었다.
결투를 거부하지 않을 뿐만 아니라

---

28 콘라트Konrad(이탈리아어 이름은 코라도Corrado) 2세(990?~1039)는 1027년 신성 로마
제국 황제가 되었고 동시에 이탈리아 왕으로 통치했으며, 그가 사망했을 때 라이몬도는 열
다섯 살이었다. 레오폴도가 구체적으로 누구인지, 역사적 실존 인물인지 확인되지 않았고,
따라서 아마 타소가 창작해낸 일화일 것으로 짐작된다.

이제 여럿이 겨루겠다고 요구했으니,
발도비노, 루지에로, 퀠포, 두 구이도,
스테파노, 제르니에로가 요구하였다.

그리고 놀라운 속임수로 보에몬도가   67
안티오키아를 점령하도록 해준 피로,[29]
바다가 우리의 세상과 갈라놓고 있는[30]
스코틀랜드, 아일랜드, 그리고 영국의
에베라르도, 리돌포, 용감한 로스몬도도
마찬가지로 결투를 하겠다고 요청했고,
연인이자 부부 질디페와 오도아르도도
마찬가지로 결투에 대해 열광적이었다.

하지만 다른 누구보다 용감한 노인[31]이   68
결투에 대한 불타는 욕망을 드러냈다.
그는 벌써 무장했으니 다른 무구들에
섬세하고 눈부신 투구만 쓰지 않았다.
고프레도가 말했다. "오, 오랜 무훈의
생생한 거울이시여, 사람들이 당신을

---

29 Pirro. 개종한 아르메니아 사람으로 그의 배신 덕택에 보에몬도는 쉽게 안티오키아를 점령
할 수 있었다.(제1권 6연 참조) 티레의 굴리엘모는 『역사』에서 이 인물에 대해 여러 번 언급
했다.
30 섬나라를 뜻한다.
31 라이몬도.

보며 덕성을 배우니, 마르스의 영광과
기술과 훈련이 당신에게서 빛나는군요.

오, 보다 젊은 나이에 당신과 비슷한   69
무훈을 가진 기사 열 명만 가졌다면,
오만한 바벨을 이기고 박트리아에서
툴레[32]까지 십자가를 펼칠 수 있으리.
하지만 제발 양보하고, 더 중요하고
현명한 역량의 일에 당신을 보존해요.
관례대로 모두의 이름을 항아리에
넣고 행운이 결정하도록 놔둡시다.

아니, 행운과 운명이 봉사하고 받드는   70
하느님께서 결정을 하시도록 합시다."
하지만 라이몬도는 자기 생각을 굽히지
않았으며 자신도 추첨되기를 원하였다.
고프레도의 투구에 쪽지들을 모았고
한참 동안 흔들어서 뒤섞은 다음에
거기에서 첫 번째 쪽지를 뽑았는데
바로 툴루즈의 백작[33] 이름이 나왔다.

---

32 박트리아Bactria(원문에는 Battro로 되어 있다.)는 고대에 힌두쿠시 산맥과 아무다리야 강
　　사이에 있는 나라이고, 툴레Thule(원문에는 Tile로 되어 있다.)는 고대 문헌과 지도에서 북
　　쪽 끝에 있는 지역으로 언급되는 곳이다. 여기에서는 "동쪽 끝에서 서쪽 끝까지"를 의미
　　한다.

자기 이름을 즐거운 환호로 맞이했고
조금도 운명을 비난하려 하지 않았다.
얼굴과 이마가 새로운 활력에 넘쳤고,
마치 뱀이 옛 허물을 벗어버린 다음
금빛으로 빛나며 햇살에 길게 몸을
펼치는 것처럼 그는 다시 젊어졌다.
또 다른 누구보다 대장이 환호했고
그의 승리를 선언하고 칭찬하였다.

그리고 자기 옆구리에서 검을 풀어
그에게 건네주면서 이렇게 말하였다.
"이 검은 작센의 프랑크인 반역자[34]가
전투에서 언제나 사용하였던 검이며,
내가 많은 죄로 사악한 그의 생명을
빼앗으면서 무력으로 빼앗은 것으로
나에게 언제나 승리를 안겨주었는데
받으시오. 당신과 함께하니 기쁘오."

33 라이몬도.

34 1057년부터 1079년까지 독일 남부 슈바벤의 공작이었던 라인펠덴의 루돌프Rudolf von
Rheinfelden(1025?~1080)를 가리킨다. 그는 1077년 소위 서임권(敍任權) 투쟁 당시 황제
하인리히 4세가 파문당하자 새로운 독일 왕으로 선출되었고, 그 결과 하인리히 4세와 전쟁
을 벌였고 결국에는 패배하였다. 이 반역은 특히 독일 동부 작센Sachsen 지방을 중심으로
이루어졌다.

그렇게 지체하는 동안 그 거만한 자[35]는   73
참지 못하고 그들을 위협하며 외쳤다.
"오, 불패의 사람들, 유럽의 호전적인
백성이여,[36] 나 혼자 너희에게 도전한다.
그렇게 강해 보이는 탄크레디야, 만약
네 역량을 아직 믿고 있다면 나와라.
아니면 이불 속에 누워서 지난번에
도와주었던 밤을 기다리고 있느냐?[37]

두렵다면 다른 사람이 와라. 기사이든   74
보병이든, 무리지어 한꺼번에 오너라.
자랑하는 많은 부대들 사이에서 나와
일대일로 결투할 사람이 없다면 말이다.
마리아의 아들이 누워 있는 저 무덤을
보아라. 왜 앞으로 나오지 않는 거냐?
왜 서원을 풀지 않느냐? 저게 길이다!
검은 어떤 더 큰 목적에 쓸 것이냐?"

그런 조롱으로 그 사악한 사라센인은   75
마치 강한 채찍처럼 상대방을 때렸고,

---

35 아르간테.
36 냉소적이고 반어적인 표현이다.
37 지난번 결투에서 탄크레디는 밤이 된 덕택에 살았다는 뜻이다.

그 목소리에 누구보다도 라이몬도가
불타올랐고 모욕을 견딜 수 없었다.
용기는 더욱더 강렬하게 자극되었고
강력한 분노의 숫돌로 날카로워졌고,
그리하여 지체 없이 빠르기 때문에
그렇게 부르는 아퀼리노[38]를 몰았다.

이 말은 타호[39] 강가에서 태어났는데,   76
거기에서는 이따금 탐욕스러운 전투용
암말이, 사랑을 부르는 생명의 계절[40]이
가슴속에 자연적인 본능을 자극할 때,
바람을 향해 입을 벌리고 있으면서
비옥한 바람의 씨앗과 따스한 숨결을
받아들이게 되면, (오, 정말로 놀랍구나!)
탐욕스럽게 잉태하고 새끼를 낳는다.[41]

그 아퀼리노가 모래밭을 질주하면서   77
전혀 흔적도 남기지 않는 것을 보면,
또는 왼쪽으로 오른쪽으로 날렵하고

---

38 Aquilino. '독수리'를 뜻하는 Aquila의 형용사로 독수리같이 빠르다는 것을 의미한다.
39 타호Tajo(포르투갈어 이름은 테주Tejo) 강은 스페인 중부의 강으로 마드리드 동쪽에서 시
　　작하여 포르투갈의 리스본에서 대서양으로 흘러 들어간다.
40 봄.
41 이 이야기는 로마 시대의 군인이자 정치가, 학자였던 대(大) 플리니우스의 백과사전적 저술
　　『자연의 역사Naturalis Historia』 제7권 42절에서 영감을 받았다고 한다.

가볍게 빨리 몸을 돌리는 것을 보면,
분명 하늘에서 가장 가볍게 불어오는
바람에서 태어났다고 말할 것인데,
바로 그런 말 위에 백작은 올라탔고
돌진하면서 하늘로 얼굴을 향하였다.

"주님, 당신은 엘라 계곡[42]에서 미숙한   78
무기를 사악한 골리앗에게 겨누셨고,
그리하여 이스라엘을 학살했던 그가
소년의 첫 번째 돌에 죽게 하셨으니,
이제 비슷한 예로 저 사악한 자가
나에게 패배해 쓰러져서, 전에 약한
소년이 그렇게 했듯이, 이제 약한
노인이 오만함을 누르게 해주소서."

백작은 그렇게 기도하였고 하느님께   79
대한 확실한 희망에서 나온 기도는
불이 고유의 속성으로 그런 것처럼
하늘의 친구들을 향해 날아올랐으며,
성부께서는 기도를 받아들여 당신의

---

42 원문에는 Terebinto, 즉 "향엽나무 (계곡)"로 되어 있는데, 다윗이 골리앗과 싸운 계곡이
다.(「사무엘 상」 17장 2절) 그곳에 크고 그늘진 향엽나무들이 많이 있어서 그렇게 불렀다고
한다.

천사들 군대 중에서 백작을 보호할
천사를 선택해 사악한 자의 손에서
무사히 승리자로 벗어나도록 하셨다.

훌륭한 라이몬도가 세상의 순례자가   80
되기 위해 아기로 태어난 첫날부터[43]
이미 높으신 섭리에 의해 수호자로
선택된 천사는 이제 하늘의 왕[44]께서
그를 보호할 책임을 지라는 말씀을
또다시 자신에게 하시는 것을 듣고
신성한 천사들 부대의 모든 무기가
보관되어 있는 높은 요새로 올라갔다.

거기에는 루키페르[45]를 물리쳤던 창이   81
보관되어 있었고, 거대한 번개 화살,
사람들에게 무시무시한 전염병들과
다른 악을 가져다주는 보이지 않는
번개가 있었고, 널따란 땅의 토대를
흔들고 도시들을 뒤흔들 때 불쌍한
사람들에게 엄청난 공포를 안겨주는

---

43 인간의 삶은 지상 세계로의 순례라고 생각하는 관념을 반영한다.
44 하느님.
45 원문에는 "뱀"으로 되어 있는데, 하느님께 반역한 천사들의 우두머리 루키페르를 가리킨
    다. 여기에서는 사탄과 동의어로 많이 사용되고 있다.

거대한 삼지창[46]이 높이 걸려 있었다.

다른 무기들 사이에서 아주 눈부신   82
금강석 방패가 빛나는 것이 보였는데,
아틀라스 산맥과 카프카스 산맥 사이[47]
나라들과 사람들을 덮을 정도로 컸고,
대부분 정의로운 군주들과 정숙하고
신성한 도시를 보호하는 데 사용된다.
천사는 이 방패를 들었고 은밀하게
자신의 라이몬도에게로 가까이 갔다.

그동안에 성벽에는 다양한 무리의   83
사람들로 가득했고, 야만인 폭군[48]은
클로린다와 훌륭한 기사들을 보내
언덕에서 더 넘어가지 못하게 했다.
그리고 다른 한편에서는 그리스도
부대들이 질서정연하게 서 있었고,
양쪽 진영 사이에 두 기사를 위해
널찍하게 공간을 비워두게 하였다.

---

46 고전 그리스 신화에서 바다의 신이자 지진을 일으키는 포세이돈(로마 신화에서는 넵투누
　　스)의 무기이다.
47 아틀라스 산맥에 대해서는 제4곡 6연 참조. 카프카스 산맥은 흑해와 카스피 해 사이의 산
　　맥으로 아시아와 유럽의 경계를 이룬다. 여기에서는 동쪽 끝에서 서쪽 끝까지를 뜻한다.
48 알라디노 왕.

아르간테는 둘러보았지만, 탄크레디는   84
없고 새로운 미지의 기사가 보였다.
백작은 앞으로 나서며, "네가 원하는
사람은 다른 곳에 있어 네게 다행이다.
하지만 오만하지 마라. 여기 내가
너와 결투하려고 준비하고 있노라.
내가 대신 싸울 수 있거나, 아니면
세 번째로 여기 나올 수 있으니까."⁴⁹

거만한 자는 미소 지으며 대답했다.   85
"탄크레디는 어디에서 무엇 하느냐?
무기로 하늘을 위협하더니 오로지
재빠른 발만 믿고서 숨어버렸구나.
하지만 땅속이나 바다 속에 숨어도
안전하게 숨을 장소는 없을 것이다."
상대방은 "그런 사람이 달아나다니
거짓말이다. 너보다 훨씬 뛰어나다."

아르간테는 격분하여 떨면서 말했다.   86
"그럼 내가 받아들이니 네가 싸워라.
네가 겁 없이 어리석게 주장한 말을
어떻게 방어할지 곧바로 볼 것이다."

49 앞에서 아르간테는 오토네와 싸우고, 그 다음에 탄크레디와 싸웠기 때문이다.

그리하여 결투는 시작되었고 둘 다
똑같이 투구에 엄청난 타격을 가했고,
라이몬도는 겨냥한 곳을 맞추었지만,
그는 안장에서 전혀 움직이지 않았다.

다른 한편으로 강력한 아르간테는   87
이례적인 실수로 헛되이 달렸으니,
하늘의 수호자가 보호하는 그리스도
기사에게서 타격을 돌렸기 때문이다.
그는 분노로 자기 입술을 깨물었고
욕을 하며 창을 바닥에 부러뜨렸고,
검을 빼어 들고 라이몬도를 향하여
격렬하게 두 번째 공격을 가하였다.

강력한 그의 말은 충돌하며 머리를   88
숙이는 숫양처럼 정면으로 충돌했고,
라이몬도는 오른쪽으로 말을 돌리며
충돌을 피했고 이마에 상처를 냈다.
이집트 기사는 또다시 돌아왔지만
그는 또다시 오른쪽으로 피하였고,
투구를 맞췄지만 투구는 금강석처럼
단련되어 있어서 언제나 헛일이었다.

하지만 광폭한 이교도는 그와 함께   89

가까이 싸우려고 달려들어 접근했다.
상대방은 그 엄청난 무게의 충돌로
말과 함께 땅에 떨어질까 두려워서
이쪽을 피해 저쪽을 공격했고, 마치
주위를 돌면서 공격하는 것 같았고,
재빠른 말은 고삐의 가벼운 명령에
따랐고 전혀 헛되이 달리지 않았다.

마치 늪 한가운데나 높은 산에 있는   90
높다란 탑을 공격해야 하는 대장이
모든 입구를 시도하고 모든 전략을
시도하듯이 백작은 주위를 돌았으며,
오만한 머리와 가슴을 보호하고 있는
갑옷의 금속판 하나 떼어내지 못하자
보다 약한 부분을 공격했고 검으로
금속판들 사이로 길을 내려고 했다.

그리고 두세 군데 구멍을 뚫었으며   91
적의 갑옷을 미지근한 피로 물들였고,
자신의 갑옷은 아직 온전히 유지했고,
투구 끝 장식 하나 떨어지지 않았다.
아르간테는 헛되이 분노했고 아무런
이익도 없이 분노와 힘을 낭비했지만,
전혀 지치지 않고 찌르기와 자르기를

더욱 늘렸고 실수할수록 더 강해졌다.

무수한 타격 끝에 마침내 사라센인은   92
검을 내리쳤는데, 백작은 너무 가까워
만약 아주 빠른 아퀼리노가 물러나지
않았다면 아마 압도되었을 것이지만,
그 하늘의 천사가 보이지 않는 도움을
가까이에서 그에게 제공해주었으니,
팔을 펼쳐 잔인한 검을 금강석으로
만든 하늘의 방패로 막았던 것이다.

그러자 검은 조각나 땅에 떨어졌으니,   93
지상의 인간 용광로에서 단련된 검은
영원한 대장장이의 순수하고 완벽한
무기에 저항하지 못하였기 때문이다.
검이 잘게 조각나 떨어지는 것을 본
아르간테는 도저히 믿을 수 없었고,
상대방의 무기는 아직도 확고한데
무기 없는 자기 손을 보고 놀랐으며,

상대방이 자신을 보호해 막은 방패에   94
자기 검이 조각난 것이라고 믿었으며,
훌륭한 라이몬도 역시 하늘에서 누가
내려왔는지 몰랐기에 그렇게 믿었다.

하지만 무기가 없는 상대방의 손을
보았기 때문에 망설이고 있었으니,
그런 유리함 덕택에 상대방에게 얻은
승리는 비열하다고 생각했기 때문이다.

"다른 검을 들어라." 말하려 했지만,   95
마음속에 새로운 생각이 떠올랐으니
만약 공동의 이익을 수호자로서 지면
자신들에게 큰 모욕이라는 것이었다.
따라서 부당한 승리도 싫지 않았고
공동의 명예를 잃고 싶지도 않았다.
그렇게 망설이는 동안 아르간테는
검의 손잡이를 적의 얼굴에 던졌고,

그와 동시에 말에 박차를 가하였고   96
가까이 싸우기 위해 돌진해 달렸다.
그가 던진 손잡이는 투구에 맞았고
라이몬도의 얼굴에 충격을 주었지만,
그는 전혀 당황하지 않고 재빠르게
그 강력한 팔에서 멀리 벗어났으며
짐승의 발톱보다 강력하게 자신을
잡으려고 오던 손에 부상을 입혔다.

그런 다음 이쪽에서 저쪽으로 돌고   97

다시 저쪽에서 이쪽으로 돌았으며,
어느 곳으로 가거나 오든지 언제나
크고 강한 타격으로 부상을 입혔다.
갖고 있던 모든 역량과 모든 기술,
모든 오래된 경멸과 새로운 분노가
이제 이교도를 공격하는 데 모였고
하늘과 행운도 거기에 협력하였다.

좋은 무기와 역량으로 무장되었고   98
타격도 겁내지 않고 막아내던 그는
폭풍우 치는 바다에서 돛과 돛대도
부서지고 키도 없는 큰 배 같았으니,
사방 옆구리가 모두 튼튼한 목재로
견고하게 보강되어 있었기 때문인지
폭풍과 파도에 망가진 모습을 아직
보이지 않았고 절망하지도 않았다.

아르간테여, 네 위험이 그랬을 때   99
사탄[50]이 너를 도우려고 결정했도다.
사탄은 형체 없는 가벼운 구름으로

---

50 원문에는 "베엘제붑"로 되어 있다. 베엘제붑 또는 베엘제불은 고대 팔레스티나에서 받들던
신들 중 하나였는데, 유대인들이 사탄을 가리키는 용어로 사용하면서 부정적인 이미지를
갖게 되었다.

사람 같은 놀라운 괴물을 만들었으니,
도도한 클로린다의 모습을 만들어서
빛나고 화려한 갑옷을 갖추게 했고,
마음은 없지만 말할 수 있는 능력과
목소리, 행동, 걸음걸이를 갖게 했다.

그 복제물은 노련하고 유명한 궁수   100
오라디노에게 가서 이렇게 말했다.
"오, 유명한 오라디노, 원하는 대로
확실한 표적을 향해 화살을 날려요.
아! 너무 훌륭한 유다의 옹호자[51]가
저렇게 죽고 적이 그의 전리품으로
장식하고 편안하게 자기 진영으로
돌아간다면, 커다란 손해일 것이오.

여기에서 실력을 증명하고, 화살을   101
프랑스 도둑놈의 피로 물들이세요.
영원한 영광 외에 친절한 왕께서
위업에 상응하는 보상을 할 것이오."
그런 말에 궁수는 의심하지 않았고,
보상에 대한 말을 듣자마자 곧바로
무거운 화살통에서 화살을 꺼내서

---

51 아르간테.

활 위에 올려놓았고 활을 당겼다.

팽팽한 시위를 떠난 깃털 달린   102
화살이 허공을 가르면서 날아갔고,
허리띠의 걸쇠가 연결된 부분으로
날아가서 맞추어 쪼갰고, 갑옷을
통과하여 피부를 찔렀는데, 피에
물들자마자 거기에서 멈추었으니,
하늘의 천사가 더 넘어가는 것을
원하지 않아 힘을 뺐기 때문이다.

백작은 갑옷에서 화살을 뽑았으며   103
피가 밖으로 나오는 것을 보았고,
이교도에게 위협과 모욕이 가득한
말로 신뢰를 깨뜨렸다고 비난했다.
그러자 사랑하는 라이몬도에게서
얼굴을 돌리지 않고 있던 대장[52]은
약속이 깨졌으며 부상이 심각하다고
생각하였기에 한숨을 쉬며 걱정했고,

당당한 자신의 병사들에게 얼굴과   104
말로 당장 복수를 하라고 일깨웠다.

52 고프레도.

그러자 모두 바로 눈가리개를 내렸고,
고삐를 풀고 창을 받침대에 겨누며
거의 단 한순간에 몇 개의 부대가
이쪽저쪽에서 움직이는 것이 보였다.
양쪽 진영이 나뉘고 자욱한 먼지가
빽빽한 회오리로 하늘로 날아올랐다.

처음 충돌에서 투구와 방패가 맞고   105
창이 부러지는 큰 소음이 맴돌았다.
저기 말이 쓰러져 있고, 다른 말은
모는 사람도 없이 방황하고 있었고,
여기 죽은 사람이 있고, 죽어가는
다른 사람은 신음하며 탄식하였고,
싸움은 격렬했으니 더욱 뒤섞이고
밀착되면서 더욱 격렬해지고 커졌다.

아르간테는 날렵하게 가운데로 들어가   106
어느 병사에게서 쇠몽둥이를 빼앗았고
주위로 빙빙 휘두르며 빽빽한 무리를
무너뜨리고 넓은 공간을 만들었다.
단지 라이몬도만 찾았고 그에게만
검과 격한 분노와 광기를 향하였고,
탐욕스런 늑대처럼 그의 내장으로
굶주림을 채우려는 것처럼 보였다.

하지만 집요한 방해물이 그의 길을   107
가로막았고 달리는 것이 늦어졌으니,
그는 오르만노, 발나빌의 루지에로,
한 구이도, 두 게라르도와 부딪쳤다.
그래도 그는 멈추거나 늦추지 않고
그 기사들이 막을수록 더 난폭해졌고,
마치 불이 밀폐된 장소에서 억지로
나오면서 크게 파괴하는 것 같았다.

오르만노를 죽였고 구이도에게 부상을   108
입혔고 루지에로를 땅에 쓰러뜨렸지만,[53]
무리는 더 늘어났고 사람들과 무기가
더욱 격렬하게 둘러싸고 압박하였다.
아르간테 덕택에 전투가 이쪽 진영과
저쪽 진영 사이에 대등해지는 동안
훌륭한 지도자 고프레도는 형제[54]를
불러 말하였다. "너의 부대를 데리고

전투가 가장 심각한 곳으로 이동해   109
약한 측면을 아주 강하게 공격하여라."
형제는 움직였고 강하게 충돌했기에

---

53 원문에는 "부상당해 힘없는 루지에로를 죽은 자들 사이에 쓰러뜨렸다."로 되어 있다.
54 발도비노.

그가 공격한 적의 측면 부분에서는
이교도들이 약하고 무기력한 것처럼
프랑스인들의 공격을 견디지 못했고,
그리하여 전열을 흩뜨리고 기사들과
깃발들을 동시에 바닥에 쓰러뜨렸다.

그런 충격에 오른쪽 전열이 돌아서   110
달아났으며, 아르간테 외에는 아무도
방어를 하지 않았고 막지 못했으니,
두려움이 다급하게 그들을 뒤쫓았다.
아르간테 혼자 서서 얼굴을 보였고,
백 개의 팔과 백 개의 손으로 방패
오십 개와 검 오십 개를 휘두르는
사람도 지금의 그보다 못할 것이다.

아르간테는 검과 몽둥이, 창과 말의   111
수많은 충격들에 강력하게 저항했고,
마치 혼자 모두 대적하는 것 같았고
이 사람 또 저 사람에게 달려들었다.
사지를 맞고 갑옷은 부서졌고, 피와
땀을 흘려도 못 느끼는 것 같았고,
그렇게 빽빽한 무리와 부딪쳤으며
결국에는 압도되어 함께 밀려갔다.

자신을 휩쓸어 끌고 가는 홍수의   112
힘과 격렬함을 향해 돌아보았는데,
손의 움직임으로 판단해본다면
달아나는 사람의 걸음이 아니었다.
그의 눈은 아직 고유의 두려움과
예전 분노의 위협을 갖고 있었고,
달아나는 무리를 갖가지 노력으로
억제하려고 했지만 소용이 없었다.

그 담대한 기사는 그들의 도주를   113
늦추고 정리하는 수밖에 없었으니
두려움은 질서나 억제를 몰랐으며
부탁도 명령도 듣지 않았기 때문이다.
경건한 고프레도는 자신의 전략에
행운이 우호적인 것을 발견하고는
승리의 즐거운 과정을 뒤따랐으며
승리자들에게 증원 병력을 보냈다.

그리고 만약에 그날이 하느님께서   114
영원한 법령에 기록한 날이었다면,
아마 불패의 진영이 성스런 노고의
목표에 도달한 날이 되었을 것이다.
하지만 그 전투에서 자기 능력의
패배를 목격한 지옥의 무리들이

허용되는 범위 안에서 순식간에
구름을 모으면서 바람을 일으켰다.

어두운 구름이 사람들의 눈에서   115
낮과 태양을 앗아갔고, 지옥보다
끔찍하게 하늘이 검게 불탔으며,
번개의 번득임 사이에서 타올랐다.
천둥이 울렸고, 얼음으로 변한 비가
쏟아져 목초지를 때리고 넘쳤으며,
큰 바람이 가지를 찢고 참나무와
바위들까지 무너뜨리는 것 같았다.

비와 바람과 폭풍이 프랑스인들의   116
눈을 동시에 격렬하게 공격하였고
그런 갑작스런 격렬함에 치명적인
공포감으로 부대는 걸음을 멈췄고,
보이지 않았기 때문에 그들 중에
일부가 깃발 주위에 모여 있었다.
그러자 약간 멀리 있던 클로린다는
적절한 시기를 골라 말을 몰았고,

자기 진영에게 외쳤다. "동지들이여,   117
하늘이 우리를 돕고 정의가 돕는다.
그 분노에 우리의 얼굴은 안전하고

우리의 오른팔은 방해받지 않으며,
분노하신 그분은 단지 겁에 질린
적들의 얼굴에다 퍼붓고 있으며
갑옷을 벗고 시야를 빼앗았으니
이제 공격하자. 운명이 인도한다."

그렇게 병사들을 부추겼고, 지옥의   118
격렬함을 오로지 등 뒤에만 맞으며
프랑스인들을 격렬하게 공격하였고
그들의 헛된 타격들[55]을 조롱하였다.
바로 그 순간 아르간테도 돌아서서
뒤쫓던 자들을 격렬하게 공격했고,
프랑스인들은 무기와 폭풍을 향해
등을 돌리고 전속력으로 달아났다.

지옥의 분노와 사람들의 무기가   119
도망자들을 등 뒤에서 공격하였고,
피가 흘러내리며 쏟아지는 빗물과
뒤섞여서 땅바닥을 붉게 물들였다.
죽은 자들과 죽어가는 자들 사이에
피로와 훌륭한 리돌포가 있었으니,
리돌포의 영혼은 아르간테가 없앴고,

---

55 보이지 않기 때문에 제대로 공격하지 못한다는 뜻이다.

피로의 영혼은 클로린다가 빼앗았다.

그렇게 프랑스 병사들은 달아났고   120
이교도들과 악마들은 뒤를 쫓았다.
우박과 바람과 천둥의 모든 위협과
그 모든 무기에 대항하여 오로지
고프레도만 확고한 얼굴을 돌렸고
자신의 귀족들을 엄하게 꾸짖었고,
진영 입구에서 자기 말을 세우고
흩어진 병사들을 안으로 모았다.

두 번이나 광폭한 아르간테를 향해   121
말을 몰고 달려가 그를 막아냈으며,
또한 두 번이나 검을 들고 빽빽한
적들의 무리 속으로 몰고 갔으며,
마침내 다른 사람들과 함께 방벽
안으로 물러났고 승리를 양도하였다.
그러자 이교도들은 물러났고, 지치고
당황한 프랑스인들은 진영에 있었다.

진영에서도 끔찍한 폭풍의 분노와   122
세력을 충분히 피할 수는 없었으며,
여기저기 횃불들이 꺼졌고 사방으로
빗물이 들어오고 바람이 몰아쳤다.

천이 찢어지고 말뚝이 부러졌으며
천막이 통째로 뽑혀 멀리 날아갔고
비와 비명과 바람과 천둥이 한꺼번에
끔찍하게 뒤섞여 세상이 먹먹해졌다.

1. 토르콰토 타소의 생애

토르콰토 타소Torquato Tasso(1544~1595)는 이탈리아 남부 해안의 아름다운 작은 도시 소렌토에서 태어났다. 아버지는 북부의 베르가모 출신이었으나 궁정인으로 당시에는 살레르노의 군주를 섬기고 있었다. 하지만 살레르노의 군주가 추방되면서 타소는 여섯 살 때부터 아버지를 따라 시칠리아, 나폴리를 거쳐 로마, 우르비노, 베네치아 등 여러 곳을 전전하였다. 하지만 어머니는 지참금 문제 때문에 타소의 누나와 함께 나폴리에 남아 있었는데, 1556년 로마에 머물고 있던 타소 부자에게 어머니의 사망 소식이 전해졌다. 1559년 베네치아로 갔고 거기에서 열다섯 살 무렵『해방된 예루살렘Gerusalemme liberata』을 집필하기 시작하였는데 처음의 제목은『예루살렘』이었다.

1560년 아버지의 뜻에 따라 파도바 대학 법학부에 진학했으나 법학 공부에는 관심이 없고 문학에 이끌렸고, 결국 1년 뒤에는 문학을 공부해도 좋다는 아버지의 허락을 받았다. 그 무렵 데스테d'Este 가문의 루이지Luigi 추기경(1538~1586)의 궁정에 들어가게 되었고, 1561년 추기경의 누이 엘

레오노라를 섬기던 궁정 여인 루크레치아 벤디디오를 만나 사랑에 빠졌다. 타소는 그녀에 대해 여러 편의 시에서 노래했으나 그녀가 결혼한 뒤 격분하고 절망했다.

그동안 기사도를 노래한 서사시『리날도Rinaldo』를 완성하여 루이지 추기경에게 바쳤고, 1562년 베네치아에서 출판된 이 작품으로 아직 젊은 타소는 유명해지기 시작했다. 그리고 장학금을 받아 대학 공부를 계속하게 되었고, 파도바 대학에서 2년 동안 공부한 다음 볼로냐 대학으로 옮겼으나, 그곳 학생들과 교수들에 대해 풍자했다는 혐의로 장학금을 박탈당하고 추방되어 파도바로 돌아왔다.

1565년 페라라에 정착하여 루이지 추기경을 섬겼으나 1572년부터는 추기경의 형이자 페라라의 공작 알폰소Alfonso 2세(1533~1597)를 섬겼다. 루이지 추기경은 타소가 문학에 몰두할 수 있게 허용해주었고, 타소는 추기경의 두 누이 루크레치아와 레오노라와 가까이 지내면서 데스테 궁정의 풍부한 문화적 환경에서 많은 영향을 받았다. 거기에서 탁월한 목가극(牧歌劇)『아민타Aminta』가 탄생하였다. 1573년 처음 공연된 이 작품은 16세기 궁정들에서 많은 인기를 끌었다.『아민타』의 성공에 힘입어 이듬해에는 비극『토리스몬도 왕Re Torrismondo』을 발표하였다.

1575년에『해방된 예루살렘』초고를 완성했고, 제목을『고프레도Il Goffredo』로 정했다. 그런데 바로 그 무렵부터 타소는 신경증에 시달리기 시작했다. 주요 원인은 공들여 완성한 작품을 종교 재판 당국이 싫어하지 않을까 하는 두려움이었다. 그로 인해 여러 사람에게 충고를 구했고, 심지어 스스로 종교 재판관에게 검열을 의뢰하기도 했다. 검열에서 커다란 문제가 없다고 결론을 내렸는데도 불구하고 타소의 의혹은 사라지지 않았고, 심리적 불안감이 점점 더 악화되었으며 죽을 때까지 그를 떠나지 않았다.

그런 이유 때문인지 타소는 알폰소 공작과 페라라 궁정에 싫증을 느끼기 시작했고 결국 감시를 당하다가 몰래 도망쳐 누나가 있는 소렌토로 갔다. 그리고 다시 페라라 궁정으로 돌아왔지만 또다시 달아났고 이곳저곳 떠돌다가 우르비노에서 토리노까지 걸어가기도 했다. 그렇게 신경증과 광기에 시달리던 타소는 페라라 궁정에서 커다란 소동을 일으켰고, 결국 1579년 산탄나Sant'Anna 병원에 강제로 구금되기에 이르렀으며, 무려 7년 동안 격리된 감금 생활을 하였다. 그가 감금되어 있던 방은 소위 '타소의 독방'으로 유명해지기도 했다. 거기에서 정신병이 더욱 악화되어 타소는 끔찍한 악몽과 환각, 환청에 사로잡히기도 했다.

타소의 광기와 감금 생활은 곧바로 대중적인 호기심의 대상이 되었다. 특히 광기의 원인과 관련하여 여러 가지 이야기가 떠돌았다. 가장 널리 퍼진 소문에 의하면 타소는 정말로 미친 것이 아니라 알폰소 공작의 누이와 애정 관계를 가졌고, 그것에 대해 공작이 처벌하기 위하여 미쳤다는 누명을 씌워 감금하였다는 것이다. 그 구체적인 증거로 감금 생활 동안 집필한 작품이 지극히 명료하고 합리적이라는 사실을 들기도 한다. 사실 여부를 떠나 그런 전설은 타소를 유명하게 만들었고, '타소의 독방'을 방문한 적이 있는 괴테는 희곡 『토르콰토 타소』(1790)를 쓰기도 했다. 낭만주의 시대에 타소는 개인과 사회 사이에서 빚어지는 갈등의 상징이자, 사람들에게 이해받지 못하고 박해당한 천재로 간주되었다. 그런 맥락에서 이탈리아 최고의 서정시인 자코모 레오파르디Giacomo Leopardi(1798~1837)는 타소의 천재성에 대한 애정 어린 글들을 남겼다.

산탄나 병원에서 처음에 1년 남짓한 기간 동안에는 엄격하게 격리되고 비참한 생활을 강요당했지만, 서서히 완화되어 친구들을 맞이하거나 편지를 쓰고, 작품을 집필하도록 허락되었다. 그리하여 여러 사람과 수많은 편지를 주고받았으며, 다양한 주제의 대화편을 비롯하여 여러 작품을 완성하였다. 그런데 병원에 격리되어 있는 동안 타소의 허락도 없이 『해방된 예루살렘』 해적판이 출판되기 시작했다. 1581년에는 두 가지 판본이 출판되었는데, 『해방된 예루살렘』이라는 제목은 당시 해적판의 편집자가 정한 것이었다. 그리하여 타소는 마지못해 작품의 출판을 허락하게 되었고, 1581년 6월 24일 페라라에서 공식적인 판본이 출판되었다.

1586년 타소는 마침내 병원의 감금 생활에서 풀려났고, 만토바의 공작 빈첸초 곤차가Vincenzo Gonzaga(1562~1612)의 궁정에 머무르면서 한동안 평온을 되찾은 것처럼 보였다. 하지만 또다시 만토바의 궁정을 떠났고, 갖가지 고통을 겪으면서 페라라, 볼로냐, 로마, 나폴리 등 이탈리아 전역을 떠돌면서 생활하다가 1595년 로마에서 사망하였다. 한편으로는 시인으로서의 명성과 명예를 누렸지만, 다른 한편으로는 내면적 고뇌와 번민에 시달리며 떠도는 삶을 살았던 타소의 유해는 로마 자니콜로 언덕의 산토노프리오Sant'Onofrio 성당에 묻혀 있다.

2. 『해방된 예루살렘』

『해방된 예루살렘』은 열다섯 살 무렵 베네치아에 머무르는 동안에 집필하기 시작하여 1575년 완성한 타소의 최고 걸작이다. 모두 20곡, 즉 '노래canto'로 구성되었으며, 총 1,917개의 '8행연구ottava', 그러니까 15,336행으로 되어 있다. 전통적인 이탈리아 서사시의 형식에 따라 11음절 시행에 각운은 ABABABCC 형식으로 되어 있다. 시행의 숫자로만 보면 단테의 『신곡』보다 약간 길다.

전체적인 스토리는 비교적 단순하다. 제1차 십자군 전쟁이 6년째(실제 역사에서는 3년째로 대략 1099년 초에 해당한다) 되던 해에 부용의 고프레도는 하느님의 뜻에 따라 십자군의 '대장capitano', 즉 총사령관으로 선정되고 우여곡절 끝에 성지 예루살렘을 정복하게 된다는 것이다. 그리고 이 핵심 이야기를 중심으로 다양한 곁가지 이야기들이 펼쳐진다. 특히 여러 남녀 등장인물들 사이에서 빚어지는 사랑 이야기는 독자들에게 읽기의 재미를 더해주는 주요 요인이 된다. 소프로니아와 올린도, 아르미다와 리날도, 클로린다와 탄크레디, 에르미니아와 탄크레디 사이의 사랑과 그로 인한 여러 가지 사건과 애증의 드라마는 제각기 독립적인 이야기이면서 동시에 전체적인 사건의 흐름과 유기적으로 연결되어 있다.

여기에 나오는 남녀의 애정 이야기는 중세 기사도 문학과 함께 탄생한 소위 '궁정식 사랑courtly love'의 모델과는 뚜렷하게 구별된다. 이상적이고 관념적인 사랑이 아니라 지극히 현실적이고 지상적인 사랑을 지향하며, 대부분의 경우 원하는 사랑을 얻기 위하여 수단이나 방법을 가리지 않는다. 그런 맥락에서 여성의 육체적 아름다움과 매력을 강조하고, 때로는 상당히 감각적이고 에로틱한 장면 묘사도 많이 등장한다. 아르미다가 '행운의 섬'에 마법으로 세워놓은 영원한 쾌락의 정원이 대표적인 예이다. 또한 육체적 관계, 특히 순결한 여성과의 육체적 접촉이 사랑의 궁극적인 목적인 것처럼 그곳 정원에서 불어오는 바람은 새벽에 사랑의 장미를 꺾으라고 속삭이기도 한다. 심지어 클로린다와 탄크레디의 비극적인 결투마저 두 사람의 관계를 의식하여 연인들 사이의 에로틱한 사랑의 이미지와 연결시키고 있다.

그리고 사건의 흐름은 주로 단순한 이분법에 따라 선과 악, 천국과 지옥, 천사와 악마에 의해 좌우된다. 이 두 초월적 세력은 핵심 줄거리를 비롯하여 거의 모든 사건의 흐름을 결정짓는 핵심 요소이다. 또한 거기에다 마법이 중요한 변수로 작용한다. 마법사와 마녀는 양쪽 진영 모두에서 온갖 계략과 술책으로 갖가지 사건을 벌이면서 중요한 역할을 한다. 대부분의 주요 사건에는 마법이나 초월적인 힘이 개입함으로써 예상하지 못한 방향으로 전개되기도 한다. 그리고 마법은 사랑과 밀접하게 연결되기도 한다. 특히 아르미다는 사랑과 마법이 교묘하게 융합된 대표적인 등장인물이다.

이러한 세속적 사랑 이야기와 마법적 요소들이 가미됨으로써 성스러운 전쟁의 이미지가 흐려지지 않을까 하는 두려움은 타소의 정신병에 주요 요인으로 작용하였다. 거기에다 당시의 시대적 상황도 심리적 압박을 가하였다. 그 무렵 이탈리아에서는 종교 재판과 검열이 한창 맹위를 떨치고 있었다. 종교 개혁의 물결을 막기 위해 열렸던 트렌토 공의회(1545~1563)가 마무리된 지 얼마 되지 않은 데다 1559년 소위 '금서 목록Index librorum prohibitorum'이 발표되면서 공포 분위기는 널리 확산되어 있었다. 작품을 읽어본 알폰소 공작은 출판을 원했지만, 타소는 두려움에 망설였다. 결국 박식하고 권위 있는 인물 다섯 명에게 작품에 대한 평가를 부탁했고, 그들의 긍정적 또는 부정적인 판단 사이에서 계속 흔들리면서 작품을 수정해야겠다는 생각에 집착했다.

『해방된 예루살렘』이 1581년 공식적으로 출판된 직후부터 타소는 수정과 보완 작업을 시작하였다. 특히 병원의 감금 생활에서 풀려난 다음에는 열정과 심혈을 기울여 작업했다. 그리하여 사랑과 관련된 장면들을 상당 부분 삭제하였으며 그 대신 이야기의 종교적이고 도덕적이며 엄숙한 측면을 강조하였다. 그뿐만 아니라 일부 다른 일화들도 줄이거나 삭제했고 제목까지 『정복된 예루살렘Gerusalemme conquistata』으로 바꾸었다. 『정복된 예루살렘』은 1593년 로마에서 출판되었지만 별로 관심을 끌지 못했는데, 수많은 교정으로 인해 일반적으로 『해방된 예루살렘』과는 다른 별개의 독립적 작품으로 간주된다.

타소가 『해방된 예루살렘』을 쓰게 된 동기로는 당시의 시대적 상황과 개인적 경험을 들 수 있다. 그 무렵 소아시아에서 세력을 확장시킨 오스만 제국의 메흐메트 2세는 1453년 콘스탄티노폴리스를 점령하여 비잔티움 제국을 몰락시킨 다음 유럽 전역에 위협을 가하면서 공포감을 확산시켰다. 그러니까 이슬람교와 그리스도교가 첨예하게 대립하던 시기였고, 그것은 과거 십자군 전쟁의 기억을 되살리기에 충분하였다. 타소는 『해방된 예루살렘』을 페라라의 알폰소 공작에게 헌정하였는데, 작품 안에서 공작을 고프레도에 비유하면서 오스만 제국에 대항하여 새로운 십자군 전쟁을 지휘하라고 권한다. 그리고 타소는 어렸을 때부터 예수회 학교에서 공부하면서 독실한 가톨릭 교육을 받았다. 그런 데다 결혼한 누나가 소렌토에서 오스만 함대에게 납치당할 위험에 직면한 일이 있었다. 그로 인해 타소는 이슬람에 대해 더욱 강한 혐오와 반감을 품게 되었으며, 그것 역시 작품 집필에 영향을 주었을 것으로 짐작된다.

그리스도교와 이슬람교 사이의 대립과 전쟁이라는 주제는 프랑스 소재 기사도 문학을 탄생시켰을 뿐만 아니라 수많은 이야기들의 끊임없는 원천이었다. 특히 이탈리아에서는 오를란도(프랑스어 이름은 롤랑)를 비롯한 여러 기사의 모험이 일반 대중들뿐만 아니라 궁정에서도 커다란 인기를 끌었다. 십자군 전쟁이 시작될 무렵 300년 전에 있었던 전설적인 오를란도의 무훈담이 노래되면서 오랜 세월 동안 커다란 인기를 끌었던 것처럼, 16세기 후반 오스만 제국의 위협은 십자군 전쟁의 위업을 되돌아보게 만드는 계기가 되었다.

타소는 이러한 기사도 서사시의 전통을 이어받으면서 동시에 당시의 시대적 상황을 반영하고자 했다. 가장 커다란 관심을 기울인 것은 역사적 사실에 충실하려는 것이었다. 오를란도를 비롯한 대부분의 기사도 이야기가 순수한 문학적 허구로 상상력을 자극하는 멋진 여흥거리였던 것에서 벗어나려고 시도한 것이다. 여흥보다는 오히려 교훈적이고 교육적인 측면에 초점을 맞추려고 했다. 최소한 핵심 줄거리와 주요 등장인물은 실제 역사에서 이끌어내고, 부수적이고 주변적인 것들은 허구로 장식하려고 했다. 그래서 선택한 것이 제1차 십자군 전쟁에서 성지 예루살렘을 탈환하는 이야기였다. 역사에 충실하기 위하여 타소는 티레Tyre의 굴리엘모Guglielmo(프랑스어 이름은 기욤Guillaume, 1130?~1186)가 쓴 『역사 Historia』를 주요 출전으로 삼았다. 작품에도 등장하는 티레의 굴리엘모는 아마도 프랑스 또는 이탈리아계로 추정되는데, 예루살렘에서 태어났으며 레바논 남서부 티레의 대주교를 역임하였다.

그렇지만 독자들의 호기심을 자극한 것은 역사적 사실 못지않게 허구적인 이야기들, 특히 남녀 등장인물 사이에서 빚어지는 애정의 드라마였다. 그 덕택에 『해방된 예루살렘』은 출판 직후부터 엄청난 대중의 인기를 끌었다. 그것은 수많은 편집과 거듭되는 인쇄에서 분명히 드러난다. 16세기 마지막 후반에만 서른 가지에 달하는 판본이 나왔으며, 17세기와 18세기에 나온 판본도 각각 백여 가지가 넘었고, 19세기에는 무려 오백 가지 판본이 출판되었다. 그런 인기는 이탈리아에만 국한되지 않았다. 곧바로 라틴어를 비롯한 유럽의 여러 언어들로 번역되면서 다른 나라 독자들의 마음을 사로잡았다. 또한 다양한 형식으로 패러디하거나 모방한 작품들도 이어졌다.

『해방된 예루살렘』은 문학 이외의 다른 예술 분야에도 영향을 주었는데, 특히 애틋한 사랑 이야기들은 음악가에게 멋진 소재를 제공하였다. 대표적인 예로 17세기 중반 몬테베르디에 의한 「탄크레디와 클로린다의 결투」에 뒤이어 마드리갈을 비롯한 다양한 형식의 음악이 발표되었고, 헨델, 글

루크, 하이든, 로시니, 드보르자크 등에 의한 오페라가 나왔다. 미술에서는 로렌초 리피, 푸생, 들라크루아, 티에폴로, 틴토레토 등 뛰어난 화가들이 타소의 이야기를 소재로 작품들을 남겼다. 또한 발레의 주제가 되기도 했고, 현대에 들어와서는 영화나 연극, TV 드라마로 제작되기도 했다.

『해방된 예루살렘』이 널리 인기를 끌면서 페라라 출신의 뛰어난 작가 아리오스토Ludovico Ariosto(1474~1533)의 『광란의 오를란도Orlando Furioso』와 비교하는 논쟁이 벌어졌는데, 그것은 이탈리아 문학사에서 가장 유명한 논쟁 중의 하나로 꼽힌다. 논쟁의 발단은 카푸아 출신 시인 펠레그리노Camillo Pellegrino(1527~1603)가 1584년 피렌체에서 출판한 대화편 『카라파 또는 서사시에 대해Il Carrafa, o vero della epica poesia』에서 비롯되었다. 여기에서 펠레그리노는 아리오스토와 타소의 걸작을 비교하면서, 타소의 작품은 아리스토텔레스의 규범을 충실하게 따르고 윤리적인 시라고 높게 평가하였고, 반면에 아리오스토의 작품에 대해서는 경박하고 산만하다는 이유로 비판하였다.

이런 주장에 대해 1583년 피렌체에서 탄생한 이탈리아어 연구 학자들의 모임인 '아카데미아 델라 크루스카Accademia della Crusca'에서 강하게 반발하였다. 반박의 주요 논지는 타소의 작품이 아리오스토의 위대하고 완벽한 걸작을 모방하고 표절하는 데 머물렀다는 것이다. 그리고 이런 비판에 대해 타소는 『해방된 예루살렘을 옹호하는 변명Apologia in difesa della Gerusalemme liberata』을 출판하였고, 무엇보다도 자신의 작품이 실제 역사를 토대로 하였다는 사실을 강조하였다. 논쟁은 한동안 잠잠해지기도 했지만 타소가 사망한 이후에도 계속되었다.

타소가 아리오스토의 작품을 모델로 삼은 것은 사실이다. 하지만 플롯이나 구성 방식, 작가의 태도와 어조 등 여러 가지 면에서 다른 모습을 보이고 있다. 그 이면에는 시대적 상황의 변화가 주요 원인으로 작용하였다. 『광란의 오를란도』가 출판된 16세기 전반 페라라는 르네상스가 최전성기에 이른 데다 정치적으로나 종교적으로 비교적 자유로운 분위기였으나, 불과 50여 년 뒤 타소가 『해방된 예루살렘』을 집필하던 무렵에는 완전히 다른 환경으로 바뀌었다. 그런 시대적 변화는 직접적으로나 간접적으로 작품 집필에 영향을 주지 않을 수 없었고, 타소의 신경증에도 주요 요인으로 작용하였다. 그런 점을 고려한다면 타소와 아리오스토의 작품을 평면적으로 단순하게 비교하는 것은 별로 의미가 없을 것이다. 각자 고유한 역사적, 문화적 맥락 속에서 나름대로의 정당성과 고유한 가치를 갖고 있기 때문이다.

『해방된 예루살렘』은 『광란의 오를란도』와 함께 중세 기사도 문학을 최종적으로 마무리하는 작품이라고 할 수 있다. 실제로 이 작품이 출판된 16세기 후반은 르네상스가 막바지에 이르면서 새롭게 열리기 시작한 근대를 맞이하기 위하여 분주하게 움직이던 무렵이었다. 그런 상황에서 『해방된 예루살렘』은 지나간 중세 기사도 문학의 이상과 서사시의 전통을 향수 어린 눈길로 되돌아보면서 마지막 작별을 고하는 것처럼 보인다. 장엄하게 끝나가는 한 시대를 회상하고 마무리하는 작품이지만 그 감동은 여전히 강렬하다. 그런 이유 때문인지 고뇌와 번민으로 가득한 타소의 삶과 함께 지금도 독자들의 마음속에 긴 여운을 남긴다.

2017년 하양 금락골에서
김운찬

인명 찾아보기

ㄱ

ㄴ

아담Adam IV 35; XVIII 14

아데마로Ademaro I 38-39; XI 3, 5, 44; XIII 69; XVIII 95

아드라스토Adrasto XVII 28, 49, 50; XIX 68-73, 125; XX 49, 71, 101

아라디노Aradino XVII 35

아라만테Aramante IX 30

아라스페Araspe (솔리마노의 충고자) IX 10

아라스페Araspe (이집트 군대의 지휘관) XVII 13

아라크네Arachne II 39

아론테Aronte IV 56-59

아론테오Aronteo XVII 16

아르간테Argante II 59-60, 88, 93; III 13, 33-34, 41-51; V 13, VI 2, 14, 19-52, 75, 84;
    VII 49-50, 84-121; IX 43, 53, 67, 94; X 36-45; XI 27, 36, 49, 52, 60, 78; XII 2-13,
    47-49, 101, 104; XIII 15; XVIII 67, 101; XIX 1-26, 115-116

아르날토Arnalto V 33

아르델리오Ardelio III 35

아르도니오Ardonio XX 39

아르미다Armida IV 27-28, 33, 84, 87; V 1, 11, 15, 79-81; VII 32-36, 47-48, 59; X 58;
    XIV 50, 56-57, 78; XVI 23, 27, 35, 53, 60-65; XVII 9, 33, 41, 51; XVIII 30-34; XIX
    67-73, 84, 100, 124; XX 22, 61, 70, 102, 113, 122-134

아르빌란Arbilan IV 43

아르세테Arsete XII 18, 42, 101

아르제오Argeo XX 34

아르질라노Argillano VIII 57-60, 81-82; IX 74-76, 83, 87

아르타바노Artabano XX 37

아르타세르세Artaserse XX 34

아르테미도로Artemidoro V 73

아리다만테Aridamante XVII 31

아리데오Arideo VI 50

아리모네Arimone (십자군 기사) XII 49-51

아리모네Arimone (인도 사람) XVII 31

아리몬테Arimonte XX 37

아리아데노Ariadeno IX 40

아리아디노Ariadino IX 79

지은이

:: 토르콰토 타소 Torquato Tasso, 1544~1595

1544년 이탈리아 남부 소렌토에서 태어났으나, 궁정인이었던 아버지를 따라 어렸을 때
이탈리아 북부로 갔다. 아버지의 뜻에 따라 처음에는 대학에서 법학을 공부했지만 문학
에 전념하게 되었고, 페라라에서 데스테 가문의 루이지 추기경을 섬겼다. 젊었을 때부터
서사시와 비극, 목가극을 발표하면서 유명해지기 시작했고, 제1차 십자군전쟁을 소재로
하는 장편 서사시『해방된 예루살렘』을 완성했다. 하지만 종교재판의 검열에 대한 두려
움과 함께 시작된 정신병으로 병원에 감금되기도 하였다.『해방된 예루살렘』은 15,336행
에 이르는 방대한 분량으로 십자군전쟁의 위업과 함께 여러 남녀 등장인물들의 애틋한
사랑 이야기로 유럽에서 오랫동안 인기를 끌었다.

옮긴이

김운찬

::

한국외국어대학교 이탈리아어과와 같은 대학의 대학원을 졸업하고 이탈리아 볼로냐 대
학교에서 움베르토 에코의 지도하에 화두(話頭)에 대한 기호학적 분석으로 박사 학위를
받았다. 현재 대구가톨릭대학교 교양교육원 교수로 재직하고 있다. 지은 책으로『현대
기호학과 문화 분석』, 『신곡 읽기의 즐거움』, 『움베르토 에코』가 있고, 옮긴 책으로 단테
의『신곡』과『향연』, 루도비코 아리오스토의『광란의 오를란도』, 체사레 파베세의『피곤한
노동』, 『냉담의 시』, 엘리오 비토리니의『시칠리아에서의 대화』, 이탈로 칼비노의『교차된
운명의 성』, 『팔로마르』, 프리모 레비의『멍키스패너』, 조반니 과레스키의『까칠한 가족』,
『신부님 우리 신부님』, 안토니오 타부키의『집시와 르네상스』, 『사람들이 가득한 트렁크』,
움베르토 에코의『일반 기호학 이론』, 『번역한다는 것』, 『논문 잘 쓰는 방법』등이 있다.

한국연구재단총서 학술명저번역 서양편 **596**

해방된 예루살렘 ❶

1판 1쇄 펴냄 | 2017년 4월 10일
1판 2쇄 펴냄 | 2018년 10월 5일

지은이 | 토르콰토 타소
옮긴이 | 김운찬
펴낸이 | 김정호
펴낸곳 | 아카넷

출판등록 2000년 1월 24일(제406-2000-000012호)
10881 경기도 파주시 회동길 445-3
전화 | 031-955-9510(편집) · 031-955-9514(주문)
팩시밀리 | 031-955-9519
책임편집 | 이하심
www.acanet.co.kr

ⓒ 한국연구재단, 2017

Printed in Seoul, Korea.

ISBN 978-89-5733-542-0 94880
ISBN 978-89-5733-214-6 (세트)

이 도서의 국립중앙도서관 출판예정도서목록(CIP)은
서지정보유통지원시스템 홈페이지(http://seoji.nl.go.kr)와
국가자료공동목록시스템(http://www.nl.go.kr/kolisnet)에서 이용하실 수 있습니다.
(CIP제어번호: CIP2017006965)